红蒹葭

·第二部·

西城纪事

黄大明／著

中国三峡出版传媒
中国三峡出版社

图书在版编目（CIP）数据

红蒹葭. 第二部，西城纪事 / 黄大明著. —北京：中国三峡出版社，2019.3

ISBN 978-7-5206-0086-6

Ⅰ. ①红… Ⅱ. ①黄… Ⅲ. ①长篇小说—中国—当代 Ⅳ. ①I247.5

中国版本图书馆 CIP 数据核字（2019）第 031994 号

策划编辑：袁国平
责任编辑：危　雪

中国三峡出版社出版发行
（北京市西城区西廊下胡同51号　100034）
电话：（010）57082645 57082566
http：//www.zgsxcbs.cn
E-mail：sanxiaz@sina.com

北京华联印刷有限公司印刷　新华书店经销
2019 年 3 月第 1 版　2019 年 3 月第 1 次印刷
开本：880 毫米 ×1230 毫米　1/32　印张：7.875
字数：185千字
ISBN 978-7-5206-0086-6　定价：36.00元

词曰：

重山莽莽，古驿纡纡，芳草连空域。试问闲愁都几许？
一川烟草，西津飞絮，梅子黄时雨。

蒹葭萋萋，暗香郁郁，明月唤初旭。风前横笛斜吹雨，
一帘幽梦，西城暮绪，骤起临风曲。

轻风翦翦，艾阳煜煜，窈窕白云女。风舞霓裳情万缕，
红巾翠袖，揾英雄泪，遗恨泣无语。

楔子

阿明在西津湖钓鱼发高烧时，要给阿姣打电话，可惜，山里没有讯号。阿光和阿明是一对双胞胎，都是西城一中的老师，阿光教语文，阿明教体育。阿姣是谁呢？阿姣姓金，名姣，是西城人民医院的护士，她是阿明的女朋友。

金姣成为阿明的女朋友，抑或是阴差阳错。世间的事情，往往无奇不有，明明是金姣和阿光的缘分，而现实却是金姣和阿光擦肩而过，她偏偏和阿明好上了。

话要从两年前说起。

金姣是汝东学院医学院护理专业大专班的学生，她毕业前，来到西城实习。金姣分在肿瘤病区，她岗位上有一张病床，白天空着，晚上病人才来。这病人是谁呢？这病人也比较特殊，是县一中高三毕业班一位学生，她姓王，名楚维，成绩很好，高分考入县一中农村班。她是一个品学兼优，清秀可人的女孩，在班上还担任了文艺委员，学校的文艺活动都会出现她主持节目的倩影，是紫花墩公认的校花，男神们的梦中情人。男同学寄宿的寝室里，睡觉前总会有人有意提到王楚维说事，大家乐此不疲，经常如此，倘不如此，睡觉也会睡不好。王楚维家在官塅乡，父母原是乡粮管所的职工，粮食部门改制后，双双下岗，但这个女儿很争气，是全乡的骄傲。

自古就有红颜命薄之说，正当这位漂亮的女孩发奋读书，决心要考上一所名牌大学之时，患上了非霍奇金淋巴肿瘤，说白了就是淋巴癌。医生说，好在发现早，一期有治疗价值，治愈率很高。家里想瞒着王楚维，但还是没有瞒住。王楚维看到了化验单，人家以为她不懂，她一看上面写着“CA”，就知道自己是患了癌症，整个精神几近崩溃。她睁着泪眼问医生，我还可以参加高考吗？医生说，只要配合治疗，没问题的。王楚维看到了一线希望。

阿光是王楚维的班主任，而且是他们班的语文老师。这位平常活泼可爱的女孩一边坚持上课，一边化疗，但情绪低落，不言不语，且化疗后，头发脱光。有一天上语文课前，他们班的班长突然找到阿光，说想到了一个主意，想要让王楚维并不孤独，增强战胜病魔的信心，并在阿光耳边耳语如此如此。阿光让班长在班上说说。班长说，同学们，我有一个提议，王楚维同学得了病是不幸的，但幸运的是，她周围有我们班上这么多支持她的同学。为了让王楚维同学开心，我提议，当然是自愿的，我也准备带头这么做，把头发理掉，和王楚维同学一样。这样，王楚维同学上课就不用戴帽子了，人家也分不出谁是谁，因而她也就不孤独了。全班响起了热烈的掌声。王楚维因化疗头发脱尽，此时天正热，她戴了一顶红色毛线帽，汗流不止。班长接着说，同意我提议的请举手。班长的话音刚落，全班齐刷刷地举起手来，没有人犹豫，包括女同学。阿光也很感动。王楚维激动地哭了起来。王楚维走到讲台上，用手轻轻按了按嘴唇，止住哽咽，好一阵，才说出一席话来。她说，同学们这份情意，我领了，千万不要剪头，千万不要！有我们班上这么多好同学，有这么好的老师，我完全有信心战胜病魔，参加高考。刘小鸾那么一对长辫、方碧莲一肩披发、廖静瑶一头卷发，剪去多可惜！

入夜，是王楚维做化疗的时间。阿光领着几位班上同学代表，来到医院病房看望王楚维。这天晚上，正好是金姣当班，她见到阿光他们来开始也没怎么在意，阿光他们都是清一色戴着红蓝白三色的旅游帽，金姣以为他们是刚从外面旅游回来呢。躺着在打吊针的王楚维眼尖，呼唤着其中两位女同学的名字：小鸾、碧莲，你们都来了？小鸾和碧莲走过去，两人一下把自己头上的帽子取下，露出了两个光亮的和尚头，把王楚维惊呆了，说，你们真的这么做？你们对我太好了，我太感动了。在旁的男同学，不约而同地也取下了帽子，露出了光头，有的自己摸了摸，有的又俏皮地摸摸对方的头，大家表现得十分随便和轻松。同学们越是若无其事的样子，王楚维越是想哭。最后，刘小鸾对王楚维说，再让你有一个惊喜，我们叫一、二、三。于是大家轻轻地齐声说道，一、二、三！阿光微笑着也取下他的旅游帽，露出了他的光头。光头们的头在电灯下烁烁发光。王楚维哭了，她哭着说，苏老师，同学们这么好，你也这么好，真让我不安呀，你还兼了其他班的课呢。阿光说，不碍事，我把这个帽子戴上不就得了？王楚维说，多热！阿光说，热了，我就取下，就是不戴帽子，又有什么关系呢？现在电视里有的主持人不也是剃了光头吗？这一幕，让站在一旁的“白衣天使”金姣看懂了，她感动不已，她和王楚维一起，眼泪流个不止。在这个过程中，其他人金姣倒没有留下什么印象，印象最深的就是这个年轻帅气的班主任阿光老师。她记住他了。

后来，阿光还来过二回，不知道怎的，金姣一见到阿光，心里就像有一个小兔子，跳个不停，有一种异样感。她知道，她心动了，她爱上他了。她本能地想着法子和他搭话。她用一次性纸杯盛纯净水给阿光喝，阿光礼貌地站起来接水，微笑地看看她，她红着脸，羞涩地低下头。她有一种全身触电的奇妙感觉。有的姑娘对感情认知的灵敏度，不亚于狗狗的嗅觉，金姣就是其中之一。她自信，阿光也注意到了自己，她用眼睛余光觉察到，阿光也不时暗地在她身上扫描，她身体弥漫着一种幸福感。阿光的确看到了金姣胸前挂的工作牌，上面写着实习生。他记死了她的名字。阿光笑着问她，在这边远的贫困县实习，习惯吗？金姣大眼睛扑闪了一下，说习惯呀，蛮好的。金姣尽量掩饰激动的心情，终没有逃过聪明的阿光的洞察。金姣无话找话，说西城太漂亮了，一面靠山，三面环水，山清水秀。说不定，我会留下来呢，你欢迎吗？阿光说，你留下来，秀瑞人民应该欢迎你。金姣说，只要你欢迎就行，我就满足了。阿光转移话题，说，你刚才说“山清水秀”，有一个成语，叫“山明水秀”，是北宋大诗人黄庭坚说的。两人说得投机。其时，两人形虽未接，恰神已交矣。正是因为金姣有过和阿光的萍水相逢的原因，她实习回去，毕业分配，主动报名，坚决要求到秀瑞这个边远的老区贫困县来工作。金姣母亲没有办法，只好依着独生女儿的选择。金姣戴着大红花，来到秀瑞。然而，这时的阿光，却加入了志愿者的队伍，踏上了援疆支教的旅途。

在西城一次国庆文艺会演中，由金姣领舞的代表县人民医院的《竹林烛灯》节目和阿明领舞的代表县一中的现代街舞节目，在西城引起了轰动。金姣错把阿明当成阿光，当晚她主动约阿明到钓道茶楼喝茶。不言而喻，阿明也十分喜欢金姣，犹喜她那明眸皓齿，秋波频盼的古典仪态，这些让他神魂飘荡。后来，每逢假日，阿明会约金姣去爬山，去郊游，感情不断升温，最后到了如胶似漆的程度。

有一次，金姣告诉阿明，说他给她第一印象太美好，太深刻了，一辈子都忘不掉。开始，阿明笑了笑，很得意的样子，慢慢地，阿明怎么听也没听懂。当金姣说到“光头”的事，阿明才慢慢反应过来了，原来金姣第一次见到的不是他，而是他哥阿光，也就是说，金姣最开始心动的、爱上的，不是他，竟是自己的哥哥！但，现实是残酷的，眼前一切都晚了。这天晚上，阿明很痛苦，一方面，金姣是如此爱他，他也是如此地喜欢她，另一方面，金姣对他的感情，是缘于初始对阿光的感情，他骤然觉得有一种负罪感，对不起哥哥阿光。这种负罪感，像一口沉重的碾子，重重地碾压在他的心口上。这又像一场噩梦，由于一个不自觉的原因，使他走上了情感上的不归路。

阿明也曾试图解脱，离开金姣，告诉她原委，但他没有这种勇气，因为金姣美丽典雅的诱惑和他的无辜，最后让他选择了隐瞒和保持沉默。他多次嘲笑自己的自私、卑鄙、无耻！但又总是为自己寻找理由开脱。他认为，自古以来，爱情是自私的。为了爱，乃至可以牺牲生命。不是吗？古老的欧洲为爱情，有决斗；古代的皇宫里为了爱，做皇帝的可以封儿媳为妃，杨贵妃不就是吗？于是，他心安理得。而金姣，还蒙在鼓里。她认准，心目中的“光头”，就是她心爱的阿明。

阿光在新疆支教一年，回到西城家里，见到弟弟的女朋友，居然是一年前自己心仪的实习小护士，既尴尬，又恓惶。金姣看到阿光的第一个目光，就突然把她带回到一年前的病房。这孪生兄弟怎么就这么相像呢？她千方百计想否定这个直觉，但无济于事。天啦，那个“光头”老师，竟是恋人的哥哥。阿光毕竟是哥哥，又有了在西域南疆支教经历的锤炼，表现得十分沉稳、冷静和老成。金姣帮阿光泡了一杯菊花茶，阿光双手接过来，连说谢谢。阿光想起她在医院给他喝纯净水的情景。阿光强装笑脸说，我认识你的，你是那个实习的小护士。金姣哀怨地瞥了阿光一眼，嗔道，我也认识你，你就是那个“光头”老师。但，我不是小护士，我现在是正式护士。

阿明搭腔说，阿姣才上班一年，就评了先进。这天，一家人忙碌着，准备着晚饭，要为阿光接风洗尘。阿光的爸妈都系起了围裙，在厨房忙碌，懂事的金姣在厨房帮忙。阿光说，平常怎么吃就怎么吃，反正我也吃不了多少，胃不太好。阿光妈说，阿光，看你那憔悴的样子，那边的生活是不是很艰苦？阿光说，怎么说呢？就是不太习惯，新疆当地吃馕，吃羊肉，但我们几个支教的老师，一起做饭。

阿光的父亲，就是第一部《西津湖记》提到的苏蓝，当年陈坊民工营营长，现在是县政协副主席，他母亲晏含秀是当年西津民工营营长，因为她是职工编，五十岁就退休在家。阿明提来两瓶五粮液，说，今天高兴，我们兄弟俩好好敬敬老爸。苏蓝问，哪来的五粮液？阿明说，一位学生的家长给的。苏蓝有些不高兴，说不能随便收学生的礼，尤其是贵重的礼。阿明说，爸，你还是老思想、老顽固，现在的法官都是吃了原告吃被告，还靠我一个穷教书匠？再说，这学生的家长是做房地产生意的暴发户，有的是钱，如果是乡下来的，我也不会收。苏蓝狠狠瞪了阿明一眼，说你还有政策？有理由？阿光忙打圆场，说改日给学生家长还一个礼，我从新疆带了一些特产，还有包装好的马肉、驴肉呢，都没有吃过吧？物以稀为贵，再凑些什么，给送过去，就算礼尚往来嘛。阿明给苏蓝、阿光斟酒，金姣给晏含秀斟饮料，盛毕，一家人互相敬着酒，享受着天伦之乐。

阿明对阿光每次喝酒没有喝完有些不满，也许觉得，自己在女朋友面前没有面子，几杯酒下肚，忍不住说，哥，你出去才一年，怎么变了呢？阿光说，没有呀，我还是我，阿光，没变。阿明说，我们喝酒，你不喝完，你是老大，我认了，你敬老爸、老妈，嘴巴都只打湿一下，怎么解释？阿光说，阿明，我的胃坏了，经常痛，不能喝这般烈酒。阿明不屑一顾，说你不要忽悠我。阿光见阿明酒后无礼，仍然强忍着。金姣过来拦住阿明，阿明瞪圆眼对金姣说，你别管，这是我们兄弟之间的事，你不要掺和进来。金姣要夺阿明的酒杯，阿明更以为金姣心向阿光，顿时把兄弟情分抛到脑后。有人说，当人在发怒时的智商，会降到最低点。阿光没有喝多少酒，异常清醒。他和阿明自小长大，形影不离。中学之前，都在一个班上课，穿一样的衣服，亲密无间。他受父亲的影响，大学学中文，满脑国学、中庸之道。阿光对儒学经典，烂熟于胸。阿光常给学生讲中庸，讲喜怒哀乐之未发，谓之中，发而皆中节，谓之和。中也者，天下之大本也；和也者，天下之达道也。致中和，天地位焉，万物育焉。

只见阿光把一只瓷饭碗放在桌上，缓缓倒满一碗酒，足有半斤，异常镇定地说，我把酒倒满了，我敬你，阿明。晏含秀要来阻拦，被苏蓝制止住。苏蓝历尽沧桑人生，在他的血脉中仍流淌着那种必须明辨是非的元素。阿光端起酒杯，一口将一碗酒喝尽，一滴不剩。阿明也学着阿光，咕噜喝着酒，喝完就站立不住，身子一歪，倒在地上。晏含秀忙扶着阿明进房间，不停地责怪苏蓝，说这是为了什么？喝酒喝酒，连命都不要吗？金姣拿来脸盆，接上阿明从嘴里吐出的秽物。阿光看着已安顿好阿明后，十分平静地对苏蓝说，爸，我胃病可能发了，我必须去医院。阿光此时大汗淋漓，脸庞扭曲。金姣一看不好，忙扶着阿光出门去医院。好在阿光去医院及时，诊断是胃穿孔，医生尽量进行控制，采取保守治疗。

翌日清晨，阿明酒醒，晏含秀告诉他，阿光喝酒喝得胃穿孔，不是抢救得快，会有生命危险。阿明听后十分后悔，连忙到医院看望阿光。阿明进入病房，只见穿着白色工作服的金姣靠着阿光的病床沿睡着了，也许是一夜护理疲劳的缘故。阿光目光呆呆望着天花板，见阿明进来，苍白的脸上，淡淡笑了一下。阿明迎着阿光宽容的目光，眼睛立刻被打湿，盈满泪水，他握住阿光的手说，哥，是我不好，你刚回来，一家人就折腾成这样子。阿光说，老爸说过的，乐极生悲。阿光接上说，我们人生之路才刚刚开始呢，昨晚我一直在想，曾国藩有一个《挺经》，我们昨天喝酒的故事，可以演绎一个《酒经》，你想想看，为何老爸不出来制止我们喝酒？为何我一定要喝下这杯烈酒？这时金姣醒了，阿光要她去休息，阿明说随阿姣罢了。阿明学的是体育，平常不怎么爱读书，不懂《挺经》，他问阿光，《挺经》是什么意思？金姣的眼睛也睁大了，来了精神。阿光想了想说，《挺经》是什么？有一个故事，讲给你听，可以慢慢去悟其中的道理。从前，荷叶塘有个老头，一天家里来了贵客。老头儿叫儿子到蒋市街头买酒菜款待客人，儿子挑一担空箩筐出去了，一直到太阳偏西还不见回来。老头子急了，自己出门去找，在半路一丘水田田塍上遇到了儿子。谁知儿子担着一担东西站在那里，在他对面也站着一个挑担子的人。两人你望着我，我望着你，都不动。老头一见急坏了，板起面孔骂儿子，你这不成器的东西，家里等着你的酒菜，等得人都跳起来了，你却死了一样地站着不动，你到底要做什么？儿子委屈地说，他不让我过去。老头对那人说，兄弟，你下田放他过来吧。那人怒道，你好偏心！你为什么不叫他下田，放我过去呢？老头说，兄弟，你人高，他人矮，你可以下田，他不能下田；再说你是杂货，他是吃的东西，你的货可以浸水，他的货不能浸水。那人越发气了，你看不起我的货，他小我大，他应该让我，我不能让他。老头也气了，说罢、罢！只有我下田了，老头脱去鞋袜，站到水田里，用手托过那人的担子，这才把那人打发了，和儿子挑着挑子回来。这个故事说的就是《挺经》中的第一条。阿光看阿明和金姣似懂非懂的样子，补充道，有人理解，关键是老翁“躬身入局”，还有人说是指老翁的儿子“挺”，不变应万变，其中的真谛，要我们毕其一生去体会。金姣突然想到，阿光当年理“光头”，和这个《挺经》有什么关联？他是老师，他是可以不理光头的。他难道是学老翁“躬身入局”吗？难道他是《挺经》的践行者？金姣是爱动脑筋的姑娘，她想的有她的道理，而阿光远没那么简单。

阿光身体很快得以恢复，但他们回家，已打破了家里的平衡。最让人纠结的是，金姣对阿光和阿明倾注同样的热情，这让阿明很难接受。一天金姣上专卖店，一次买两件一模一样的阿迪达斯运动衣回来，一人一件，还要他们兄弟穿给她看，看合适不合适。阿光和阿明换上后，十分英俊，像两位即将上场的精神抖擞的足球运动员，她脸上漾起幸福的笑靥。金姣突然迸出一句话，让阿光和阿明都给怔住了，她说，我都分不出你们俩谁谁谁了。阿明心里像打破了醋罐子，看了金姣一眼，似乎说，那你可不能搞错啰！当天晚上，阿光就搬出家住了。

金姣在医院当完小夜班，在县一中语文教研室找到阿光，阿光正用两张三人木椅合上，放上铺盖，准备睡觉。金姣很有歉意地说，阿光，是我做错了或者说错了什么吗？阿光笑了笑说，没有呀！金姣说，你干吗搬出来住呢？你们兄弟俩从小到大，听说直到读大学都在一个寝室住。是因为我吗？阿光笑了一下，不好说什么。金姣帮阿光铺着被子，阿光站在一旁，像一个乖孩子。阿光说，我们兄弟迟早要分开的，我们都长大了，虽然是孪生兄弟，比较特殊，但分开只是时间问题。我明天会在附近租房住，我有在新疆支教的经验，生活没问题的。阿光送金姣回县医院宿舍。路上，金姣毫不保留地告诉阿光，她到西城来工作，就是因为在医院见到他对同学那么好。金姣又觉得自己讲得太直白，似有轻佻之嫌，忙补上一句，说，当然，还有西城的蓝天白云，秋江晓月。阿光完全明白金姣的意思，很感动，但很理智。他不想多说什么，他感到此时此刻最要紧的，不能态度暧昧。于是，他说，阿姣，你爱阿明吧，阿明很单纯、很真诚，是我的好兄弟，我会尊重你的选择。金姣含着眼泪，十分理解，频频点头。此情此景，恰似“可怜一曲并船曲，说尽故人离别情”。阿光心里十分痛苦，借着西城月色，倚着梧桐，对金姣说，我们古艾黄山谷，早年送了一首诗给他的妹夫，诗云：“酌君以蒲城桑落之酒，泛君以湘累秋菊之英。赠君以黟川点漆之墨，送君以阳关堕泪之声。酒浇胸次之磊块，菊制短世之颓龄。墨以传万古文章之印，歌以写一家兄弟之情。”我没有山谷之才情，我也送一首拙诗给你，让你见笑。片刻，阿光吟道：

凤凰卧雾中，泣诉别离衷。
月瘦萧疏绿，风尖寂寞红。

（一）

阿光和阿明迷上钓鱼，始作俑者居然是金姣。金姣为了让阿光和阿明兄弟经常在一起，专程回汝东采购了时下最时尚最酷最好的钓具，包括旅行帐篷、应急设施，连备用药都预备好了。自古以来，西城有秀河，垂钓者甚众，一般以捕食为主。诚然，亦有文人骚客视垂钓为高雅，怡养心性，以垂钓为内容，作诗赋词，留于后世，既娱亦警。《秀瑞县志》就有明朝进士徐仲甫作过一首和垂钓有关的诗，诗作清新典雅，寓意含蓄，谨录如下：

百里秀江一派清，渡口来往任舟行。
吾言送汝垂纶者，任钓鲈鱼莫钓名。

自秀瑞建好了西津水库之后，垂钓之风日盛，钓鱼成了秀瑞邑人雅士追求的一种精神生活。在金姣的积极张罗下，阿光和阿明也汇集到垂钓的人群之中去。在秀瑞钓界，他们虽还没有入流，但也时有收获，不仅如此，还学会了做鱼拓，增添了垂钓的兴趣，丰富了垂钓的内涵。

连续几个星期的休息日，阿光和阿明都去了枫梓岭钓鱼，而每次钓鱼，都出乎意料地一次比一次好。在西城钓界，他们渐渐成了钓友心目中冉冉升起的新星。每当一个星期过去，枫梓岭的徐铁匠和红姑，就会像盼星星盼月亮一样，盼着阿光和阿明来钓鱼。徐铁匠盼他们来，倒是想增加一些收入；红姑盼他们来，则是想趁送饭的机会，和他们兄弟俩聊聊天，多知道一些山外的新鲜事情。

远山如黛，疏林红叶，云影天光，一湖秋醉。山里的秋天，有些许凉意。这次阿光、阿明来到枫梓岭，没有见到徐铁匠，阿明问红姑，红姑说她公出山到西津乡里去了，要去找秦谷福，还要去走亲戚。阿光问秦谷福为何人？红姑说，老秦是乡里没有派出所时的老公安员，她公的猎枪就是他来收缴去的。红姑有点生气，说政府收缴猎枪也要照顾到我们乡下的实际情况，现在野猪多得很，红薯

远山如黛，疏林红叶，云影天光，一湖秋醉。山里的秋天，有些许凉意……

黄大明 绘

几乎被野猪啃光了，种的菜地也被野猪踏平了。看得出，红姑对此很有意见呢！说来奇怪，徐铁匠一天不在家，他们连一条鱼也没钓上来。第二天，他们俩兄弟商量，更换一个地方，请红姑摇船送他们去溪源岛。

早饭，红姑给他们煮了一木盆红薯，阿光、阿明高兴得不得了。

溪源岛是西津湖一个漂亮独特的岛屿，远望深源峡谷，泉水涓流；岩壁凤冠，景致独幽；沿岸藤萝，悬树欲舞；数声啼鸣，石林啁啾；峰披翡翠，瀑泻珍珠。红姑一边摇桨一边说，我发现了你们一个秘密，不会再把你们弄错了。阿光和阿明很惊奇地望着她，要她快说。红姑故意不说，卖关子。少顷，她说，我若说对了，你们要在西城请我吃饭。阿明说，这小事一桩，没问题。红姑说，你们长得太像了，一般人是看不出来的。阿明说，哟，你还不是一般的人呀！红姑俏皮地说，我当然不是一般的人，但我注意了你们。阿明说，快快说与来听，绕了这么一个大弯。红姑说，你们的性情不太一样。阿明说，你说说看。红姑说，你们俩个人在一起，谁说话说得最多，那谁就是弟弟。阿明狡辩道，那也不一定。红姑笑着指着阿明说，你更喜欢说话嘛！阿明说，这不算，凭这点，我老爸老妈都分不出来。红姑说，那我比你们老爸老妈还厉害哩！阿明激将她说，你没招了吧！红姑突然要阿光、阿明把太阳帽摘下，阿光、阿明面面相觑，然后他们把帽子脱下拿在手上，红姑走过去，指着阿光的板刷头上说，你头上多一个发旋，我们乡下叫“毽”。阿光、阿明以一种诧异的眼光，重新审视这位带有几分山里纯朴，又带有几分山里野性的山里姑娘。阿光说，如果我们戴了帽子，你一下可以认出我们来吗？红姑摇摇头，坦白率真地说，我一眼看过去，是看不出来的。红姑一边摇桨，一边指着前面一座青山说，那山是我们家的祖坟山，我爹也埋在那里。阿光不断地问红姑，枫梓岭那神秘的面纱一幕一幕被徐徐撩开。

枫梓岭在古时不叫枫梓岭，叫疯子岭。相传，在这个大山里面，曾出现过一次大瘟疫，整个自然村几乎死绝，少数幸存者也成了疯子，此地因此而得名。徐姓和邱姓在清朝康熙年间陆续迁入后，开山垦荒，筚路蓝缕，奠基筑舍，结棚栖身，营造家园，并将疯子岭改地名为带有浓厚诗意的"枫梓岭"。徐铁匠祖辈是中医世家，父亲徐拱恬是当地方圆几十华里有名的中医，陈坊山里的一名宿儒。徐家最有出息的当属徐铁匠的大伯徐拱敬，是山里的一位传奇式人物，有着侠肠傲骨和义胆雄心。《秀瑞县志》专为徐拱敬立了传记，现录如下：

徐拱敬，字曲甫，号听泉楼主。生于清光绪二年（1876），陈坊人。6岁在家塾读书，始学汉隶、魏碑、行书，书法造诣颇深。少为州禀生、后应文官高考及弟。拱敬生性秉直，不甘流俗，愤然弃政从医。潜心研释中医经典《金匮要略》《伤寒论》《素问》《本草纲目》，曾于南京、武汉挂牌行医，名扬海外。其言"西说不必盲从，中医务求创新"理论得到中医界名宿的推崇，所著有《曲甫医案》《巡医笔潭》《听泉楼主论医丛稿》《脉理辨析》《徐氏祖传要方实录》等。其最值可敬之处，带头在《古典中医新生命》杂志公布本人失治、误治医案，被誉为"中医之诚信由是而复，中医之方术由是而张"。其医术医德被中医界所称道。病者集其门，舟车杂还，至塞衢道。拱敬不以贵贱贫富异视，深虑得其致病之由，故所治者皆应手而愈。拱敬尝谓"吾傥从政以济世，若行医以为民"，传闻民国22年，某省主席慕名托该县乡贤请拱敬为其女婿出书作序，拱敬不屑从命，惜于民国 31 年，被国民政府杀害，终年 66 岁。

徐拱敬到底为何而死，民间传说不一。有的说，他在山里建实验乡，办新学堂，实行新村制，实施他“吾傥从政以济世”的梦想，与中央政府闹独立；有的说他同情共产党，为山里共产党的红军游击队（后编入新四军）提供了粮食，尤其是药品等保障；有的说他另立山头，揭竿而起，当了土匪头子。但有一点是真实的，这就是徐拱敬被国民党杀害，准确无误。也有人查过，徐拱敬为何没有被评为烈士？这始终是一个谜。徐铁匠的父亲徐拱恬早年一直跟大哥徐拱敬在南京、武汉学中医，后回山里行医。当年抓徐拱敬时，徐拱恬刚好出诊在外，逃过一劫。自徐拱敬被杀，徐家从此败落。新中国成立后，徐铁匠家庭成分划为贫农。山里人说，徐家因祸得福，如果还像当年的家况肯定是大地主，肯定是镇压的对象。箬溪的地主涂文辉，当年是徐拱敬家的伙计，最后也被枪毙了。

（二）

鬼使神差，这次钓鱼回到西城，阿明都不怎么理睬金姣了，让金姣十分困惑、纳闷和痛苦。阿明曾答应过她，要陪金姣去一位医院同事家送结婚礼，到西门坑看新娘的新房，阿明不愿去了。金姣没办法，去找阿光。常言说，孪生兄弟的心是相通的，有第六感觉，也许叫心灵感应。阿光知道阿明在移情别恋，他在把心放在红姑身上。但这些，阿光实在不好对金姣说什么。阿光只好要金姣自己去问阿明。金姣就这样，像一个皮球，在他们兄弟俩之间踢来踢去。这些日子，弄得金姣六神无主，上班都没有了心事，工作中经常出差错。有一件事，差一点铸成了大错，如果真的发生了，金姣可能要去坐牢呢！还好，被护士长及时发现了，让护士长狠狠剋了一顿。而平素十分爱面子特自尊的她，在这件事上，心甘情愿让护士长说她，因为这件事太可怕了。原来，她把两个做肾脏切除手术的病人手术顺序写反了，一个是要摘除左肾，一个是要摘除右肾，差一点都把病人的好肾摘掉，留下一个坏肾，后果不堪设想。这件事对金姣打击很大。工作上和感情上一些事搅在一起，让她身心不堪重负，无法摆脱目前的窘境。其实，阿明想得很简单，他决定要去追山里的红姑，放弃金姣，把金姣还给阿光。他不愿意看到金姣对自己、对阿光都好。他想着想着，还觉得自己挺高尚。但是，他绝对没去细想，人家会怎么看这件事。要说阿明和阿光最大的区别，就在于阿明头脑过于简单，容易感情用事，凡决定了的事，一意孤行，如何拉他，也决不愿回头。为躲金姣，阿明把手机关了，和一帮子钓友到钓道茶楼喝茶去了。

星夜，钩月纱云，紫霭凝重。金姣徜徉在秀河江畔的柳絮中，独自饮泪。秀江的清亮与月辉的清冷，形成强烈的反差。金姣的母亲是汝东市二中的音乐老师，也是一位曾下放在秀瑞的老知青。金姣曾听妈妈唱过一首知青歌，正好代表了她此刻的心境。她耳边像有人在弹吉他，伴奏着她妈妈那一辈人曾唱过的这首原创歌曲：

郁闷的暮秋夜，我徘徊在幽静道上，
求新月载我归去，停留在河边柳树旁，
叶缝里闪烁星星，何须偷看我的忧伤，
依偎着袅袅垂柳，盼清风吹在我心上。

金姣边唱边想，我这是为了什么呀？从繁华的都市究竟为何要跑到这个穷乡僻壤的西城来呢？命运为何如此捉弄我和我过不去要这般惩罚我呢？金姣是完全把她的爱放在阿明身上的。她也知道，阿明也是爱她的。她甚至也感觉到，阿光至今也还是深深地爱着她，但埋藏得很深很深。阿光那“泣诉别离衷”的凄切诗句，就是有力的证明。但她常常告诫自己，一定要清醒，只能专注去爱一个人，这个人，就是阿明。这是缘分，上帝安排，别无选择。

晏含秀知道了这件事，很心疼金姣。找到阿明，阿明口气很硬，干脆说，他不爱金姣。苏蓝指着阿明的鼻子，生气地说，你若不能好好地对待阿姣，你就不是我的亲儿子！这一来，苏蓝病倒了，住进了医院，给家里人的感觉，苏蓝是给阿明气病的。苏蓝住医院，是很麻烦的。因为他有洁癖，平常一天要洗几十次手，凡是手接触过异物，必须洗手，不洗，心里就受不了。出门上班，穿了皮鞋，系了皮鞋带子，上班第一件事，就是洗手。在医院住院，被子一定要从家里带去。因他是县领导，金姣又是医院的护士，护士长勉强同意，但背地里对金姣说，明年医院创“二甲”，这是严重违规的，扣分很重。金姣听后，心里很不舒服。苏蓝一检查，查出了糖尿病，医生说，指标刚可“戴帽子”。苏蓝不想“戴帽子”。金姣在旁帮苏蓝掖被子，阿光、阿明静候床边，晏含秀一脸的焦虑。他们知道苏蓝有洁癖，不敢坐在床边。护士长进来，心里想，这好像是向遗体告别。聪明的金姣在护士长耳边说了些什么，护士长好像明白了什么，很知趣，不再要他们坐下来。苏蓝微闭着眼，突然睁开，对大家说，你们都出去，我有话对阿明说。晏含秀把阿明拉到一边，在耳边小声说，看在你爸的面子上，别死脑筋。阿明是一位很有孝心的孩子，他有他的想法，但看到一家人，为了他，他知道苏蓝想说什么，他没等苏蓝先开口，自己先说话。阿明说，爸，阿姣的确是一位好女孩，在当下这个浮躁的看重金钱的年代，打灯笼都难找到。但感情上的事，你和我妈是不知道的。你知道阿姣是为什么要从城里到我们这个小城来工作吗？那是因为，她首先看中了阿光，她要去追阿光，她宁愿为了这个爱情，牺牲一切。可是，后来阿光援疆支教去了，她错把我当成了阿光。我和阿光是孪生兄弟，我是知道阿光有多痛苦的。虽然，我和阿姣也有很深的感情，但，总有一天要出问题的。退一万步说，我们就是结了婚，我会一辈子都有罪孽感，一辈子都会过得不稳妥不踏实，这对阿光不公平，我会感到自己太自私了。而且，或许会离婚，如果以后离婚，还不如现在长痛不如短痛。苏蓝听着听着，摆摆手，不要阿明再往下说了。苏蓝感到，这大半辈子，他都没有遇见过如此棘手的事情，心里的纠结让他揪心。然而，一物降一物，阿明最听妈妈晏含秀的话。晏含秀对阿明说，为了老父亲的健康，你一定要依妈妈这一次，和金姣重归于好。阿明被迫答应了妈妈。

阿明一承诺，苏蓝的精神就好了一半，马上就要出院。吃过晚饭，当他看到金姣牵着阿明的手，哼着曲子，去县总工会工人文化宫跳舞，心情惬怀如初。金姣哼的曲子，恰恰是那首知青歌，立刻勾起了苏蓝痛苦的回忆。

那年在工地上，苏蓝率领民工晴天上工地，雨天排节目。一段时间以来，苏蓝暗恋着广播员刘丽莎，后来他以为刘丽莎又捉弄了他，心情糟糕透了。想起自己的人生曲折，遭人暗算，下放农村，心里一片黯然。雨天，宣传队的人都在学唱《天安门前留个影》、《张家二娃子有志气》和《耘禾歌》，唱久了就烦。偶尔，心情不好的苏蓝随口就哼出了一首歌来，这一哼不要紧，像鸡发瘟似的，宣传队的俊男靓女一个个跟着哼这首歌，学得比谁都快，而且，唱得比苏蓝还好听。苏蓝没想到，他无意即兴之作，讨得这么多年轻人的喜欢，让他感到十分意外，真是歪打正着。苏蓝见大家喜欢，一不做，二不休，干脆写下来，并用歌曲中的一个词做这首歌的歌名——《忧伤》。一转眼，这首名为《忧伤》的歌曲，和一些朝鲜歌曲、《南京之歌》等成了热门的知青手抄本，在工地知青乃至全县、全汝东地区知青中传播开来。

（三）

时间倒流到西津水库建设的火热年代。有一天，工地指挥部政工干事蒋静，也就是工地上“四朵金花”之一的美丽姑娘，在接待上级知青检查组时，无意中哼出了《忧伤》这首歌，她本来就容易被人注意，而检查组中恰恰有一位懂音乐的人，他发现了这首歌。这人叫金裘修，是地革委宣传组的，原来他是汝东地区话剧团的作曲。他个子中等，满脸络腮胡子，检查组中的人都叫他“金胡子”。金胡子趁蒋静给他送汇报材料时，故意和蒋静搭腔，说我好像听你哼过一个曲子，很好听哩！蒋静脸一红，说我没有哼什么曲啊。她一下子还真想不起哼过什么好听的曲子来着。蒋静是一个喜欢音乐的姑娘，尤其朝鲜歌曲《阿妈妮》《领袖教导像太阳》《卖花姑娘》，她什么歌都哼，而且不论什么曲调，从她那张樱桃小嘴里面发出声音来，像百灵鸟，明亮悦耳。金胡子和善地笑了笑说，想想看。蒋静说，是《东方红》吗？金胡子说，不是。蒋静又说，是《大海航行靠舵手》吗？这是当时人们唱得最多最响亮的歌曲，所以，蒋静首先本能地想到这些。金胡子依然说不是。蒋静一脸茫然，眼睛中的黑珠在眼窝中滚来滚去，然后向右眼角偏了偏，回忆着，露出了迷人的眼白，金胡子就是喜欢她这个样子，说，再想想看。蒋静回过神来，说，想不起来了。蒋静想，要说哼过的曲子，太多了，她手抄本里的歌，她都哼过，她不想说。她有点讨厌这个男人了。金胡子很有耐心。蒋静拗不过他，又想了下，眨了一下眼说，是《不忘阶级苦》吗？金胡子干脆说，我哼两句给你听，看是不是。蒋静说，好哇，你唱。金胡子清清嗓门，哼出歌来——，“……叶缝里闪烁星星，何须偷看我的忧伤……”，蒋静一听，这正是她手抄本里从别人那儿抄来的《忧伤》歌曲，她随口说道，怎么给你听到了？你是男低音，你唱得很好听呢。蒋静突然发现，金胡子的声音带一种磁性。金胡子听到蒋静的夸奖，有点得意，说，我原是地区话剧团的，抽调在地革委宣传组。蒋静明白了，他原来是搞专业的。后来，金胡子又来找过蒋静，单纯的蒋静开始不介意，次数一多，蒋静就警觉起来，设法躲避金胡子。她不喜欢金胡子，讨厌！

一天下午，蒋静到几个营要进度数字，回到指挥部，发现有人用异样的眼神看她，尤其是平常挺和善的目光，都变得怪怪的。指挥部机关晚上召开会议，灯光明亮，没有通知她开会，她开始纳闷起来。指挥部的周干事也去参加会了呢，还有气象员小林、文书董良都去了。她一时弄不明白，她想，难道是谁忘了通知她？不管三七二十一，自己去？不行啊！自己若主动去开会，那太冒失了。谁参加什么会议，谁不参加，都是有讲究的。她左想右想，最后自己说，他们开他们的会吧，我就休息啦！她无意中看到床头的手抄本，随便一翻，就翻到《忧伤》，于是又自个儿哼起来。

会议一结束，指挥部政宣组组长郭小举敲门找她去谈话，另外还有两个人，其中一位就是金胡子。她瞥见金胡子那张严肃的脸，他好像不认识她似的，不禁使她打了一个寒噤。郭小举是“五七”大军的，平常对她也很关心，他的工作也十分严谨细致负责，就是胆小怕事，只要工作一忙，就失眠。郭小举未说话，他身子就有点颤抖。看得出，他是不想扮演这个角色。那时的人，说变就变的，不奇怪。他说，小、小蒋，今天组、组织找你谈话，主要是想了、了解一件事。郭小举说着，会不时地看看金胡子，似乎金胡子是他们的领导。蒋静一双眼睛，像小兔子般怯怯地看了一下金胡子，金胡子却没有看她，而是专注地看着自己手上那个红色纸质硬皮封面笔记本。郭小举开始板起脸说，刚才指挥部开了会，会上传达了地革委宣传组领导的重要批示，对工地上流传的一首反动歌曲《忧伤》成立专门调查组，要立案调查。专案组由我、老金、县公安局陈森同志组成。调查组希望你能够正确选择，积极配合好组织调查。郭小举慢慢变成了另外一个人，一本正经，冠冕堂皇。

蒋静经郭小举这么一说，感到事情挺严重的。她不自觉把自己坐正了一些。啊，天啦！难道我能出卖“他”吗？苏蓝经常到指挥部开会，又经常去广播站送广播稿，就这样和蒋静熟悉了。蒋静知道苏蓝是才子，不仅长得帅气，文章写得好，而且歌也唱得好，她知道，工地上最活跃的毛泽东思想文艺宣传队，就是他组建的。蒋静曾问苏蓝有没有西哈努克作词作曲的歌曲《怀念中国》，她说很好听呢，她想抄。苏蓝说有，并很爽快答应给她抄。这一抄，她一连抄了几个晚上，抄了很多歌曲，其中有《忧伤》《南京之歌》，还有《奔流的南江》，也有她最喜欢的朝鲜歌曲《阿妈妮》：

阿妈妮，阿妈妮，为祖国就要离开你，我要到那三八线上，参军去杀敌，你听那炮声飞响，怎能让敌人欺你，再见吧，我们阿妈妮，胜利再见你！

好孩子，放心去，为保卫祖国独立，我送去你爸和你哥，今天又送你上前线，要勇敢杀敌，别挂念我和你妻，再见吧，我的孩子，祝福你胜利！

因为这个手抄本里，有一些“地下”歌曲，是不可以外传的，苏蓝完全知道这个利害关系，他曾向蒋静交代，莫向外传，蒋静一口承诺，请绝对放心！但后来，蒋静的好朋友邢薇薇死磨硬缠，要借手抄本抄，没有办法，蒋静也像苏蓝交代她一样，交代邢薇薇，邢薇薇也一口答应，点头像鸡啄米似，蒋静至今还记得，邢薇薇头上的一对秧把把，随着她的点头，是怎样地晃动。蒋静判断，邢薇薇或者借给了别人抄或者出卖了她，因为她只借给了她一个人抄。

蒋静咬咬牙，提醒自己，不可以出卖苏蓝啊！如果出卖了苏蓝，那么太卑鄙、太可耻了！蒋静在心里十分憎恨金胡子，她认为这一切，都是她不理他的结果。涉世不深的蒋静，似乎一夜间长大了，一下看清了人世间很多事。但在这件事上，蒋静还真的错怪了金胡子，当时各地都在查像《南京之歌》之类“毒害”知青的手抄本，包括歌曲和小说，有大气候，这件事还真的和金胡子没有一点关系呢。蒋静缄默不语，双目无神，呆呆坐着，像个木鸡。调查组三人交换了一下眼色，好像谁也不愿威逼这只受伤的可怜的小羊羔。在危机四伏的年代里，也有闪耀人性光芒的时刻。陈森把他们两人叫到一边说，根据我的经验，我看她暂时不会说什么，我们也不要逼她，思想斗争会有一个过程。我建议，我们轮流谈，上半夜由郭小举同志负责，我做笔录，老金是上级派来的，您先休息，下半夜接小举的班，我年轻一些，我陪你们，好不好？郭小举和金裘修点点头，金胡子就出去了。

（四）

果然如此，上半夜蒋静除了有点睡意，什么也没有说。陈森不停给蒋静倒开水，让她喝，似乎想感化她。每一次蒋静都很感激地看他一下，陈森有一种满足感。若在平时，他有自知之明，像他这般长相，如花似玉的蒋静是不会在意他的。下半夜，金胡子来接班，带来了夜宵。文书董良端了一脸盆面条，说陈坊营的徐铁这小子真是有两把刷子，不愧是“钓鱼大王”，白天在工地上事没少做，冲锋陷阵，晚上钓鱼，他们营都吃不完。今天又给指挥部送来了他钓的甲鱼。尹副指挥说，用甲鱼给你们做点面，大家来，趁热。蒋静心里知道，尹副指挥交代送夜宵来，是冲着她来的。尹副指挥多次找她，要她和他儿子尹猛好。金胡子说，来吃面，我们现在毕竟是人民内部矛盾。金胡子首先给蒋静盛了一碗，蒋静受宠若惊，忙站起来说，谢谢，我不想吃。金胡子说，傻瓜，人是铁，饭是钢。自古以来，只有犯死罪，没有犯饿罪。蒋静说，我不饿。郭小举说，小蒋，多少吃一点。蒋静无奈，端起碗，金胡子从脸盆中夹起一块甲鱼放到蒋静的碗里，蒋静连说谢谢。蒋静只在碗边嘬了一点汤，就放下了碗筷。陈森呼呼呼地吃着面，很香很满足的样子。

大家吃完夜宵，金胡子催郭小举去休息，自己和陈森接着与蒋静谈话。陈森刚吃完面，似乎添了精神，对蒋静说，蒋静同志，早点讲吧，不讲过不了关。蒋静说，我有什么可说的呢？他们说是我创作的，我也认了。陈森说，你要讲真话，这是为了你好。我不是说，这歌你还真的写不出来呢，你何必替人家担呢？有这个必要吗？我是干公安的，你说是你创作的，我们如果将这个笔录整理，写一个调查报告，做一个结论，你一辈子都翻不了身，划个敌我矛盾，还要受管制哩！陈森说着说着，蒋静靠在桌子边睡着了。陈森有点生气，手往桌子上猛地一拍，吓了蒋静一大跳，满脸惊恐。陈森用眼睛向金胡子示意，去搬开桌子，让蒋静无法靠着桌子。陈森开始翻脸，一翻脸，那样子很凶很难看，他厉声说，蒋静，请相互尊重，我们不睡，你也休想睡！那时候整人，这是常用的一种方法，这应该是那时群众专政惯用伎俩。蒋静眼皮打架，千方百计睁开眼，可还是坐不住，险些栽倒在地，她复又坐正，摇晃一下自己的头，表示不要栽瞌睡，要坚持住。

夜深了，陈森开始政策攻心，蒋静坐不住了，哭了起来。陈森感到有戏了，连哄带吓，蒋静最后一道防线彻底崩溃了。这个时辰，是人心理最脆弱的时候。于是，蒋静十分乖顺地一五一十地交代她是如何从苏蓝处借来手抄本，如何又借给了邢微微誊抄。陈森将问话笔录递给蒋静看，蒋静看着，金胡子问有没有写错，蒋静说没有。陈森指着笔录让蒋静签字。蒋静说写什么？陈森说，如果是事实就写“属实”，不是就写“不属实”。蒋静签完“属实”后，写上自己的名字、年月日。陈森又说，每一张都要签。陈森拿出红印泥，又让蒋静用右手的食指蘸红印泥，在她的名字，在改动的地方摁上红指印。印毕，天渐渐亮了。

苏蓝因创作、传播反动歌曲《忧伤》被定性为“坏分子”，但给他留了一条后路，就是把帽子放在人民群众手上，接受监督改造，以观后效。苏蓝因此被撤销了营长职务，离开了西津水电站建设工地，被发落到秀瑞“五七”农场劳动，监督改造。

“茅棚临古渡，落日满山秋”。这个“五七”农场，其实是一个秀河岸边原始宁静的荒野。北边是缓缓向东流去的秀江水，水绿山青，扁舟横渡，河边有茂密的荻花芦苇，一丛一丛，穿着海魂衫的苏蓝习惯在收工后到这里来走走，偷偷吟吟古诗。有一首宋人叶茵的《山行》他特别喜欢：“青山不识我姓字，我亦不识青山名。飞来白鸟似相识，对我对山三两声。”从鹅卵石中长出的一簇簇冬茅丛，给苏蓝产生很多很多的想象空间。进去了，倒像一个八卦迷阵，进深了，钻半天也难钻出来。心情好的时候，他会从口袋里掏出一把跟随他多年的铜口琴，吹吹苏联歌曲《山楂树》、《三套车》和《莫斯科郊外的晚上》，碰到有人，就会立即改吹《我是公社的小社员》，这歌他特别喜欢打复音。凡听过他吹口琴的人，都说他吹得非常好听。其实，苏蓝这时的心情，和当年的米芾差不多，“怅襟怀，横玉笛，韵悠悠”，他常笑自己，和米芾一样有洁癖，“不与人同巾器”。在农场劳动，他和周围的人，关系都处得很融洽，和他最好的一位是农场革委会主任张平，还有一位原是工人俱乐部主任，历史反革命分子洪斌毕。这老洪是胖子，肚子很大，都叫他洪胖子。洪胖子喜酒，苏蓝是他的酒友；张平善弈，苏蓝是他的棋友。张平见苏蓝是一个读书人，做事细致，就不让他干粗活，安排他到食堂管伙食。苏蓝感激不尽。他知道，一般“阶级敌人”是不让进食堂的，因为涉及饮食安全问题，防止阶级敌人破坏，说明对他还是另眼相看，给予了信任。

荏苒岁月，蹉跎年华，萋萋芳草，农场即家。苏蓝常骑自行车去西城买菜，这是一辆破自行车，永久牌，除了铃不响，其他什么都响。有一次，苏蓝骑自行车，迎着惨淡的夕阳，天黑归来，路被谁挖了一个小沟，断开了，应是农夫要引水到田里去，他没看清，咔嚓一下，他和自行车被掀到了秀河深水之中。还好，他在校时就是游泳健将，他落汤鸡似的爬上岸，到处找眼镜。天又黑了下来，没有眼镜他寸步难行。他上岸摸呀摸呀，摸到了一大堆黏黏糊糊的东西，他开始还不知是何物。他将手放在鼻子上闻了闻，才知道是牛屎，自己都觉得好笑。这时，他已不畏牛屎了。种薯种，是要用手掰牛屎的，他玩过牛屎多回，习惯了。

最让苏蓝激动的是，张平委派他去县林业局联系木材，农场准备盖几间仓库，在开具的介绍信中，上面写了："兹介绍我场苏蓝同志……"，"同志"两个字，让苏蓝热泪盈眶，心里暖乎乎的。他把介绍信折好，十分小心地放在贴肉内衣的表袋里，下意识按了按，生怕遗失。出去之前，他与洪斌毕在一起喝谷酒，原来不准备说，他贪了两杯酒，头脑一发热，就与洪斌毕说，老洪，我可不是"阶级敌人"了！洪斌毕说，老弟，你"解放"了？"解放"是那时一个特定的词语，大概就是解除管制，或者是由"敌我矛盾"转为"人民内部矛盾"，意味着政治生命的复活。苏蓝神秘地从内衣表袋中，哆嗦地摸出介绍信给洪斌毕瞧，洪斌毕看后，有一点妒忌，但很快掩饰过去，他毕竟是一位有经验有经历的"历史反革命分子"，他假装成很高兴的样子说，老弟，祝贺你，干杯！苏蓝把这口酒咽了下去后，想宽一宽洪斌毕的心，说，我这不算，我这还不呢！没有正式文件的不算数。你也不要着急，总有一天会"解放"的，我知道你不是坏人。但苏蓝心里明白，这老洪，这辈子恐怕难啊，谁叫你是"历史"问题呢？你在张灵甫 74 师当少校军乐队的队长，虽没有血债，但你毕竟是少校军官啊，最该死的，你还是张灵甫的手下呢！张灵甫太出名了，那《红日》电影让全国亿万人民都认识了蒋介石的嫡系张灵甫，你老洪没死就是万幸。不过，老洪，我看你，你还是很快乐的，能吃饭，能喝酒，能上工，浑身有使不完的劲，一些田地都给你修理得简直就像一大姑娘的绣花房一般整齐漂亮。你看，那水田被你用木梯拖得平如明镜，那旱地一畦畦被你赤脚一锄头一锄头整得像削矮了的金字塔。

人对人的感情有深有浅，也可以固守也可以转移，没有感情可以培养感情，有了感情也可以瞬间反目成仇。苏蓝本来对晏含秀是没有感觉的，他对上眼的就是刘丽莎，刘丽莎才是他的心动女生。但晏含秀在苏蓝落难时来农场看他，俨然像他的情侣，帮他打理房间，下门板来帮他刷被子，浆衣洗裳，让他感动。对这样一个敢爱敢恨的姑娘，苏蓝心里在慢慢地接受她。他把她当妹妹看，因为，他对她从未有过冲动，像秀河在这里拐弯一样，太平静了。晏含秀父亲晏政是抗日时期参加革命的南下干部。当年，他是由地下党员也就是他的五叔晏茂生介绍，从西安八路军办事处去延安抗日大学。晏政南下刚来秀瑞，在白云区当区长，不久他就看上了当地最积极最漂亮的姑娘周菁，这姑娘在县私立散源中学念书，参加了民盟，但她是地主的独生女儿，组织上不同意他和周菁好，他一意孤行，我行我素。因他在辽沈战役中，曾救过地委顾书记的命，没有处理他，但他一直被限制使用，和他一起来的很多南下干部，都提拔当了地厅级领导，拿到了十五级以上的工资，而他却一直是十九级。晏含秀脸型像她母亲，甲字脸，丹凤眼，肤如凝脂，端庄秀气，而身材、气质像父亲，有 1.7 米的个子，在西城犹如鹤立鸡群，亭亭玉立，风姿绰约。晏含秀主动追求苏蓝的事情，早已传到晏政耳里。晏政不仅不反对，反而坚决支持。晏政在县肉食品公司当一把手，每次都让晏含秀捎上一些猪肉和猪肝送给苏蓝吃，补补身子，还让捎话给苏蓝，说年轻人不要怕犯错误，他也是犯错误过来的。晏含秀说，爸，你是老八路，你犯过什么错误？晏政笑道，我不犯错误，哪里会有你呀？

（五）

“五七”农场山晴花繁，径暖草积，河水绕垅，田塍纵横，鸡鸣昼辰，犬吠黄昏。身穿海魂衫的苏蓝吟着张九龄的诗和晏含秀去秀河洗衣：“兰叶春葳蕤，桂华秋皎洁，欣欣此生意，自尔为佳节。谁知林栖者，闻风坐相悦。草木有本心，何求美人折。”秀江在夕阳的照射下，充满了山乡的浪漫。波浪闪着红光，光晕透着山影，空旷的山野回响着晏含秀挥杵捣衣的声音。晏含秀将捶好了的衣物丢给赤着脚站在湍急河水中的苏蓝，让他漂洗干净。晏含秀就是喜欢苏蓝这个样子，忍不住多偷看他几眼。苏蓝将衣漂洗扭干，放入木桶内，旋而又去接晏含秀杵过的衣。苏蓝有一种归宿感。农场张平对他好，眼下又有一位善良的姑娘对他倾心，他很满足。但他这种满足感稍纵即逝。“城中桃李愁风雨，春在溪头荠菜花”。他又想起刘丽莎。刘丽莎已成为了他的一种理想，一种美好的象征，他想追求她一辈子，哪怕为她去死，他愿意。在他看来，什么叫幸福！能和刘丽莎说上一两句话就是幸福！他刻意把晏含秀当成刘丽莎，有时有用，有时没用，总是在有用和无用中交换着，交织着，交替

这天，一绺油画般的阳光斜斜射进土屋的木窗，红土筑成的厚墙，显得更加古红更加沧桑……

黄大明 绘

着。苏蓝看着晏含秀主动来农场探望他，帮他浆衣洗裳，又觉得自己十分对不起她。平心而论，晏含秀哪一点比刘丽莎差呢？容貌？身材？心灵？品格？他认为都不是。一想起刘丽莎，就有一种激动、亢奋和战栗，就有一种无以言表的爱慕和喜欢。

捣衣水波，水动天摇，倩影惊鱼，霓裳惹鸟。晏含秀发现苏蓝在发呆，将手中的一件衣丢过去，苏蓝才缓过神，接过来在水中漂洗，他这才看清，原来是晏含秀的一条红底暗花内裤。苏蓝脸唰地红了，一直红到耳根。他连忙侧过身，怕晏含秀看到他内心的变化。他手中这姑娘的内裤，让他产生许多联想，这种联想，使他怦然心跳，心中的波澜，像秀江水面，不时被微风泛起一圈又一圈美丽的涟漪。这种微妙的反应，一直蔓延到他的大腿根部。他在水中翻开女内短裤清洗着，不敢看，尤其是洗短裤的关键部位时，他只放在河水中不停地摆呀摆呀，也不知道洗没洗干净，匆匆扭干，别别扭扭，放入木桶。晏含秀又丢一件衣过来，这是一件苏蓝特爱穿的旧军装，他十分喜欢旧军服上的军扣，“八一”镶嵌其中，十分神圣。这件军衣是陈坊民工营中一位退伍军人送给他的，他很珍惜。晏含秀说，你洗衣时，口袋要翻开来洗洗。苏蓝嗯了一声，心里笑说，看你这个北方女子，牛高马大的，心还挺细。

苏蓝翻开口袋时，这下把他惊呆了，这里面可有他的“宝贝”啊！苏蓝将口袋翻开，发现了他的“介绍信”已经被晏含秀用木杵捶个稀巴烂，已成为一个烂纸团。晏含秀急问，是洗掉了什么重要的东西么？苏蓝说，太重要了。晏含秀问，到底是你的什么心肝宝贝呀？钱吗？苏蓝一急，脱口而出，说是“同志”啊。晏含秀笑他，看你还当过营长，连话都说不清楚。一张纸有什么大惊小怪，又不是人民币，我还以为是钱呢。苏蓝忙解释道，那是一张写着

“苏蓝同志”的介绍信，它可以证明我不是“阶级敌人”，不是“敌我矛盾”，而是“人民内部矛盾”。晏含秀明白了，不以为然，说，你是什么“阶级敌人”？你如果是“阶级敌人”，我会来看你？我爸说，他们是瞎搞！他说他要去找地委书记顾伯伯。其实，此时顾书记他是泥菩萨过江，自身难保。

斯人仰天观雁，入暮听蛩，明日高悬，岁月蹉跎。农场的菜园，进了鸡。菜给鸡啄个精光，把苏蓝气得半死。张平主任虽没吭声，但好几天没有邀他下棋了，明显表现不满。亡羊补牢，为时不晚。苏蓝向农场生产部反映，请他们安排几个劳动力，和他一起上山，砍些小山竹来，他要严严密密、坚坚实实编好篱笆，把菜园围好。

这天，一绺油画般的阳光斜斜射进土屋的木窗，红土筑成的厚墙，显得更加古红更加沧桑，那斑驳的厚重的阳光正好打在苏蓝憔悴的脸庞上，他的近视眼镜反射出光来，像幽灵在阴黑的土屋里面晃来晃去。苏蓝聚精会神在搓草绳，为围夹菜园作准备。苏蓝一边搓草绳，心里一边默吟古艾地黄山谷的诗：

黄落山川知晚秋，小虫催女献功裘。
老松阅世卧云壑，挽著沧江无万牛。

外面有人喊老苏，是农场近边老乡家嫩娃的声音。一位剃筲箕头的八、九岁放牛娃领进一个人来，那人背了一个上面印着红颜色“为人民服务”的军用黄挎包。苏蓝一眼就认出来了，两人一下子紧紧抱在一起。这人不是别人，正是徐铁。徐铁说，我刚刚在县里参加武装基干民兵集训，顺路来看看你。苏蓝推了推近视眼镜说，还好吧？徐铁说，你走了，大家都没劲，都为你鸣不平。苏蓝说，没什么，这已经是很保我了，一是没有关我到班房里去。二是“坏分子”帽子没有戴上，这两条，任一条，这辈子我就彻底完蛋了。徐铁愤怒地说，蒋静那女妖精真不是个好东西，都知道就是她出卖了你，我真想邀几个人揍她。苏蓝说，不可以的。她也是没有办法。换成其他人，也只能这样。我一点都不恨她。徐铁笑了，说你的优点是大度，你的弱点也是大度，这点值得我们学习，但一辈子都学不到。苏蓝给徐铁身上拍了拍路上的尘埃，捏了捏掉在肩上的几根头发，说住两宿再走。徐铁说，当然。苏蓝说，晚上我们好好聊聊。徐铁憨厚地点头，又从他背的黄挎包里掏出个东西来。苏蓝问，这是什么？徐铁说，是雷管。苏蓝警觉地盯着他问，你要这个干什么？徐铁说，别吓死了，我不是来给你报什么仇的。我看你太苦了，去炸点鱼给你吃，苏蓝惊愕着说，炸鱼？千万别去，这太危险了！再一个，造成影响也不好。徐铁说，苏老师，我们什么都佩服你，就这一点不佩服。我到秀河拐弯的深潭，往水里一扔，没有谁见得到，等有人来，我捞起鱼早已经走了。苏蓝说，你不要虎头虎脑。徐铁说，苏老师，我听你的，我是不怕，就怕你担心，我决不能再给你添麻烦了。那我去钓鱼吧，虽然把握不太大，但我还是有办法的。苏蓝知道他是钓鱼高手，什么狡猾的鱼都逃不过他。苏蓝突然想起，附近四矿今晚有露天电影。徐铁说，我陪你去看。四矿是铀矿，铀是做原子弹的，有放射性，那儿隔农场有 15 华里。徐铁说，现在的电影实际上也没什么看头，都说中国电影新闻简报，越南电影飞机大炮，朝鲜电影又哭又笑，阿尔巴尼亚电影搂搂抱抱。

（六）

晚秋云淡，夕阳如血，苍茫旷野，飞鹭归林。这顿晚饭对苏蓝来说，简直太丰盛了！苏蓝心里说，徐铁你小子还真有两下子，一个下午就钓了那么多的鱼，还品种不少呢！其实，这都是徐铁用心设计好的，他想给苏蓝加一个餐，一个惊喜，一个快乐，他要做一个“一网打尽”的家乡菜。所谓“一网打尽”，就是将设法钓来的翘嘴白、红尾、石斑、七星、鲶鱼、鲫鱼等，用油稍炸，而后用老酒焖，再放些紫丝、姜丝、干辣椒，用流动的秀水和豆腐一块炖煮。秀瑞民间言，“千煮豆腐万滚鱼”。这也称“河水煮河鱼”，就一个字——鲜！这一幕，让苏蓝感觉回到了西津水库工地上。“忽忆竹床同野饭，梦随秋雁到津湖”。苏蓝对洪斌毕说，老洪，晚上你就不要去食堂打饭菜了，我们一块吃。你那坛子里的谷酒，还有么？洪斌毕说，够咱喝的。苏蓝去食堂把厨房的事安顿一下，可好一会还没回，徐铁等不得，又去厨房唤他吃饭。苏蓝指着坐在老县长对面的那个皮肤白皙的人说，那人就是县一中的老校长，姓陈，留过洋。还有一些牛鬼蛇神，苏蓝没有一一介绍。

阡陌纵横，桑榆晚霞，菜园枇杷，枝头吊挂。洪斌毕扛着湿漉漉泥巴裹覆的木梯，从田间拖田回来，噼啪噼啪一双赤脚。他晒得黝黑，倒像个老农，就是腆着大肚皮，似又不太像。他已习惯了这种劳作，经常是这样子。苏蓝发现洪斌毕左腿上还吸附有一条蚂蟥，佝下头去，帮他拍下来。洪斌毕若无其事，说这蚂蟥还舍不得走，血没有吸够。洪斌毕说得有道理，因为，蚂蟥吸人血，吸饱，自己会掉在田里。没掉，意味着还没吸饱呢。木炭火炉上的脸盆里冒出的热气，散发着“一网打尽”的烹鱼香味。苏蓝揭开木盖，盆里立刻升腾起香喷喷的热气，弥漫全屋。他们见此，食欲大开。苏蓝端起盛满谷酒的土碗，邀上徐铁，首先要敬洪斌毕的酒。洪斌毕做了一个有力的“不要”手势，说别、别，我是牛鬼蛇神。苏蓝说，我现在不也是牛鬼蛇神吗？我的“介绍信”给我洗衣洗掉了！你年龄长我，我这个小牛鬼蛇神敬你这个老牛鬼蛇神，洪斌毕难却，双手端酒，站了起来。于是，三人呼呼呼地都喝了一大口。徐铁边喝酒，边告诉苏蓝一些工地上的事，比如，徐铁村上在工地指挥部医务所的孙亚民，被推荐到了上海医科大学读书去了。其实苏蓝对别的事情并不关心，只想知道刘丽莎的一些消息，但又不好直问。徐铁还告诉苏蓝，说蒋静这个贱货，也被推荐到汝东师范读书，据说是金胡子帮的忙。苏蓝问徐铁自己的事。徐铁说，祝湘灵好是好，就是太要面子、太要虚荣了，比方说吧，年终没有评到先进，就哭得死去活来。苏蓝说，湘灵是个好姑娘，本质很好，你要好好待她。徐铁点头。苏蓝在徐铁心中，就是菩萨。徐铁说过，苏蓝的话，就像木匠手中的墨线，准着呢！苏蓝又问他爸徐铁匠的一些事，突然想起了孟浩然《秋登万山寄张五》的诗，“北山白云里，隐者自怡悦。相望始登高，心随雁飞灭。愁因薄暮起，兴是清秋发。时见归村人，平沙渡头歇。天边树若荠，江畔洲如月，何当载酒来，共醉重阳节。”此刻苏蓝分明把徐铁匠当成张五这位白鹤山的隐士。

酒过三巡，苏蓝突然感到只顾和徐铁说话，冷落了在一旁的洪斌毕，于是便和洪斌毕找话。洪斌毕略有些醉意，突然说出一句让苏蓝和徐铁都吓一跳的话，他举起酒，说我、我要敬张将军一杯酒！苏蓝紧盯着他问，哪个张将军？洪斌毕说，张灵甫将军！洪斌毕端起一大土碗谷酒，仰头就喝。苏蓝赶紧示意徐铁去关门，说老洪，你喝多了，别乱说，这样不好。洪斌毕眼睛一横，平时那慈眉善目的神态荡然无存，一副无比激动的样子，他说，我不会连累你们的！张灵甫是被解放军打死的，不错！我，我之后也在孟良崮被俘，但参加了解放军啊！但，但不能否定，张灵甫在打日本鬼子时，是好样的，是好汉！这让苏蓝感到惊讶和迷惑。洪斌毕用手袖揩了揩眼泪和鼻涕，嘴角还在悬着老长的涎水，接着说，他只是跟错了老蒋，而我跟错了他！苏蓝问，你是怎么到他的部队去的？洪斌毕说，我最先是看到他抗日的事迹，想都没想，就投奔到了张灵甫的部队，洪斌毕又喝了一大口酒，徐铁好奇地问，投奔之前，你在做什么？洪斌毕说，我是学生，在念书。我是学校文工团乐队的，我吹小号。洪斌毕比画做了一个吹的姿势，他意犹未尽，起身往门口走，说我先去解个手。徐铁看到他的醉态，忙上前搀扶，被他坚决推开，徐铁只好作罢。古人云，惟酒可以忘忧矣。

半晌，洪斌毕还没有回来，苏蓝要徐铁去看看。徐铁在草丛里发现洪斌毕蹲着哗哗地呕吐，吐完后，徐铁扶他进屋。这回洪斌毕没有推却。洪斌毕高一脚低一脚踏进房门，醉醺醺地摆了摆手说，我没醉，真的，这点小酒算啥呢？

徐铁问，你说的田汉就是写“义勇军进行曲”的那人吗？洪斌毕说，正是。《德安大捷》戏中，张灵甫与记者有一句对话让我刻骨铭心，终生难忘。黑黑洞洞的门外，闯进一个人来，这让他们十分紧张。这人不是别人，正是农场革委会主任张平。张平见大家惶悚的样子，笑着说，你们加餐也不告诉我一声。苏蓝忙解释，说原来我营里的小徐来看我，钓了一些鱼。张平让洪斌毕继续说，洪斌毕涨红着脸，知道自己死定了，为了保护苏蓝和徐铁，说我说的与苏蓝他们无关。苏蓝一时乱了方寸，急忙解释，撒了一个十分愚蠢的谎，说老洪什么都没说！张平又笑，说我在外面什么都没听见。苏蓝知道张平在说反话。张平为打破窘局，说，老洪，来，咱们干一杯，为张灵甫打鬼子干一杯。又说，苏蓝、小徐一块来吵！苏蓝紧张得手直哆嗦，不知张平是虚晃一枪呢，还是洪斌毕说的话，真的引起了他的共鸣，只听见张平说，我们在一起这么久了，还不知咱老张吗？我也是有肝有胆的汉子！这碗一定要喝！你们不知道，我那可怜的老母亲，就是被可恶的日本鬼子飞机扔炸弹炸死的！张平这一席话，把大家的疑虑彻底打消了。洪斌毕瞪着红眼，痴痴看着张平喉结骨上下抽搐了几下，一咕噜，把酒喝光，而后自己也端碗，一饮而尽。

（七）

古艾西城，三面环秀水，一面倚北山。西城偏远，文化却厚重。就说西城着装时尚吧，受当年上海下放知青的影响颇大。那时，西城年轻人，学上海人穿着打扮，上海时兴什么，西城流行什么。本地的青年人，混入下放的上海知青人堆里，谁也分不出谁，本地的会说上海话，上海的会说本地话。装束呢，也如此。蓄长发，喇叭裤，屁股包得铁紧。那时，女孩子原来扎着长辫子，上海人来了，一个晚上像早年辛亥革命“剪辫运动”一样，齐刷刷变成了上海姑娘爱剪得短短的“拉拉头”。这也许有传统，西城在二十世纪三四十年代，就流行一首用《苏武牧羊》古典曲子填词的歌曲，可见西城习俗风情一斑：

西城女性爱时髦，头发剪短了。短裤脚，丝光袜，皮鞋五寸高。嘴唇涂口红，脸搽雪花膏。左手戴金表，右手夹皮包。走起路来两边歪，屁股往后翘。

西城秀江左岸，有一家茶馆，取名为“钓道茶楼”。老板姓陈，名衡祥，熟人都称他“祥哥”，知道“祥哥”的人比知道“陈衡祥”的人多，慢慢他的本名被很多人遗忘了，就像很多外国人只知道“景德镇”不一定知道“江西”一样。祥哥是县双井茶厂退休职工，长得精瘦，但精干。虽然一口龅牙，笑起来显得特别可爱。他年逾六旬，单眼皮，伶牙俐齿，说话语速较快，且不乏幽默。他说话时，如觉得要加重语气，常常会用薄嘴唇完全把龅牙包住，一副煞有介事的样子，悠然一放松，又会露出一排笑容可掬的龅牙，显出无比轻松的神态。因为古艾地出了陈门五杰，常有人问他，他是否是他们的后裔？他不置可否，说我们都是德安义门陈。祥哥家族最有文才的是他祖父的祖父。他祖父的祖父，是乡间秀才，到祖父这一辈，开始学手艺——伞匠。西城人称“伞”为“遮子”。清朝咸丰年间，弋阳人来西城做伞，成为弋阳伞帮，后来湘潭帮把弋阳帮排挤到乡下去了。由于湘潭帮艺不外授，父传其子，一家一户单独经营，到了二十世纪二三十年代，大有日薄西山之势。湘潭帮为东山再起，三十年代中期，成立了“共春工店”，进行分工合作制伞，后因西城西部闹革命，遂把“共春工店”改“同春工店”。1939 年

西城秀江左岸，有一家茶馆，取名为“钓道茶楼”。老板姓陈，名衡祥，熟人都称他“祥哥”……

黄大明 绘

夏，成立了“保证责任秀瑞伞签合作社”。社内六个工序生产，并招收了当地一批人当学徒，他祖父作为当地人有幸在这时进入伞界。做伞是技术活，学到这门手艺，不愁没饭吃。祥哥幼时听他祖父说，这伞可是好东西，谁都要用，经常都离不开它。“油纸”谐音就是“有子”，多吉利。伞是圆的，象征团团圆圆。若把伞送贵人，又让贵人欢喜，“竹柄”，预示贵人步步高升。后来，祥哥祖父又把他父亲带到弋阳伞帮当学徒。再后来，钢骨布伞来到了市场，西城油纸伞制伞工艺改为工艺伞，销京、沪、杭、粤和欧美，他父亲随机应变，立马改入制茶行，祥哥也被他的父亲带入制茶。然而，他业余却迷上了钓鱼，成了西城闻名遐迩的“钓鱼大师”。

“钓道茶楼”牌匾落款是启功先生，但县内书法界人士根本不相信，有人哼着鼻子说，你祥哥咋弄得到启功先生的真迹？肯定是赝品。这些传到祥哥耳中，他总是淡然一笑，从不计较，不作理会。钓道茶楼开得算有品位，进门前的大屏风，是江南梅圣郑杉用山谷体写的一个硕大的“钓”字，进去的两侧，挂了四幅中堂：

清代诗人王士祯《题秋江独钓图》诗：

一蓑一笠一扁舟，一丈丝纶一寸钩。
一曲高歌一樽酒，一人独钓一江秋。

唐代诗人孟浩然《临洞庭上张丞相》诗：

八月湖水平，涵虚混太清。
气蒸云梦泽，波撼岳阳城。
欲济无舟楫，端居耻圣明。
坐观垂钓者，徒有羡鱼情。

白居易的《垂钓》诗：

临江一长啸，忽思十年初。
三登甲乙第，一入承明庐。
浮生多变化，外事有盈虚。
今来伴江叟，沙头坐钓鱼。

宋玉的《钓赋》名句：

以贤圣为竿，道德为纶，仁义为钩，
禄利为饵，四海为池，万民为鱼。

茶楼内的装饰非常注重仿古工艺，木质制品如镂空花匾，皆为黑底生漆油成。上楼处悬挂着用镜框镶成的各种鱼的“鱼拓”作品，在厚重的古韵中透出鲜亮的鱼影鱼趣。

“钓道茶楼”有几类人喜欢来喝茶。有官员。有外地想来秀瑞投资的老板。招商局常带人到这里来喝喝茶谈生意。有文人。尤其是外地慕名而来的骚客雅士，比如来双井拜谒黄庭坚墓和来竹塅寻访陈宝箴陈三立陈衡恪陈寅恪陈封怀故居的，他们在当地文化人陪同下，也会乐意来这里小坐。有钓友。他们会在这里笑谈钓鱼的趣事和感悟钓道的意蕴。西城很多人来这里和祥哥探讨过“钓道”寓意。有画家“江南梅圣”郑杉，有电台记者狄平，有一中老师阿光阿明，有离休老县长朱谷鸣。县里领导陪省、市领导也有来。他们在这里，听祥哥侃侃而谈，解析“钓道”。祥哥说，对钓道，每个人理解都不一样。不一样才正常，一样才不正常。就说我吧，钓了大半辈子的鱼，八百里秀江，在秀瑞境内九九八十一滩，无处没有留下我的脚印，但我至今仍然说不明白，何为“钓道”，倘若一定要说，我讲个故事给你听，一起悟去。说着，他娓娓道来：孔子的得意门生宓子贱任单父令，听说阳昼很有学问，特登门拜访，讨教对治理单父的方略。阳昼却说，自己出生贫贱，不懂治道，只懂钓道，宓子贱就向他请教钓道。阳昼说，“夫投纶错饵，迎而吸之者，阳桥也，其为鱼也薄而不美。若存若亡，若食若不食者，鲂也，其为鱼也博而厚味。”阳昼认为投钓放饵，马上来吃饵的，不是好鱼，只是一种阳桥鱼，肉少而味差；那些若即若离，想吃又不吃饵的鱼，才是鲂鱼，其肉多而味美。宓子贱从钓道中悟出了治道。当他还没入单父境，就有不少穿着官服乘着华丽车子的人前来迎接，他说阳昼所说的阳桥鱼来了，命令随从快速赶车。到了单父，他采取钓鲂鱼的方法进行治理，全境于是大治。

县委副书记龚睿智，曾陪来看他的一些同学，包括大学同学，但党校同学居多，都来钓道茶楼喝过茶。有一位神秘的党校同学成了祥哥的莫逆之交。龚书记这位同学事后很感谢钓道茶楼给他的启示。事情还真有好的发展呢，这位同学此后三年三大步，平步青云，人生成就在龚睿智之上。这位同学嘱龚睿智，有时间可多去钓道茶楼坐坐，以增心智。龚睿智大学是学哲学的，他果真放下架子，屈尊和祥哥这位民间智者有过多次探讨。他没有想到，秀瑞民间藏龙卧虎，祥哥成了他的一位挚友。祥哥告诉他，“钓道”融入在中国主流文化儒、释、道三者的交汇点上。你看，儒家讲的自然，是象征的自然，追求理想，安贫乐道；道家的自然，是天然的自然，闲适旷达，天人合一；释家的自然，是禅意的自然，走出红尘，化悲为乐。你还想想看——此时祥哥把一口龅牙包紧，煞有介事，一脸的严肃，说我们这些人，既然选择了垂钓，就选择了人生的目标，这是儒家思想；我们来到青山绿水的大自然垂钓，融入大自然，这是道家的理念；我们在垂钓之时，宠辱皆忘，心静如镜，这是释家的境界。龚睿智点头称是，说有道理。

祥哥和龚睿智聊天，说他更喜欢有文化对文化人好的人当领导。他说，中国古代，每位官员，都是文化人，要考，混不进去。唐代选官，入进士，都要考诗赋，为官后，一样带兵打仗。有文化是很高贵的。我们乡下，字纸掉在地上是不能用足去踩踏的，那是对文化极大的不恭！我村上老屋原来大队冷会计说，不懂诗，就是没文化。现在当官，我看也要懂点诗。在诗的国度里，诗就是魂！我不懂，所以我不是文化人。但我敬畏诗，敬畏《诗经》，敬畏孔子，敬畏文化人。有文凭的人不一定是文化人。有的有文凭的人，不懂诗，更不要说爱诗，还十分讨厌诗，鄙视诗的样子。文化人一般喜欢读书。读书是高贵人做的事。恕我直言，没文化的人一般走不远，偶尔走得稍远一点的，会摔跤，有时会摔得很厉害，鼻青脸肿。越鄙视诗就离高贵越远。何故？因为失魂矣。听说有的人文凭是买来的，装成文化人，我心里压根就看不起这种人。你说奇怪吧，有的人没有文凭，但却是真正的文化人！比如我们古艾地我的本家陈寅恪，什么文凭都没有，他提出“独立之精神，自由之思想”，假文化人是想不到这些的，更不要说懂它的真正内涵。真正的文化人一定会在陈寅恪这个没有文凭的人面前毕恭立正，肃然起敬！我觉得吧，当官的应有一点文化的气质，懂点诗，多高贵。真正高贵的文化人为官是受人敬仰的。你看看，自古以来，不论是城里还是乡下，不论是有钱人家还是缺钱人家，都想放后代读点书，期望后代日后有点墨水，最好能吃文化饭，这点不假吧？不怕您笑话，我生下来，我的老祖母帮我洗三朝，还用毛笔在我嘴巴里蘸点墨，但我瘦狗屙屎硬拉，还是没成文化人。有的假文化人为官，一丁点高贵者的魂都没有，对上溜须拍马，对下冷酷无情，对人飞扬跋扈，大事糊涂，小脑发达，公家的事，往往就坏在这般人手里，让这些人把文化人高贵的脸都丢尽了！我信奉，高贵的人一定会有高贵人的样子。我们要重振东方巨龙雄风，首先是要弘扬中华文化，要重塑“文官不贪财，武官不怕死”的中华传统正气。龚书记，您说呢？龚睿智笑问，祥哥您可以分清哪些是真文化人哪些是假文化人啵？祥哥说，我不行，但老百姓可以。

（八）

西城第一中学的校长是一位女校长，姓竹，名天雁。老三届，后下放，恢复高考那年，考入了省师范学院。竹校长个苗条，容貌好，气质佳，但一直未婚配，老处女。背后很多人，为她惋惜，叹资源浪费，有恶毒者，言其“石”也。她事业心强，人正，工作风风火火。我听过她一次谈话，她说人要知足，像我们这等人，社会上多得很，凭良心说，我在学校读书时，成绩也不是最好的，最好的还在乡下农村呢，我有一位同学，成绩比我好，但当年因为成分不好，政审没通过，没能让上大学。她所指的这个人，后面会有他的故事，此是后话。一日，竹天雁到县教育局开会，汇报工作时，谈到她学校有一位语文老师，在学校一次援疆支教报告会上做演讲，师生反应强烈，引起共鸣，建议可以在更大的范围讲一次。县教育局感到这主意很好，正好符合当前关于开展爱国主义教育的精神，决定在全县教育系统组织一次报告会。一家人对阿光这次演讲十分重视。金姣寻到西城最有名的裁缝——胡家巷水莲制衣坊师傅，为阿光特订制一套藏青色的西服。当然，金姣没有忘记同时也给阿明订一套。阿明借来一架照相机，买了最好的柯达胶卷，说要把阿光最好的影像拍摄下来。

全县教育系统的报告会，安排在一中大礼堂。大礼堂坐落在学校的西北部，四周都是桃树林子，显得十分优雅静谧。而大礼堂内，全县师生代表整齐坐着，人声鼎沸。报告会就要开始了，主席台上坐着县委宣传部、县教育局等领导。竹天雁主持报告会。她说，各位领导，老师们，同学们，大家上午好！今天，我们十分高兴，迎来了全县各个学校的师生代表，在这里举行一个别开生面的报告会。下面，我介绍参加这次报告会的领导有……还有县一中语文教研室的阿光老师。阿光老师一年前，怀着对祖国的无限热爱，揣着对一份人民老师的光荣责任，作为一名志愿者，到新疆支教一年，他带去了我们秀瑞人民对边疆人民的深情厚谊，也带回了对新疆那块热土的无限眷恋。现在，让我们以热烈的掌声，欢迎阿光老师给我们做报告！竹天雁带头鼓掌，台下台上掌声一片，场面十分热烈。

阿光穿上金姣为他量身定制的西服，配了一条深红色的领带，在白衬衫的衬托下，显得十分儒雅英俊。他带着几分腼腆，端端正正给台下的老师和同学们鞠了一个躬，然后又给台上坐的领导鞠了一个躬，来到讲台，用他那带金属般磁性的男中音，开始了他的演讲。

阿光说："明月出天山，苍茫云海间"，这是出生在西域的唐代大诗人李白著名的诗句。大家知道吗？“疆”字的右边，上、中、下有三横，分别代表着北部的阿尔泰山、中部的天山和南部的昆仑——喀喇昆仑山。不到新疆不知祖国之大，到了新疆更觉祖国之美。千百年来的风风雨雨，新疆都离不开祖国母亲对他的关怀、珍爱和呵护；都离不开中华大家庭对他的亲昵、记挂和守望。唐代诗人李颀诗吟：“乌孙部落家乡远，逻娑沙尘哀怨生”。为了中华民族的利益，汉朝乌孙公主远托西域，唐代文成公主远渡沙尘到拉萨。当年，“乌孙迎细君，锡伯大西迁”的动人情景，又出现在我们眼前。新疆现在有一个少数民族，叫锡伯族，240多年前，清政府为了加强新疆兵力，从沈阳以及周边十五个城市，抽调骁勇善战的锡伯族官兵1018人，随带家眷共3275人，西迁新疆伊犁屯垦戍边，行程万里，限定三年到达目的地，但仅用一年零三个月，缩短一半多时间。更令人惊讶的是，在这支特殊的武装力量队伍长征中，竟有350名新生儿出生。老师们，同学们，世界上恐怕还没有哪个民族的儿女，刚一出生，幼嫩的肩膀上，就担当起保卫祖国的神圣职责！伟大的中华民族成员中的锡伯族人做到了！比起先辈们为了祖国的疆土和民族利益所做出的牺牲，我们去新疆支教所遇到的一点点困难，又算得上什么呢？阿光讲到此，全场报以热烈的掌声。竹天雁侧过身，用手遮住嘴巴，小声与紧靠身边的县领导说，这阿光去新疆，落下了胃病，上次还患了胃穿孔，差点死了。这位县领导边鼓掌边点头。

阿光继续说，在我们离开新疆前，去了察布查尔，参观了锡伯族的民族风情。锡伯族是一个好骑善射的民族。一位锡伯族小伙子，教我如何握弓、引箭、开弓……于是，我全力拉了一个满弓，我真希望，我这一箭，穿越历史时空，载着我们的愿望和敬仰之情，提醒我们所有认识和不认识的朋友，永远记住这个为了祖国母亲敢于牺牲的伟大民族——锡伯族！会场又是一次热烈的掌声。

阿光加重语气，声情并茂地说，在新疆，有一种植物，让我十分眷恋，这种植物，名叫胡杨。这胡杨树，是当今世界上最古老的杨树品种，有着6000多万年的历史，被誉为活着的化石树，塔里木河流一带的维吾尔族人，称之为英雄树。在新疆，我多次听人说，这树有着生后千年不死，死后千年不倒，倒后千年不朽的铮铮铁骨。老师们、同学们，朋友们，我们想想看，在那荒漠的戈壁滩和苍茫的雪山草原，胡杨以他那顽强的意志和坚韧，见证了历史长河三千年的变迁！胡杨啊胡杨，你见证过三十六国的兴衰，见证过泣血的烈马和滚滚的狼烟，见证过奔放的羯鼓和飘逸的胡舞，见证过繁华的丝绸之路和路上不息的商队，然而，胡杨更见证过张骞出使西域，班超投笔从戎，汉将抬棺出征，锡伯风雪西迁……往事如烟，灰飞烟灭，唯有胡杨还在，只有你依然兀立一隅，群集一方，狂风难摧，暴雨难袭，皑雪难压，沙尘难断。你，为信念生而不死；你，为忠诚死而不倒；你，为见证倒而不朽。你用春的渴望，夏的热烈，秋的执着，冬的刚强，点燃理想，恪守正义和高尚，宁可站着死，不可跪着生，你就是断臂折腰也要昂起你那高贵的头颅！你那指天画地虬龙般的形态，难以掩盖你曾经的百般痛苦，却凝固了你的忠诚，塑造了你的威武，让善良者痛惜，让懦弱者汗颜，让女人崇敬，让男人觉悟！

报告会还在继续着……

（九）

西城电视台正在播放“报告会”的录播实况。苏蓝一家人，围在电视机前，观看着阿光的精彩演讲。

画外出现阿光的声音：在新疆，胡杨相互搀扶着，盘根错节，坚守阵地，筑起了一道道天然屏障，抵御着张狂风沙肆无忌惮的侵袭，一挡就是三千年，托起了一座座风情万种的城市，托起了一个个绚丽多彩的梦想，托起了一幕幕千古绝唱的传奇。世界的胡杨百分之九十在中国，中国的胡杨百分之九十在新疆。中华民族不朽的精神融入胡杨的骨髓之中，胡杨精神是中华民族精神的缩影，是中华民族精神在西域那片神奇土地的真实写照。胡杨啊，你包容大度，崇和尚中，有沙枣、红柳、骆驼刺与你同行，你不屈不挠，坚毅勇猛，有冰山、沙漠、草原与你同在。你和同行者共生共荣，你与同在者和谐相融。“和为贵”是你的准则，“威武不可屈”是你的尊严，西学东渐的佛学从你身边丝绸之路传入中原，你的同行中又增添了许许多多新的成员！于是，我心中有一首《胡杨三千年》的歌唱道：

生而不死一千年，
死而不倒一千年，
倒而不朽又是一千年！
历尽西域马啸狼嗥，
烽火战连天。

大漠孤烟，
日月依然。
班超逐匈奴，
锡伯大西迁。
先辈携手戍疆域，
中华大团圆。

生而不死一千年，
死而不倒一千年，
倒而不朽又是一千年。
披尽天山沙尘风雨，
山脉永相连。
夕阳西下，
雪山依然。
乌孙迎细君，
香妃恋中原。
北疆南疆血盟情，
中华大团圆！

生而不死一千年，
死而不倒一千年，
倒而不朽又是一千年。
阅尽人间沧海桑田，
山之韧延绵。
戈壁沙滩，

江山依然。
胡杨亚克西，
见证三千年。
民族团结一家亲，
中华大团圆！

电视画面中，阿光演讲完，就有学生代表去献花，电视台最活跃的主持人卢小娟上前去采访他。阿明看着电视笑着说，阿光出名了，我也跟着出名，学校的学生分不清我俩谁是谁，一些学生缠着我，要我签名，任凭我如何解释都没有用。苏蓝说，阿光这《胡杨三千年》有黄庭坚“幄中已断匈奴臂，军前可饮月氏头”诗中爱国主义情怀的影子，有点味道，我看可以谱成曲子。晏含秀说，老苏，你是可以试一试，现在不会再说你是传播“反动”歌曲了。苏蓝摘下眼镜，用手帕边擦边说，时代不一样了，情况也不一样了。山还是这座山，人还是这些人，奇怪就在这里。

此时，电话铃响了，晏含秀去接电话，问是谁？对方说是县政府办的小吴。晏含秀说是吴主任？对方谦卑地说，在大姐面前，永远是小吴。对方问，苏主席在家吗？晏含秀说在，晏含秀用手捂住送话一头，说是县政府办公室吴主任的电话。吴主任在电话里说，苏主席，不好意思，星期天休息，打搅了。苏蓝说，没事、没事，有什么事情说就是，没关系的，没关系。吴主任说，是赵县长要我一定找到您，是艾南县的牛县长带了一个考察团来了，牛县长一定要县里安排能和您见上一面。

牛县长？苏蓝想起来了，是牛为，就是以前在西津水电站建设工地的小牛，陈坊民工营通讯员，一个愣头愣脑的家伙。当年，他个不高，很好学，跟苏蓝学写新闻稿，他对苏蓝敬佩得五体投地，他从苏蓝那里始知何为“消息”，何为“通讯”，何为“五个 W”。他还从苏蓝那里学会了如何使用四角号码字典。那时，牛为的名字不叫“牛为”，而是“牛彼”，民工们开玩笑，喊他“牛皮”，刁钻一点的干脆叫他“牛痞”或“牛人”“牛 X”什么，苏蓝说他的名字要改，若不改，一辈子给人家说事，开玩笑，做笑料，不好。小牛说要改就请苏营长改。苏蓝想起《红岩》中双枪老太婆的儿子叫华为，而“为”字在中国字中是个很有分量的字眼。西城近代诗人曾言“文字纵横乃如此，金石刻画臣能为”，诗中就有“为”字。苏蓝一说，牛彼就十分乐意。苏蓝说，名字虽然只是一个符号，但绝不可小视，因为它有暗示作用，对人一生会有重大影响。这不，这当年的小牛当上大县长了！吴主任告诉苏蓝，晚上县政府举行欢迎晚宴，在中山宾馆华盛顿厅用餐，五时三十分开席，他会派车来接。苏蓝说知道了。

（十）

中山宾馆位于西城南端。“中山”是山名，北面临江，由西山、南山、东山环抱。中山早年有一座古塔，叫“章雅”塔，“文革”时由红卫兵责令县里一位曾参加过“地雷战”的走资派一夜炸毁。后来，县里要建一处接待宾馆，当时的县委办公室秘书、现在的县政府办公室主任吴七向书记建议，说中山好，他说问过风水先生，若不好，古塔不会建在这里。风水先生说，这里主峰高耸，众山拱

阿克达《胡杨三千年》有黄庭坚“幄中已断匈奴臂，军前可饮月氏头”诗中爱国主义情怀的影子……

黄大明 绘

抱，秀河绕脚，百川聚贺，堪称绝处。书记说不要对外说问过风水先生，吴七点头连连称是。书记眼睛离开吴七，心想，这吴七看上去像个秀才，一身的书生气，心里头还挺鬼的哩！接苏蓝的银灰色桑塔纳到达中山宾馆，吴七忙给苏蓝开车门，一脸谦恭的表情，比平素要热情多了。苏蓝心里笑道，我这是沾了小牛的光。吴七说，牛县长他们在会客厅里，赵县长在开政府常务会，让我先来。牛县长刚才还在说起您呢！他说当年下放在秀瑞修西津水库，那时您是他的领导。苏蓝连说，哪里，哪里，此一时，彼一时。心里却说，你牛为当了再大的官，你可还是小牛啊！

在宾馆走廊那一头，服务员穿梭一般来来去去，忙忙碌碌，也许这批客人太重要了。不时有人大声嚷道：是华盛顿的客，快到华盛顿去！这是个山里旧城，还华盛顿哩！华盛顿在美国，远着呢！苏蓝笑了一下，吴七立刻知道苏蓝笑什么，也觉得有些滑稽，说什么名字不好取，再不好取，就编个洋码子也好些，也要洋气一点，比如301什么。要么前面选些英文字母再编号，像VIP888，又有品味，又吉祥，又不俗气。苏蓝边走边听吴七说些想法，听了感到很有些道理，听了心里挺舒服，选这吴七当办公室主任，委实没有选错。

快到会客厅之前，一直跟在苏蓝后面的吴七小步急忙走到前面，推开会客厅的门，对正在说话的牛为说，苏主席来了。苏蓝第一眼见到牛为时，好像他没变多少，就是发福了一些，一件肥大的西服套在浅黄色羊绒衣上，打了一根褐色的领带，还是矮矮墩墩的个头，比年轻时增添了神采飞扬的富态。苏蓝自学生时代就很讲究仪表，知道一些有关服饰颜色搭配之类的常识，他见牛为这行头，白衬衣和领带虽谈不上庄重典雅，勉强还过得去，但这羊毛衣就显太浅过俗了，莫不是人家相送又舍不得送人自己穿上算了不成？牛为见到苏蓝，双手握上来，深情地注视着苏蓝，仔细上下打量，一口一个我的老营长、我的老领导叫唤个不停。接着说我早想来看您，原在市政府办公室工作又难脱身，人家“老师不在家，学生玩泥巴”，而我领导不在家我要守摊子，领导在家更要鞍前马后。苏蓝说理解、理解，挺不容易的。牛为把他县里的常务副县长、分管农业的副县长、农办主任、农业局局长一帮人介绍给苏蓝。赵县长进来，连连道歉，说常务会扯晚了。牛为说，老赵，我是和你说过的，今天兑现了，抵艾南不到两个月，就来看你了。赵县长说，小弟你是有德有才之人，在市政府你是第一号大笔杆子，全市谁不知道呢？下到县里，你如虎添翼，我可是老油条啦！牛为说，老赵这你别说，哪里空出书记的位子第一个就是你的。在现任县长当中，你是老大哥，资历最老，搞了两个县的县长，你是厚积薄发，好事多磨啊！

一行人来到华盛顿厅，赵县长让牛为坐在他的右边，让苏蓝紧靠牛为坐。吴七在赵县长耳边，小声问喝什么酒，赵县长问牛为，牛为说正闹肚子，不喝酒。赵县长笑了，说白酒杀菌消毒，说了声就喝白酒。吴七又在后面问喝什么白酒，赵县长问烦了，斥道，牛县长是什么人？秀瑞是他第二故乡，衣锦还乡，开最好的酒。牛为忙说，我就喜欢喝西津的谷酒。赵县长说喝五粮液吧。牛为说现在假酒多，噢，当然中山宾馆没有假酒。不过要喝还真的想喝西津谷酒。赵县长想了想，对吴七说，你打电话叫“知青土菜馆”老板娘送，她那里有，还有杨梅泡的西津谷酒，那酒好喝得很，还可以治拉肚子呢，正好。赵县长又说，牛县长你是为我省钱。旋又吩咐先倒点饮料，先开席，本来就晚了，大家肚子都饿扁了吧，来来，我们学广东，先喝汤。

西津杨梅谷酒是红颜色，清亮透明。赵县长在给大家斟完酒后站起来，端起杯子，说这酒是红的，杯子是圆的，我讲三句话。第一句话，祝秀瑞和艾南两县的老百姓日子红红火火；第二句话，祝牛县长一行各位领导工作圆圆满满；第三句话，祝我们两县的友谊，我老赵和牛县长的友谊，牛县长和苏主席的友谊长长久久，干一杯！赵县长说完，将盛饮料的玻璃杯一大杯红红的杨梅谷酒一饮而尽。牛为说，讲得真好，滴水不漏，姜还是老的辣！这酒，我还真喝不下，我不适合喝急酒，我做两次，一定喝完。赵县长端起牛为的一大杯酒说，要么我帮你喝一些，说着就要往自己的杯子中分酒。牛为忙抢过杯子，说你这不是批评我吗？说完叽里咕噜把酒喝完。轮到苏蓝，牛为看着他说，以前我是苏主席的徒弟，现在不知老领导身体如何。苏蓝为难地说，前不久住了院，实在有点困难。吴七连说我可以作证，于是一马当先，代苏蓝把酒喝尽。赵县长说，这里只有苏主席享有此特殊政策，其他人不可以。有个别说要做几口，赵县长说，政策宽松，当然可以，但有二条：第一，没有喝完酒不能坐下；第二，最后一个没有喝完，不能斟下杯酒。喝酒很快到了高潮。

牛为问赵县长的小孩是男孩还是女孩？赵县长说是男孩，又问牛为，你的呢？牛为说也是男孩。两人就说起孩子的一些苦恼的事。牛为说，我那臭小子，就是不愿学英语，他说宁愿把书吃到肚子里面去，也不愿背英语单词，英语老师找他，他以后连她的课都不听了。后来呢，他钢笔丢了，跑到校长办公室一脚把门踢开，校长问干什么？他质问校长，学校有贼你管不管？校长说你班主任呢？他却说班主任不管贼，贼是校长管的。赵县长说，现在的孩子，难缠啊。前不久，他爱人接到电信公司小姐电话，说是电信部门正在搞活动，恭喜你家电话号码中了二等奖，奖品是一台小天鹅洗衣机，正好我家洗衣机坏了，他妈高兴得不得了，照着小姐说的夹着户口本来到电信局去问，都说没有此事。事后才知道，是他班上女同学搞恶作剧，有四、五位家长上当。一桌子的人都笑了。牛为说赵县长，你家嫂子的觉悟也太低了。又说，我家那小子，放学都很晚回家，问他为什么这么晚，他说帮女同学背书包。说他的女同学可以自己背嘛，他说我们男孩大老爷们，力气大，相互帮助，还可以锻炼身体呢！大家又笑了起来。赵县长说，苏蓝主席一对双胞胎，都很优秀，大学毕业在一中教书，我总是分不清谁是谁。又问苏蓝，你家那是阿光吧，我在电视上看了，演讲真不错。到新疆支教一年苦没白吃，值！人啊，还是要有点经历，受点磨难。过去有一句话，叫吃得苦中苦，方为人上人。我们这一代人，哪个没吃苦？是吧？现在的下一代，吃苦不怎么知道，“魔鬼训练”是知道的，那是玩生命极限的。你能说老红军吃苦不是玩“魔鬼训练”？打过“右派”的能说不是？下过放做过苦力的能说不是？这些小朋友，真的要向这些经历过人生中“魔鬼训练”的长辈致以崇高的革命敬礼！老苏，你就更不用说。牛为听赵县长提起往事，因喝多了一些，在酒兴上，斟满一大杯，要敬苏蓝，苏蓝说，不是刚才已经敬过了吗？你一县之长，还有工作安排呢，牛为执意要敬。苏蓝怕他在他那么多下属面前失态，劝他少喝一些。牛为说，现在说什么都是惨白的，我太有歉意了，我的名字，都是您改的呢！苏蓝奇怪起来，说小牛，噢不，牛县长，我对你印象很好，歉什么意？早就觉得你会有出息的。牛为说，虽然往事如烟，但心头这个结我一定要解开。苏蓝似乎知道他要说什么，便说你喝多了些，千万别喝了！找个时间我们好好叙一叙。牛为一听到“别喝”，反而一仰头，又是一大杯酒下肚。就这一杯酒，牛为的眼睛直了。

（十一）

晚上赵县长为牛为安排了专场舞会，牛为没有心事跳舞，西城电视台女主持人卢小娟执意要和牛为唱一首歌。牛为在卫生间挖喉咙，处理过几回，神志缓过来，清醒了许多。牛为说我唱不好，会走调，卢小娟说，没有关系嘛，你们当县长的，白天为老百姓操心，晚上也该放松放松。牛为说也是，想了想说，那就唱《在雨中》怎么样？卢小娟说好哇，说着翩然点歌而去。其实，牛为的歌唱得没话说，不仅音准，而且音质也异常得好，深沉而带有磁性，歌中的感情被他俩演绎得像真的一样，你唱一句，看我一眼，我唱一句，看你一眼，这种交流和对唱，赢得一阵阵叫好。赵县长来敬一杯啤酒，三人碰了一下，在歌曲的过门中饮尽。又有几个人献花，牛为捧不下，便放在地上继续唱。唱毕，牛为借口上洗手间，便急匆匆抽身离开了舞会现场，拦了一辆拐的，说去钓道茶楼。

牛为至钓道茶楼门口，小苇笑吟吟地迎上前问您是牛县长吧？牛为惊奇地反问，我是牛县长？你咋知道？小苇善解人意且自信地说，我相信我的眼力，谁能装出县长的模样呀？牛为哟了一声，说县长有什么模样？小苇说县长有县长的风度呗！牛为问，姑娘，我怎么称呼你？小苇说，“八月寒苇花，秋江浪头白”。我就是“八月寒苇花”中的“苇”，叫小苇好了。牛为笑了，说“北风吹五两，谁是浔阳客”。我就是“浔阳客”呢！小苇说，你能对上呢，有很多人对不上。又说苏蓝主席早来了，一直在等您喝茶呢！牛为跟小苇上楼，苏蓝和陈衡祥在“白云”包厢内，见牛为来忙起身。牛为脱了披风，小苇急忙接过去，挂在衣架上。陈衡祥说牛县长，久仰大名，都说秀瑞人杰地灵，秀水的灵气在您身上光芒四射，那年县上推荐上北大，全县只有两个指标，我们都晓得，一个是西庄老红军钟汉敏的女儿，另一个就是您哩！牛为被他说得不好意思，连忙打岔，说如果没有苏主席的栽培，哪有我今天。苏蓝忙说，这是组织上的培养，自己的努力。陈衡祥看看苏蓝，又看看牛为，征询道，喝什么茶呢？牛为说听苏主席的，苏蓝说，喝西津毛尖。牛为说，好、好，中午喝的西津杨梅谷酒，晚上喝西津毛尖，我们都有西津情结，也正好聊聊天叙叙旧。茶楼正放着禅宗音乐，陈衡祥吩咐小苇，去换理查德克莱德曼的钢琴曲，说苏主席喜欢听，先放《献给爱丽丝》，再放《命运》《秋日的私语》吧。陈衡祥又叫上点葵花籽，是盐焗的那一种。

苏蓝啜了一口茶，马上放下茶碗，取下眼镜，从口袋掏出手帕去擦眼镜片上的茶雾。牛为在县里大会上做报告，讲上半天可以不用稿，不说一句重复的话，可今天，总难启齿，端着茶碗，又是吹吹，又是唆唆，有两片吸进了嘴里的茶叶，复又吐回茶碗内。牛为两眼痴痴地盯着墙上的一幅书法，上面写道：“南崖新妇石，霹雳压笋出，勺水润其根，成竹知何日？”署名黄庭坚。陈衡祥见牛为关注，便说这诗山谷全集中都不曾见，是近时发现的。牛为对此不感兴趣，倒是对内容很在乎。苏蓝擦好眼镜戴上说，现在县长不好当，抓工业、上项目，招商引资下任务。陈衡祥见安排妥帖，好让他们说话，知趣走出白云包厢。牛为说，工作头绪多一些倒没有什么，苦一点累一点也没什么，就怕出事，我来接县长，就是因为前任县长手上出了安全事故，在秀河渡口，好端端一车从深圳回来过年的人滑进了河里，只爬了八个人上来，一下死了四十多人，还惊动了国务院。一调查，渡口没有警示标记，渡船值班的没有进行上岗安全培训。撤职！一点商量也没有。而那县长可是一个非常敬业的人。鹿鄗县的县长得了改制企业法人一笔钱，就结束了政治生涯，进了班房。牛为心里老想把话引到他的“歉意”上来。其实对于有些人，这也许算不了什么，但牛为觉得自己一生忠诚勤恳，若有一件事对不起谁的话，就是对不起苏蓝。那年牛为跟着苏蓝在工地，都说牛为是苏蓝的秘书，像个跟屁虫，屁颠屁颠似的；而对当时的牛为来说可算是靠到一棵大树啊！牛为是离异家庭，汝东市下放知青，苏蓝是五七大军下放干部，他把牛为从陈坊公社选到营部当通讯员兼报道员。苏蓝出事后，营里很多人都来偷偷探望过苏蓝，而牛为，一次也没有。牛为当时正准备入党，他十分惧怕苏蓝这个“坏分子”对他会有牵连，阶级立场不稳是不可以入党的呢！以后牛为顺利入了党，不仅如此，也正是这件事恰恰成为他最要命的优点和亮点——觉悟高，立场稳，和阶级敌人划清界限，被推荐上了中国最高学府北京大学。

《献给爱丽丝》这首曲子让苏蓝心情舒坦，他问牛为你爱人是否到了县里？牛为说现在还没有，她在市财政局下面的一个事业单位，就是会计服务中心当会计。牛为还说我爱人你是认识的。苏蓝问是谁呢？牛为说是湘灵、祝湘灵呀！苏蓝一惊，是祝湘灵？噢，是这样子的。牛为见苏蓝满脸疑惑的神情，便说起了往事。牛为说，徐铁去看过你两回是吗？苏蓝说是的。牛为说徐铁这人重情重义，我没去看你他骂过我，就差没打我。徐铁后来的情况苏老师你知道吗？苏蓝说，徐铁死是知道的，但怎么死的细节不是很清楚。最后一次见面也是在农场。茶楼的扬声器里偏偏此时传来了《命运》的曲子，钢琴的键盘猛烈地叩响着“命运”之门。苏蓝心情倏忽沉重起来，他说那次徐铁是带祝湘灵到农场来，说他们准备结婚。我当时心情一团糟、乱如麻，刚发过一场山火，在农场劳动改造的“历史反革命分子”洪斌毕在扑救山火中被山火活活烧死，烧死在山窝窝里，四名基干民兵把老洪手脚一绑，中间穿上一根楠竹抬下山来。真奇怪，老洪只是脸庞烧变了形，身上的衣服烧没了，一点也没烧焦，赤裸裸一个。那时他是戴了“历史反革命分子”的帽子死的，追悼会也没开。如果是现在，估计可以评上烈士。老洪是我唯一给死后穿过衣的人。以前我怕见死人，但老洪我一点都不怕，真的！打火我们是一块上山的，开始还在一起砍防火道，转眼就不见他的影子了。山火从山脊往上烧，忽然改变风向，火呼啦啦就下山了，就是那么几分钟，就有人喊烧死了人。我怎么也不敢相信是老洪，尸体抬下来，谁也认不出是谁，只见尸体腰上剩下一根军用牛皮带。我是认识这根牛皮带的，牛皮带确是老洪的呀，这牛皮带上还有一串钥匙，牛皮带还是张平场长给他的呢。牛为抽些卫生纸给苏蓝，让他拭眼睛。牛为说他听徐铁提起过这老洪，说老洪的经历很奇特，是张灵甫手下军乐队队长，孟良崮战役被俘后，参加了解放军。苏蓝说，后来听说祝湘灵招工去了汝东国棉二厂当纺织女工，再后来就不知道了。

牛为便说起了这段往事。那年牛为被推荐上大学，徐铁相邀突击队的人为牛为饯行。为做好这顿饭，徐铁又去钓鱼，这回钓了很多鱼，同时也钓了一条大蛇。徐铁要把这条蛇放生，队里的涂小钵不同意，说斩了炖汤，随即说干就干，扒了蛇的皮，取出蛇的胆，他还把蛇胆用酒咽下给吃了。徐铁收拾被宰蛇头蛇尾残局时，左手食指不经意被已断了身子的蛇头咬了一口，只出了一点血，徐铁还笑骂道，天下还有这等奇事，断头也如此嚣张，垂死挣扎！涂小钵见此气急，将蛇头捣成了肉泥。徐铁并没介意，晚饭照吃，酒照喝，一班人疯了一个晚上。大家要徐铁唱山歌，徐铁喝高了，要祝湘灵代唱，湘灵唱了一段红灯记中李铁梅唱的《听罢奶奶说红灯》，大家说不过瘾，要唱山歌，还要点有味道的，其实就是要有点黄色的。祝湘灵说好吧，就唱了一段《绣花山歌》：

郎在高山打弯工（换工），
姐在房中绣芙蓉，
百般花朵都不绣，
单绣牡丹花一丛，
把郎绣在花当中。

大家吵着说是把徐铁绣在花当中，要徐铁喝酒，徐铁正准备喝，被牛为夺下土碗，不给再喝，徐铁说了一句让牛为、让祝湘灵一辈子都忘不了的话，他说，把郎绣在花当中，应该把牛为绣在花当中，牛为将是中国最高学府的工农兵学员，你才配在花当中哩！徐铁还说，祝湘灵是一枝花，插在他这堆牛屎上。大家一时很诧异，但知道他是在说酒话。第二天，牛为一早启程上学，也是这天晚上，徐铁因蛇咬毒性发作死了。谁都不相信徐铁这么冤枉这么快的就死了，但这是真的。已有身孕的祝湘灵在徐铁家里临产后三个月，找了金胡子帮忙，招工进了汝东国棉二厂。

小苇进来添茶水，苏蓝请她换支民族曲子，小苇应了声，问阿炳的《二泉映月》好啵？见苏蓝没吱声，细声说刘天华的《良宵》你也是喜欢的，苏蓝此时心情特别抑郁，心里骂道，什么鬼良宵，勉强跳出一丝无奈笑意，说就放《病中吟》吧。小苇轻盈出门，一会儿刘天华的《病中吟》曲子徐徐入耳。苏蓝至今仍然认为，牛为若没有被推荐上大学，是配不上祝湘灵的。祝湘灵太灵秀了，只有徐铁才配得上。徐铁哪会比牛为逊色呢？苏蓝当年就笑过徐铁，说在他的血脉中流淌着他祖辈敢于迁徙坚韧不拔智慧聪颖的血液，在他身后要生生不息，发扬光大，谁知天有不测风云，人有旦夕祸福，徐铁说走就走，太令人扼腕叹息矣。苏蓝想到这些，眼中被泪水打湿了。

牛为赶紧转换话题，说起另一桩事，让苏蓝惊奇不已。牛为说，刘丽莎在他县里，境遇很不好。苏蓝问，她没有回上海吗？牛为说他是到君滩垦殖场走访困难企业时，在座谈会上竟看到了刘丽莎。不过刘丽莎没变多少，身材没变，见人就笑的表情也没变。君滩垦殖场是二十世纪五十年代中期组建的正地厅级农垦企业。牛为说，你还记得西津电站建设工地尹副总指挥吗？对对，就是外号叫“老爷子”的尹强。苏蓝对这个人没有太多的印象，只是多次听晏含秀说过这人很坏，甚至有一次她在梦中还哭骂过他。苏蓝还开导她，说对人要宽厚一些，管得紧一点也是为了工作。牛为说，西津电站因缩短基建的战线停建后，尹强调到君滩垦殖场任副场长。后来，刘丽莎被推荐到汝东地区师范学校念书，毕业后分配到君滩垦殖场子弟学校当音乐教师。尹强是刘丽莎的老领导，一直十分喜欢刘丽莎，经常请孤寂的刘丽莎到家里吃饭。尹强的儿子尹猛在场部小车班开车，一米八几的大块头，长得英俊帅气，又是高干子弟，在垦殖场是众多姑娘追逐的对象。尹猛遗传了父亲霸气的性格，为了垦殖场的土地利益曾拉了几车人和当地老百姓打了一架，这一架打出了名，老百姓哄小孩，一说“猛子”来了小孩就不敢哭出声来，睁着一双恐惧的眼睛；要么就躲藏起来，躲到尿桶旮旯里，不敢吭声。刘丽莎就在这种情况下嫁给了尹猛。结婚伊始，刘丽莎就感觉并不幸福，嫌尹猛文化低。尹猛从来不看书，更不要说读文学名著，一有空就叼着烟和一帮弟兄喝酒打牌钻桌子。婚后不久，尹猛在一次车祸中，酿成了高位截瘫，刘丽莎跌入窘境，终日以泪洗面，多次萌发离婚回上海的念头，但只要她一流露，尹猛就以自杀相威胁。场里为了稳住刘丽莎，评她为“模范妻子”，从地区到省里都评过，刘丽莎十分要面子，越评她，她越不好意思提出离开尹猛。再后来呢，尹强患肝癌离开人世，君滩垦殖场由省管下放给艾南县管理，子弟学校很快从垦殖场剥离，由县教育局管理。

牛为知道苏蓝对刘丽莎的一往情深，见苏蓝陷入深深的回忆之中，只顾喝茶。苏蓝突然问牛为，徐铁的小孩现在哪里呢？牛为说，是个女孩，还在山里，湘灵曾要接她出去，她倔得很呢，高低怎么也不愿意，心里挺怨恨湘灵的，母女见面像仇人，湘灵总是在背后抹眼泪。

江南梅圣郑杉老人是西城一绝。他给赵县长打了三个电话，前两个手机关机，第三个电话赵县长接到了，说是在新加坡学习。郑杉在电话里说，长话短说，想等县长回来，他决定将刚创作好的大型国画《大漠胡杨》捐给县里，建议西城举办一个“胡杨文化节”活动，在这个活动上捐献这幅画，想请赵县长接受捐赠。赵县长十分爽快，满口答应，说这既是郑老对国家、对民族、对家乡的一番深情厚谊，同时也是对邑人进行一次爱国主义教育的好机会。郑杉见赵县长如此爽快答应，高兴之余，第一时间给老朋友苏蓝打电话，告诉他这个好消息。这电话把苏蓝搅得有点心神不定，一则《胡杨三千年》是他儿子阿光的作品，如此引起重视，感到自豪和荣耀。二则是他坐不住了，他已将《胡杨三千年》谱成曲子，至今还不知效果如何。再则让他无法做出选择的是，这首歌如成功的话，是给西城一中学生文工团演唱呢？还是给老干局“夕阳红”艺术团演唱呢？给同学们唱，会显得朝气蓬勃，青春盎然；给老年人演唱，则会更加深沉雄浑，厚重激昂。

傍晚，苏蓝已和文化馆荣馆长约好，因为文化馆有钢琴，想请文化馆丁老师弹弹他谱的曲子，看看效果。金姣说她也要去，她学过钢琴，还过了十级呢！

丁老师叫丁安娜，是西城采茶剧团调过来的，她原在剧团报幕，她并不喜欢采茶戏，自花钱学习钢琴，尤其喜欢美声唱法,《我爱你，中国》唱得挺好。丁安娜很开放，西城里，穿着打扮，她引领新潮流。天气渐热，她爱穿低领的衣衫，常常微露奶沟。烈士馆的陈阿姨说她只差没有露点，不喜欢，唾口水。丁安娜尽管穿戴时尚，在西城似乎很前卫，年岁稍大一点的人会说一些风凉话，但她的气质、谈吐、待人都十分得体，无可挑剔。她洋气而不落俗套，漂亮而不失端庄，鲜丽而不显娇柔。她是西城里最典型的白云人，可谓容貌倾城，玲珑珠玉，朱唇微启，轻言细语。丁安娜年近四十，至今依然独身，也招来城里一些人的议论，丁安娜不予理会，我行我素。然而，她的所作所为，苏蓝心知肚明，此是后话。

丁安娜今晚后脑勺盘了一个高高的发髻，显得愈加古典雅致，穿了一套晚礼服，举手投足都散发了令人陶醉的知性成熟女人的气息，苏蓝明显感到丁安娜的服饰是用过心机的，暗示着对自己的尊重。他后悔自己不该穿得太随意，仅仅套了一件已褪颜色的旧夹克，他下意识用手理了理稍乱的头发，这细微的动作，被善解人意的丁安娜捕捉到，她嘴角牵动了一下，报以善意的微笑。苏蓝和丁安娜礼节式寒暄一番过后，便把他的音乐稿子递给了她，并介绍他创作的意图，特别是他对音乐高潮部分处理的想法，丁安娜不时点点头。丁安娜默读了两遍歌词，说这歌词在西城电视中已看到了。她并没有对歌词进行评价。她又指着音乐最后部分，建议说，苏老师，这里是不是可以增加一个重复加以强调，可能会更具感染力一些。苏蓝笑了笑，表示认可。

自丁安娜纤细有力的手指在钢琴上击响一刹那，苏蓝的情绪就进入亢奋激动状态。随着旋律的伸展延续，苏蓝分明看到了丁安娜眼中的泪花。他知道这意味着什么，他也知道丁安娜和他一样，被音乐所感染，所吸引，所征服。音乐最后戛然而止，那一瞬丁安娜垂下的头，久久没有扬起，似乎还沉浸在音乐余韵之中。金姣满噙着泪水，抿住嘴，不敢声张，她怕影响丁安娜的情绪，打破这凝固的美妙时刻。丁安娜缓缓抬起头，一副仰天太息之情状，只见她用纤指拭了拭眼角，笑着对苏蓝说，苏老师，这曲子我喜欢。一句多余的话都没说。丁安娜这动人的容貌，使他想起了歌中的"细君"、"香妃"，想起了王安石的《明妃曲》中"明妃初出汉宫时，泪湿春风鬓脚垂"和"一去心知更不归，可怜着尽汉宫衣"。"细君"或许也是"寄声欲问塞南事，只有年年鸿雁飞"。苏蓝感叹，胡汉之分，不在血统，而在文化。接下，金姣照着曲谱也弹了起来，苏蓝和丁安娜放开嗓子歌唱着……突然，苏蓝接到县委办公室的电话，请他明天下午 2 时 30 分在西城电影院出席市精神文明先进事迹报告团巡回报告会。

（十二）

西城，古老而静谧。西城的红色广场，至今矗立了一尊毛泽东的花岗岩塑像，谁也没有想要把他搬走和拆掉，不时会有人在塑像的下面烧点纸或烧点香什么的。渐渐这成为一道风景、一个特色。凡来西城的人会在广场上照照相，留个影。说起广场，其实就是一块大约二十来亩面积的空地，周边建有电影院、工人文化宫、图书馆等小型克里姆林宫对称式建筑，西城有一些重大集会都会在这里举行，像当年革命委员会成立大会、毛主席逝世悼念集会、粉碎“四人帮”庆祝大会等。

在电影院的休息室里，县委副书记龚睿智，宣传部长钊文，人大常委会副主任彭达都到了，有人说就等舒副县长了。舒副县长是上级派来挂职的，后面会有关于她的故事，这里就不多说了。这个活动，县里四套班子都有人来，说明比较重视。突然，在报告团中，有一位右肩挂着红披带、戴着红花的女士向苏蓝这边走来，苏蓝先是一愣。她笑吟吟地对苏蓝说，苏老师，你还认识我吗？苏蓝推了推近视眼镜，那女同志头一歪，说你不认识了？脸上掠过一丝失望。苏蓝终于认出了她，握上她的手，说，你是刘丽莎？苏蓝真的意想不到会在这里见到刘丽莎。天啦，这么多年，你怎么一点都没有变呢！刘丽莎说，都老太婆了，还说没变。刘丽莎嘴上虽这么说，脸上却洋溢着灿烂的笑意。在苏蓝眼里，刘丽莎确实没变多少，多少次在梦中，刘丽莎美好的形象一直被他珍藏着。然而，每次从梦中醒来，理性告诉他，岁月不会饶人，风蚀年华，没有不褪色的青春。他想象过多少次，刘丽莎应该是经过沧桑风月，鱼尾纹早已跃上她那迷人的凤眼角。尤其是那次牛为来时提到刘丽莎多蹇的人生境况，给他的信息是，过去那个刘丽莎已不复存在了。因而，他也想过，此生不见刘丽莎也好，让她那美好的形象永远镌刻在他那封存的记忆里。谁知，在一个不经意中，居然见到了他只能够在梦中看到的青春时期的偶像，更令他欣喜的是，刘丽莎在他的眼中并没有他想象中那么沧桑、那么老态，恰恰相反，她当年的风采又一次席卷过来，展示在眼帘，他那逝去已久的眷恋又唤醒了梦幻般的记忆，对她那女神般的膜拜之情似乎又要卷土重来。他们在这里见面，对苏蓝来说，突兀而意外，想想又在情理之中。刘丽莎说，听牛县长说，上次来他见到了你。苏蓝心生一丝哀怨，说你来，这小牛也不先给我打个电话，让我有个思想准备。此时县政府的舒副县长到了，于是报告会开始。

报告会后，县里宴请报告团一行，人大、政协分管领导也安排出席。宴会安排在中山宾馆“伦敦”厅，龚睿智首先代表县委、县政府对报告团送来精神食粮表示衷心感谢和崇高敬意！他一再解释书记、县长外出招商引资去了，他们一再交代要安排好报告团一行的活动。苏蓝心底知道，大凡领导祝词，一定会抬出职务高的领导的指示、批示、交代之类的话语，以示高度重视。至于是不是真正交代了并不重要，天晓得的事情。在官场上，对主要领导有利的贴金的话只管多说。这既是讲政治的表现，也是重要的潜规则。龚睿智接下来还讲了些什么，苏蓝并没有听进去，他只是在想着要和刘丽莎说些什么。谁知刘丽莎径直朝他走来，苏蓝立刻起身，连忙下位迎上刘丽莎说，我听了你的报告，感到你这么多年太不容易了。

刘丽莎被苏蓝说得有些腼腆，抬起明亮的眸子说，这次来能见到你，真的很高兴。她把“真的”二字作了特别强调。她说，你有名片吗？苏蓝说，我没有印名片，我给你写一个电话号码。刘丽莎问苏蓝有QQ吗？苏蓝说我现在没有，可以让我小鬼去申请一个。刘丽莎说以后她会把她的QQ号码用短信发到苏蓝的手机上，有时间在网上聊聊天。苏蓝木讷地嗯了一声，点点头，问刘丽莎能喝白酒吗？刘丽莎笑着说，有生以来没有喝过白酒，也没有参加过这么隆重的宴会。苏蓝见刘丽莎没有拒绝喝白酒，便叫了声“小妹”，让一位服务员斟上一小盅白酒，自己也斟满一小盅说，我多年没喝白酒了，今天我也特别高兴，敬你一杯酒，说完仰头喝尽。刘丽莎见苏蓝喝了，双手端端正正擎着酒杯，徐徐闭上眼睛，一口竟也把酒干了。然后，呵呵笑了笑说，我这是有生以来第一次喝白酒。苏蓝听了这句话，心里有一种异样的感觉，很感动。是啊，眼前这位二十多年前自己心仪的女人，和他喝下了人生中的第一杯烈酒，他感到了一种作为男人的满足。

龚睿智顺时针一个挨一个敬酒过来，见苏蓝与刘丽莎说话，惊奇地打量并问你们以前认识？苏蓝嗨嗨两声，说刘丽莎同志以前下放在我们秀瑞县，修西津水库时认识。龚睿智平素喜欢开玩笑，有意拉长音调阴阳怪气地哦了一声，眯着眼斜视着他们，善意地讪笑，问你们是什么关系？是初恋情人吗？刘丽莎被龚睿智异样的眼神弄得满脸通红。苏蓝说，你胡说，别乱扯！苏蓝嘴硬，但心里确实有点发虚。胡睿智又瞄了刘丽莎一眼，然后转过身，正儿八经地说，我敬刘丽莎同志一杯酒，请苏主席作陪。龚睿智以标准的礼仪姿势将红酒杯放在刘丽莎的酒杯上轻轻碰了一下，然后放在嘴唇上抿了抿就离开了。

（十三）

苏蓝心里一旦有事，就想着去钓道茶馆喝喝茶解解闷。不见刘丽莎还好，一见刘丽莎就搅得他的心境六神无主乱七八糟。都二十多年过去了，曾经心目中的女神似乎又要在心目中复活。平心而论，刘丽莎这当年下放在水电站工地的“四朵金花”花魁，在这么多年的风风雨雨侵蚀之中，那花一样的容貌，那月一般的婉约，那水一样的柔美，那岚一般的神秘都褪去了许多。然而，因为他知道刘丽莎坎坷的人生经历、困苦的生活境遇、破碎的家庭境况，见面却让他十分意外。虽然她在演讲中诉说了她近乎完美的高尚情操，他心底明白刘丽莎真正的生活并不会是如此美丽，演讲稿应该是经过“大师”们精心锤炼和加工了的，里面到底有多少原汁原味的东西恐怕真是天晓得了！他相信，哪怕不是一流的演讲稿，到了刘丽莎这位当年播音女神手中，都会熠熠生辉、频频出彩，何况刘丽莎还保留了这么优雅、端庄的风韵，尤其是在她那好看的勾魂的嘴角边，还保留了上海人特有的矜持和雅致。

朝铁炉巷通向钓道茶楼显得近些，苏蓝在巷子里遇到了瞎子九牯。苏蓝想，这九牯也该过四十好几了吧？九牯在西城十分有名，几乎无人不知，无人不晓。九牯有一个惊人的本事，就是无论何时何地问他当下何时间，他会异常准确地报给你听，上下不差一分钟。铁炉巷涂婆说九牯是被人遗弃的私生子，私生子能不聪明吗？何况九牯还是瞎子。九牯会算命，但一般不算，不给一般的人算，一算就不一般。九牯说，《易经》不是先人写的，是外星人所为，说得让人毛骨悚然。九牯对“阴阳”“五行”十分在行，相生相克，头头是道。木生火、火生土、土生金、金生水，水生木；木克土、土克水，水克火、火克金，金克木。木火土金水，东南中西北，风暑湿燥寒，麦菽稷稻黍，目舌口鼻耳，肝心脾肺肾，宫商角徵羽，青赤黄白黑，膻焦香腥朽，酸苦甘辛咸……九牯一套套，让人瞠目结舌眼花缭乱。九牯拄着引路的竹棍，嘴里总是自言自语边走边说他永恒的经典：

天仄仄，地仄仄，

好老婆，差人得！

他每每说完又会不断地重复着。他这一生不知说过多少回。九牯眼睛虽看不见，但口齿伶俐，皮肤也出奇的白皙细嫩，害得西城的妙龄少女羡慕不已，妒忌得要命。有胆大一些的姑娘会伸出小臂和九牯比肤色，最后摇摇头对九牯说，九牯，你对我打击太大了！又说，下辈子有你这等皮肤就好！九牯只是嘿嘿笑说，姑娌，要是下辈子你有我这等皮肤又是瞎子呢？命中有来终须有，命中无来莫强求。我听你说话，你是个好姑娌，不要等到下辈子，今世一定可以嫁个好人家。姑娘被九牯说得面红耳赤，但分明心里又十分快活。与其说九牯会算命，不如说九牯善解人意。九牯辨声能力特强，辨声还可以辨出真善美、假丑恶。有的人九牯不屑和他说话，有的人九牯只会和他笑笑而已，有的人九牯会主动找他说话。只要和九牯说过一次话的人，他永远可以辨出并记住他是谁。

都说九牯算命很准，一些单位上的人也会私下请他算命，暗地

朝铁炉巷通向钓道茶楼显得近些，苏蓝在巷子里遇到了瞎子九姑……

黄大明 绘

塞钱给他。他很不乐意给这类人算，总是托词推脱，一方面因为他算命被公安找过，怕再惹麻烦；另一方面呢，是因为一些老百姓反映不好的，这类人给再多的钱，他也不愿意算。对当干部的，谁好谁歹，他每天走街串巷，获得了大量丰富的“民情社意”（此乃九牯语也，准确应是“社情民意”，但九牯总是说反来，不知是他脑子思维错位还是故意弄反，照理世间之事，让九牯说个子丑寅卯不过是小菜一碟）。苏蓝仅是咳咳两声，九牯就听出了是苏蓝的声音，叫了声苏主席好。苏蓝说九牯好。九牯对苏蓝是认识的，多年以来都是苏蓝代表县里在年关去走访看望九牯，九牯平素也知道苏蓝是个读书的人，为人正派，就是有些固执，不然也是当大官的料。九牯说，苏主席你是去钓道茶楼么？苏蓝一惊，说你九牯还真行。九牯又说，苏主席你心里有事。苏蓝更是大吃一惊，心里的事像一层薄纸被九牯一下戳穿，忙对九牯说，你轻点声音，不要让全巷里的人都听见了。九牯笑了笑说，苏主席你快去，祥哥在等你，他会有话与你说。九牯和苏蓝行走同向，九牯不像是从钓道茶楼出来的，九牯难道真的是神仙不成？

九牯的“神”还不在此，而在他的另一番狂言谶语。九牯说，世上所有的数字只有三个数有用。一个是“0”，一个是“1”，一个是“2”。“0”是佛教。这个圈代表轮回，也代表一切皆空。“1”是道教。这个“1”竖起来代表“道”，谁也违背不了。庄子说，天地与我共生，万物与我唯一。横起来代表“水”。上善若水。天下原数“1”为最大、最公正、最平和最小，它管天地万事，它可突破天地东南西北中。如果没有“1”原数在数理、化学、天文学中，就没有计算、推算公式之原。而今还没有相当的人知道“1”原数是数理化的原理。千万年来，这个“1”顶天立地，大公无私，扬正祛邪，鞠躬尽瘁。在农民手中，它是扁担，扁担很公平，还要担道义。“2”是儒教。《论语》中的道理，尽是讲两点，比如，讲学就讲习，“学而时习之”；讲君子就讲小人，“君子喻于义，小人喻于利”；凡世间事，皆为二，亦即有天就有地，有文就有武，有我就有你，有冷就有热，有生就有死，有男就有女，皆莫能逃之此窠臼。

在茶楼，苏蓝只闷着头喝茶，祥哥想逗苏蓝开心，和他讲起前不久发生的一个故事。一天晚上，有一位约莫年近花甲的外地人进来喝茶，祥哥一听，那说话腔调，竟是纯正的北京口音，京腔。客人说要喝双井绿茶，祥哥让小苇给他泡了一碗顶级的双井绿毛尖，正待祥哥离他而去时，此人对祥哥说，借光，打听个事儿。祥哥学着北京人的话，说“行啊”。但这个“行”字还是没有鼻音。那人头发往后梳，一个大背头，还打了一点啫喱水，梳得锃亮锃亮的，苍蝇都站不稳，滑。他给人的第一印象，最有特点的就是眼睛——一双会说话的大眼睛，从这个窗口看进去，可以窥视到他的心灵深处。倘若在年轻时期，这双眼睛一定可以把女人的魂勾了去也。岁月的风霜，染尽他的双鬓华发。他告诉祥哥，他叫马汝超，原是北京太平洋国际投资集团总公司的总裁，刚刚卸任，独自来到西城。他说他是汝东人，五十年代末期，汝东地区举办茶叶技术培训班，各县都选了年轻人到汝东学习。马汝超说他是班长，有一位女生是秀瑞来的，是副班长，姓丁，单名，叫丁凤，后来大家熟悉了都称她“凤”，加上一个儿化音，就成了“凤儿”。马汝超说着从他的钱包里面最隐讳的地方小心翼翼取出一张泛黄的黑白照片，照片上是一位十分灵秀的少女，穿了一件当时流行的列宁装，挺神气，戴了一个浅颜色的毛线帽子，帽檐向上翘着，一副羞答答的模样，好像下意识要用手捂住嘴微笑的样子。马汝超指着照片说，凤儿是秀瑞白云人。祥哥惊叫一声，噢，白云人哟！祥哥默默看着照片，由衷地说，老哥您真的有福气，谁娶上了白云姑娘，谁就是皇亲国戚。马汝超说，此话怎讲？祥哥说，噫呀呀，老哥不知，我们这里有道是，白云姑娘一朵花，西津姑娘也不差，西城姑娘平平过，山竹姑娘豆腐渣。祥哥见到马汝超那疑惑不解的眼神，便侃侃而谈，说秀瑞是湘鄂赣边界，古时是“吴头楚尾”，后来呢，也就是公元1645年4月中下旬，李自成兵败撤到赣鄂边界湖北通城县城，5月17日去玄帝庙求神拜佛，为表虔诚，独自进庙，被当地山民程九伯当山贼用锄头打死。李自成的侄子也就是大顺国皇位继承人李过率兵包围了当地村子。程九伯知道被他打死的是大顺国皇帝，落荒而逃。村民交不出凶手，全村人被杀尽。李自成死后，李过率十余万大军进入古艾地黄龙山一带，并把黄龙寺作为顺军的帅府。后来李过无望东山再起，安顿好高桂英皇后及家眷之后，就在黄龙寺出家了，取法号为“黄龙真人”。之后，李自成从明皇宫带出的两千多名宫女及李自成部队的女眷，全部在白云一带落地生根，你想想看，白云姑娘能不漂亮吗？祥哥指着照片上的丁凤说，你看她这鼻梁既高又直，有点像斯拉夫姑娘，嘴唇的曲线惹人疼爱，照片上的皮肤，虽看不出来如何，但白云姑娘最好的就是皮肤。秀瑞有一句话，叫“一白遮百丑”，何况白皙的皮肤生长在漂亮的姑娘身上。而且，白云姑娘说话，特别柔软，一说话就会让你酥的那一种。喊姑娘名字会在后面加一个“娜”，比如“丁凤”，就成了“丁凤娜”，像一个外国人的名字，好听着呢！祥哥觉得自己讲多了，打住话语。马汝超眼睛一眨一眨的，似乎不敢相信，说，李自成怎会带两千美女打仗呢？祥哥说，我看你是聪明人，当年李自成攻破紫禁城，把两千多名宫女赏赐给有功将士，到我们黄龙山一带的部队，就是李自成最后的家底呢。马汝超笑了说，老弟，您真会编故事。祥哥说，李过出家在黄龙寺，晚年写了《回忆录》《永昌遗恨录》《传灯杂录》，我还去了通城博物馆，看到了永昌二年汉白玉碑刻，上面刻有一首诗：

亡吾闯王九宫山，血海深仇恨不消。
灭绝通城县贼人，岂能还吾闯王魂！
天大地大不留人，何处去寻吾王回？
顺军将士寸肠断，跪泣狂呼吾王归！

马汝超说，你还真做了研究呢！祥哥得意地说，不然，我为何在我这个茶楼，专设了“白云”包厢？我这服务员小苇，也是白云人，是我专去白云挑选来的。马汝超此时心悦诚服了，长长地吁了一口气，不无遗憾地说，我这一辈子是再也没有福气娶到白云姑娘了。当年，我和凤儿好，但我家里不同意，说凤儿是乡下人，凤儿性格刚烈倔强，伤心地大哭了一场之后，就不搭理我了，半年的培训班结束后，从此各奔东西。马汝超又说，我这辈子什么都不欠，就欠凤儿这份情。我现在什么都有，就是凤儿的一丁点消息都没有，不知道凤儿现在过得怎么样？如果她有困难，我可以帮帮她。人啊，到了我们这把年纪，会常怀旧伤感。现在不是有一种说法吗？说人过了五十岁，漂亮不漂亮一个样；过了六十岁，官大官小一个样；过了七十岁，钱多钱少一个样；过了八十岁，男的女的一个样；过了九十岁，活着死了一个样。

苏蓝听祥哥讲完这个故事，心里被感动着，就在这一刹那，他做出了一个重大的抉择，那就是：他这一辈子，一定要去帮助厄运中的刘丽莎。苏蓝呷了一口双井茶，想起了黄山谷《双井茶送子瞻》的诗："人间风日不到处，天上玉堂森宝书。想见东坡旧居士，挥毫百斛泻明珠。我家江南摘云腴，落硙霏霏雪不如。为君唤起黄州梦，独载扁舟向五湖。"

（十四）

西城的夜空，显得分外古朴和安详，星星眨着眼，月亮羞涩涩躲进云层去。西城主要的街道做了一些亮化修饰，县里的领导并不满意，但有的老百姓认为浪费了电。县里把"穿衣戴帽"的任务分给各单位，各单位包段包户，拆除违章建筑，拆除餐馆的烟管。洗刷电杆和铺门前的"办证"之类"牛皮癣"，画斑马线。几套班子成员都分了工，苏蓝也分了工。苏蓝从家里的玻璃窗口朝远处街面上看，古老的旧城正在发生深刻的变化。喜欤？忧欤？苏蓝感到喜忧参半吧。西城之所以文化厚重，是因为每一个祠堂、每一个巷道、每一块砖头都有故事，现在被"火柴盒"式的水泥森林代替了许多。苏蓝交过提案，建议要保护好古城堡的文物古建筑，尤其是重点地方，但这些挡不住"经营"城市的城市化的滚滚历史洪流。

这天苏蓝没有和晏含秀出去散步，晏含秀给他泡了一碗菊花茶，就相邀在一起玩的女伴去红色广场跳舞去了。晏含秀虽然个子高挑，柔软度稍差一些，但她熟悉舞曲，比如《我们心中的红太阳》《天安门前留个影》等，都是过去的"忠"字舞，舞的动作过去都跳过，一些年轻姑娘都要她站在前面领舞，衙前街"细妹美发厅”的小芸总是甜甜叫着“晏姐”，要晏含秀教她，晏含秀乐此不疲。

苏蓝的住宅还是他在县科协时分的，隔墙就是铁炉巷。此刻，巷里悠悠然飘来了小提琴声，他知道是县航运公司水伢拉的，在西城数他拉得好，早年县里的文艺演出总会有他的身影，苏蓝喜欢他拉《新疆之春》和《生活的颤音》，还有刘天华的《光明行》，那时文艺生活不怎么丰富，电视都不普及，水伢的琴声总会打动他。水伢的家境不好，早年顶替父亲时，跟机帆船在长江跑运输，小提琴一直陪伴着孤寂的他。苏蓝也练过小提琴，但运弓不得法，水伢说他有点“漂”。他也感到，尤其是A弦，高音部分音不脆，且沙，晏含秀说像杀鸡，十分伤他自尊。水伢老婆叫芳姑，原是吃农业粮的，据说在河坳乡黄梅剧团当过演员，全县文艺会演时水伢看中了她。由于没有正式工作，平常在城头贩点水果。后来水伢下岗，芳姑又患乳腺癌，一对挺好看的奶子切掉了一个，而且一个活蹦乱跳的十二岁儿子敏子发生车祸，被一辆农用车辗死，一时成了西城的特大新闻。涂婆说，出城的石墩口每年都要辗压死人，但不要把聪灵的敏子辗压死哟！敏子是年级“三好学生”，长得精神活泼，还是学校鼓乐队的指挥。此后水伢就靠帮别人办丧事在乐队中拉拉琴维持生计。尽管水伢一家遇到了接二连三的灾难和打击，但苏蓝好像没有发现水伢的琴声中断过，这让他肃然起敬。他倒真的担心，有一天水伢的琴声突然消失。水伢，你太不容易了，你可要撑住啊！

滞留在家，苏蓝是有预谋的。他已申请到了QQ号码，给自己取了一个正统的名字，叫“知识分子”，并且把刘丽莎网名叫“百年孤独”的QQ成功地加为了好友。昨晚临睡觉前，鬼使神差让他打开计算机，似乎有一种感应，当他一输入密码，就看到了“百年孤独”的形象在闪烁。他迅速点击，便立刻看到了她的留言：知识分子，您好！在我人生最孤独的时分，能遇见您我感到十分高兴和快乐，我把它当作一种缘分，十分珍惜。有人说，相聚是缘，有缘是福，人心惜缘，缘去随缘，有缘是缘，无缘也是缘。我忙完琐事一般大约在九点钟左右，有空上网聊聊。祝你每天开心！百年孤独。苏蓝看完留言，心中有一种莫名其妙的触动。苏蓝知道刘丽莎讲的“琐事”是什么，他记得刘丽莎在演讲中说，她为尹猛献出了一个女人最美丽的光阴。不难设想，一个高位截瘫的男人的护理，需要付出多少年复一年的艰辛。

苏蓝开始在晚上九点上网。上网时，他心在扑扑地跳，从没有过的紧张，这种感觉仿佛又回到当年在银杏树下等候刘丽莎的感觉。他QQ密码输入后，点击确定，就看到了百年孤独在线。于是苏蓝打字发出：你好！百年孤独立刻回话说：你好！几乎很短的时间之内，百年孤独就连续发出一系列表情：请你喝茶的表情、请你吃水果的表情、你不要太累的表情。看得出百年孤独对QQ十分娴熟，而对苏蓝来说显得十分笨拙，他好不容易发出：谢谢！百年孤独打出：呵呵。苏蓝接着表示歉意：我这是第一次上网聊天，打字很慢，请谅。随即百年孤独就打出：没关系的，慢慢就会熟悉了，何况你比我聪明。苏蓝忙打出：过奖了。你还好吗？百年孤独打出：还好，就这么过。苏蓝知道“就这么过”的含义，他为刘丽莎感到一阵心酸。百年孤独打出：谢谢你们热情的款待。苏蓝打出：是县里安排的，我只是作陪。你的报告很精彩，我数了一下，中间出现了八次掌声。百年孤独打出：本来我是不愿去的，都老太婆了，生活对于我来说早已没有了激情，是牛县长再三做我的工作。苏蓝立刻从这里知道了，原来是牛为鼓动的，他已明白了牛为的良苦用心，是想让刘丽莎和自己见上面。苏蓝打出：也好，出来走走，也许心情会好些。百年孤独打出：也亏了牛县长，确实心情好多了，特别是见到了你，很高兴。你当年在我们知青心目中是大学问家，什么都懂，只是我们那时太年轻了，不懂事。苏蓝开始感到，刘丽莎来秀瑞，其中既包含了要和他见面的因素，还暗示了她当年“不懂事”。苏蓝打出：我很留恋当年下放的日子，尽管那么艰苦，还受那么多的磨难，但现在看来是多么重要的一笔财富啊。百年孤独打出：我也是。如果我没有记错的话，你十分喜爱音乐。我发一首歌给你听，也许会勾起你的回忆，但我每一次听，都会想起你。《南京知青之歌》，当年我们都传抄过。你点一下我发来的网址就可以听哦。苏蓝立刻点开了网址，画面出现了知青群体的形象，背景是大都市的“高楼大厦”，忧郁的音乐缓缓而起。歌唱道：

……告别了妈妈，再见了家乡，金色的学生时代，已载入了青春的史册一去不复返了。啊……未来的道路多么艰难，多么漫长，生活的脚步深浅在偏僻的异乡……

苏蓝一边听着，一边看到百年孤独发来的文字：当年全国查《南京知青之歌》，汝东就查你的《忧伤》，我们心里都知道这样对你不公平，都憎恨金胡子和蒋静。你抓起来后，工地上开批判会，批判稿要广播，我不愿意播，请了病假，有人说我立场不坚定，本来是推荐我上华东师大的，没同意，降为汝东师范，如果不是“老爷子”说话，也许我还去不成哩。苏蓝的心一阵阵收缩，想不到刘丽莎的心灵是如此纯洁和善良。他由此还知道了，刘丽莎之所以嫁给“老爷子”的儿子，中间掺杂了刘丽莎的报恩情结。苏蓝的眼睛被打湿了，他打上以下厚重的几行字：谢谢你的理解，也谢谢你的正直。百年孤独打出：这个话题太沉重。有一首歌叫《拉着你的手》，下放过的人都喜欢听，我给你一个网址，有时间你听听。你也该休息了，你当领导，不要太忙，望多保重！苏蓝满噙着感动的泪水，打上：你也要多注意身体！百年孤独发了一个大画面的动画再见，字迹变幻和闪耀着，苏蓝像看到了刘丽莎年轻时闪动着的美丽大眼睛，他急忙打出再见，回应百年孤独。晏含秀从广场跳舞回到家里，见苏蓝愣愣地坐在电脑旁发呆，关切地说，外面多热闹，运动有好处。苏蓝回过头，对晏含秀笑了一下，充满苦涩和无奈。苏蓝心愁就想起黄庭坚《寄贺方回》的诗：

少游醉卧古藤下，谁与愁眉唱一杯。
解作江南断肠句，只今唯有贺方回。

诗中用“唱一杯”而不用“喝一杯”，生造词矣，但与前“醉”有关，点铁成金。这些天来，晏含秀发现苏蓝有些细微的变化。知苏蓝者，莫如晏含秀也。晏含秀讨厌苏蓝有洁癖，即使卧室，床上的两沿，多少年来都垫了两条长长的浴巾，白天铺上，睡觉时方才拿掉，他怕自己、也怕晏含秀，一不小心一屁股坐到了床上。在他看来，穿在外面的裤子，那是奇脏。他外出、开会、坐车、下乡、走访、调研、送葬、探视病人……无处不去，无处不坐。那些椅子、凳子、沙发、坐垫……凡可坐者，有谁会认真去打理呢？又有谁能保证坐者都是健康的呢？男人“十男九痔”，苏蓝他自己就有严重的痔疮，那出起血来，几条裤子都会透过，一点没商量的。年纪大的男人，前列腺多有问题，尿频、尿急、尿滴……若滴，不滴在身上、滴在裤子上才见鬼呢！女人就更不用说了。每月一次来“朋友”，倒霉的“朋友”一不高兴就任性、发脾气，搞不好弄到裤子上，坐在椅子上。苏蓝不爱做家务，但爱抹桌子、擦椅子、扫地、洗碗，收拾得干干净净。桌子永远是一尘不染，椅子让客人坐过之后，一定是要消毒的，用来色水。说来奇怪，让晏含秀的母亲周菁喜欢上苏蓝，不是因为他有学问，也不是因为他长得帅气，而是因为他一到家就帮着扫地、抹桌、洗碗，很勤快。当一家人吃过饭后，一桌狼藉残羹，苏蓝会一马当先，起始周菁以为苏蓝做做样子，晏含秀拉着妈妈到一边耳语着，随他去，他喜欢洗碗。此时的周菁一脸狐疑望着女儿。苏蓝洗的碗明亮干净，大家一阵夸奖，苏蓝脸上露出满足而灿烂的笑意，很开心、很得意、很可爱的样子。随着条件的改善，丈母娘家从水泥地面到铺拼花地板，每周苏蓝都会来拖干净，有时他嫌拖把拖不干净，索性用毛巾，跪地擦呀、擦呀擦，几条裤子的膝盖都磨破了。最让晏含秀痛惜的是，他们结婚时，苏蓝定制的一条毛料裤，藏青色的，擦地给磨破了。这可是请西城最好的裁缝师傅龚喆福亲手裁制的，这裤子质地不用说，且制工精湛。说起龚喆福，也许会让你吓一跳，他是当年给秋收起义的部队做过服装的。那年龚喆福在老街头开了一个叫“鹤锦铭”的裁缝坊，是西城最老、最好、最有名的制衣铺，他给起义军师长余洒度、副师长余喷民，给后来当了元帅的罗荣桓、当了大将的谭政都量身制过衣。龚喆福还因此被国民党抓去坐了两年班房，西城解放时，晏政访贫问苦、扎根串连了解到龚喆福有关情况，把他培养成为积极分子，后来成为县工商联和西城商会会长。前面提到的县委副书记龚睿智就是龚喆福的儿子，他九兄妹，龚睿智排行第八，家里称“老八”，因性格外向，人脉活络，在学校同学称他“11 号”。这是因为化学元素周期表中排在第 11 位的是钠元素，其化学性质很活跃，于是把这“11 号”的美称赐给了他们的班长。

按苏蓝的歪理邪说，他的爱干净是学着贺方回的，因为他爱他的诗，也因为贺方回也有洁癖。现在他关窗的时间比以前更长。这关窗不是因为怕风雨打进家来，而是怕尘埃飞进家来，把家里弄脏。因为这般晏含秀没有少和苏蓝吵过架。晏含秀怕封闭，讨厌空气不对流，门窗关久了她就会心烦气闷，年轻时晏含秀会依着苏蓝，只是苏蓝不在家时大开其窗，大敞其门，对着窗外做深呼吸，知道苏蓝要回家时就赶忙关窗掩门，免得两个人吵嘴。后来呢，苏蓝关窗的习惯好一些。最近，苏蓝旧病复发，关窗掩门更严格，有时拉着晏含秀指着户外说，那造纸厂早该搬走，不仅污染了秀河，还把大半个西城给糟蹋了。你看看，那鬼医院，又在烧垃圾，简直不像话！垃圾怎么能烧呢？乌烟瘴气！晏含秀实在憋不住，顶撞说，我外公说，“人在灰中不知灰，鱼在水中不知水”，关门闭户以为就没有灰吗？苏蓝两只眼像金鱼眼般鼓鼓地瞪着晏含秀，气得说不出话来。

（十五）

这个星期天上午，苏蓝去郑杉家商量“胡杨文化节”一事。苏蓝碰巧看到郑杉在最后完成他的巨幅国画《大漠胡杨》，画被固定在墙上，占了整个一面墙。在另一面墙上，悬挂了一幅中堂，那是郑杉手书鲁迅的两句诗："躲进小楼成一统，管他冬夏与春秋"。郑杉不愧是江南梅圣，他把胡杨的精气神，尤其是阿光描述的那种"断臂折腰也要昂起你高贵的头颅"那种"指天画地虬龙般的形态"勾勒得呼之欲出，栩栩如生，充满了旺盛的生命和活脱的灵气。郑杉是旧城里的一个鬼才，一个有争议的人物。他曾学着北宋王令，也在门上写着"纷纷闾巷士，看我复何为？来即令我烦，去即我不思"，可见他清高孤傲性格的一个方面。

郑老用毛笔在画上补染了一会儿，遂将笔搁下，对苏蓝说，我们俩都受到过生活的磨砺，你曾被打成坏分子，我是黑帮，关过牛棚，都在农场管制劳动过，但我们两个人的活法不一样，我直言不讳，敢说敢当；你呢？谨小慎微，含蓄隐晦，还有洁癖，你活得太累了，你当这个政协副主席更累。我这个政协委员可以肝胆相照，荣辱与共，大胆建言，而你要时时处处保持一致，要恪守到位不越位，帮忙不添乱，切实不表面的法则。恕我直言，我这辈子，就爱二件东西，一是美酒，二是美女。我看你苏蓝就不敢说喜欢美女。我知道，你也爱美女，你不爱我是王八！你不敢说而已。我实话告诉你，我创作画画，只要有美女站在一旁，这画就不一般。你看这画的精彩之处——郑杉指着胡杨虬龙不屈的傲骨说，我画这一块，正好丁安娜来看我，我浑身都来了灵感，满腔的热血都在翻滚沸腾，身上的每一个细胞都被调动活跃起来，就这么怪！就这么回事！你信不信呢？信不信由你！

苏蓝见郑杉提到丁安娜，心里有一种莫名的醋意，他知道丁安娜一直暗恋着他，他从心里动过恻隐之心，有一种对丁安娜至今独身的怜悯。丁安娜是西城一个冷艳、矜持、纯洁的女子，她和谁接触都是很有分寸感的，都是浅浅的一笑，而见到他，那笑靥、那眼神、那肢体语言，配合得如此精到、丰富和天衣无缝，那冰冻过的媚眼放出电来，简直可以把他击倒！他也曾告诫自己，不要太荒唐了，人都已经过了知天命的年龄，花甲在即，千万不可胡思乱想。那天晚上在弹奏《胡杨三千年》，她眼中晶莹剔透的泪花，一副梨花带雨默不作声的泪颜令他心碎。他至今也没有弄清楚，她这泪，是为谁挥洒？为中华博大？为民族坚韧？为歌魂所折？为旋律所倾？抑或是为和他在一起？她要改动歌曲的部分地方，是那么固执、那么任性、那么毋庸置疑。苏蓝想，作为一个女性，尤其是丁安娜这样的女性，她这种在他处这么放肆，意味着什么？他知道丁安娜的顶礼膜拜。郑杉在北京、上海、军界、深圳、台湾地区、韩国等地举办过个人画展，他就知道丁安娜曾去帮过郑杉。有一次好像是在军界举办的画展，他是在电视中看到的。在一些公开场合，丁安娜会去搀扶郑杉老人，这也招来一些人说三道四。

郑杉住宅临街，灰大。郑杉用鸡毛掸子扫了扫博古橱架上的尘埃，眯着眼端视着这幅倾注了他满腔激情和心血的国画。他指着胡杨根部说，老苏，你仔细看这一块，有什么发现没有？苏蓝看后惊讶地说，你这不是把一个篆体女字镶进去了吗？郑杉有些得意说，我看你老苏还行，还有眼力，思维还灵敏，不过你还没说全。苏蓝说，你还有什么玄机呀？郑杉说，胡杨的根，深深扎在大地母亲身上，是大地母亲养育了包括胡杨在内的中华儿女。苏蓝看看那“女”字，确实和戈壁沙滩紧紧相连。郑杉说，你看这女字上面还有一个宝盖呢，你还没有看出来吧？苏蓝噢地点了一下头。郑杉说，有了这个宝盖，就是一个“安”字。古时“宀”指房子，房子有女人就会有安定、有安乐。苏蓝立刻想到刚才郑杉说丁安娜看他作画，笑着说你是受丁安娜的“安”的影响么？郑杉说，这倒不一定。丁安娜人不错，就是名字没取好，东方人，西城美女，取一个外国人的名字，不好！你还记得吗？阿光在他的演说辞中不是说到，胡杨为信念生而不死，为忠诚死而不倒，为见证倒而不朽。我在创作时，胡杨最使我感动的，是因为它成为民族大团圆的目击者和见证者。在有生之年，我想我一定要将我的愿望注入这幅国画之中，这就是：愿我中华，永续太安！苏蓝被郑杉充满激情的话语所感染，郑杉继续说，这个“安”字，宝盖头在古代是指房子，房子里面有女人，就有了安定。当年王震进疆，不是招了很多女兵进疆吗？现在还有人不理解，说到人性方面的一些问题。我看没有这些女兵，就没有边疆的安定。我这幅画，这个“安”字同时也是对当年为国家为民族担当起历史重任的亲爱的女兵们表达我的敬仰之情，也是对她们做出的无畏牺牲用一种特殊的方式表达我庄严的祭奠，借此矗起一座神圣的无字碑。苏蓝看着郑杉这般癫狂的样子，笑了。苏蓝说，我用东坡送他表兄两句诗送你，“北客若来休问事，西湖虽好莫吟诗”。郑杉更来劲，一副兀傲情态，说我也用东坡两句诗还你，“鱼鸟依然笑我顽，数诗狂语不须删”！

苏蓝的手机响了，他对郑杉说了一声对不起，就接他的电话去了。郑杉看苏蓝接电话的样子，像是发生了什么事，苏蓝把声音压得很低，挪开脚步走进了卫生间。好一会，苏蓝出来，说家里来了客人，“胡杨文化节”的事我们下次再扯，就仓促离开了。

电话是晏含秀打来的，晏含秀告诉他，说金姣的妈妈来了。金姣很少谈起她家里的情况，只知道她母亲是汝东市师范的一位音乐老师，父亲出家做了和尚，是一个单亲家庭。平常他和晏含秀把金姣当成女儿看待，有什么好吃的都留给她吃。金姣家里的事他们知之甚少，也不便去多问。金姣妈妈来，按理是件高兴的事情，但近来阿明越来越不像话，几乎是躲着金姣。一位汝东的都市姑娘，为了感情来到这个偏远的西城，却在感情问题上一波三折。他对金姣是十分满意的，通情达理，善解人意，文静漂亮，不知阿明是哪一根神经出了毛病，弄得金蛟在他们面前哭过好几回，甚至说，她这样子受不了了，多少次想了断这份情缘，一走了之。她妈妈来，也许和这事情有关，想到此，苏蓝有些紧张。说实在话，讲话、做报告，遇到大一点的领导，或者接受电视台采访，哪怕是当年他在受着百般磨难和遭受批判，他也没有这样紧张过，一向是“笑傲人生”的他，今天不知是怎么一回事，心跳加快，好像还伴有早搏。他感到自己的孩子没有教育好，对不起人家。在他看来，金姣的妈妈是一位伟大的母亲，能够尊重含辛茹苦一把扯大的孩子的选择，从好端端的都市跑到周遭都是逼逼大山的西城来，一般的人是做不到的。

金姣的妈妈在金姣的住处。苏蓝和晏含秀商量，要请金姣的妈妈吃一顿饭，在哪里吃两人的意见不一。苏蓝说到外面去吃，找一家卫生一点的“农家乐”，点几个土菜；晏含秀说就在家里吃好了，在家里吃对人家客气一些、亲切一些，再说你也喜欢吃你自己炒的菜。苏蓝有些生气，说我们请客，又不是自己吃饭，人家会说我们舍不得花钱，小里小气，你不是说金姣妈妈下午还要赶回汝东，明天还有课，“快的”都联系好了吗？这么紧张，自己来弄，还要去买菜，还要洗菜、切菜，时间也不够。晏含秀反诘说，你不是说你做事动作很麻利吗？现在不是以前烧灶、烧煤，还要劈引火柴，液化气只要咔嚓一下火就着，高压锅压个十来分钟就是三十夜里的猪头都烧烂了。苏蓝见晏含秀还在啰嗦，眼一横，脸拉长说，你就是目光短浅，还要我深入做你的思想政治工作？现在金姣妈可以到家里来吗？阿明阴阳怪气的，这算个什么？金姣妈是你的亲家母吗？不一定！我们本来去见都没有道理，但金姣这孩子这两年来，把我们视为亲人，付出了那么多的感情，不要说别的，就是让阿光、阿明去钓鱼，她也没少操心。晏含秀不以为然，不耐烦地说，钓钓钓，就是你支持，钓什么鱼？钓鱼有什么出息？能够钓出个金元宝来吗？阿明在水库里发烧，阿光摔得鼻青脸肿，前不久又被猫咬了……苏蓝说，看你还有完没完？到更年期了？你呀，要多学习学习，钓鱼中大有学问，钓鱼是对大自然的亲近，不是钓鱼这个媒介，阿光、阿明兄弟早分道扬镳了，这个家早散了。钓道茶楼的祥哥说得好，垂钓是一种境界，一种学问，一种哲学，一种宇宙，你懂吗？你懂个屁！她妈就在外面吃！晏含秀一听“他妈”急了，生气地说，你怎么骂人啦？一下子“更年期”、一下子一个“屁”，刚才你说什么来了？还“他妈”就在外面吃，你骂谁呀？我对你太好了？说着眼泪就汪汪出来了。苏蓝见她把话听歪了，又好气又好笑，说你听话可听明白，我说她妈就指金姣的妈，哪里是骂你呢？不是她的妈，是谁的妈？是我的妈？是你的妈？苏蓝用手去推晏含秀的肩膀，又用食指点在晏含秀的鼻尖尖上，把晏含秀说得又扑哧一笑。

晏含秀说，快拿主意，到哪里吃，好联系。苏蓝习惯地推了推眼镜说，好像金姣她妈也下过放，就到东门河边找个土菜馆吧。晏含秀说，就你名堂多。苏蓝打电话问 114，问到一个号码，把电话打过去，对方说对不起，因为是星期天，都订完了。苏蓝说，这么跑火？于是，他在心里说，今天没有办法了，只好“腐败”一次，尽管是私人的客，公家出一次面。他把电话打到政协办公室主任傅石笙，苏蓝平常都称他小傅，今天称他傅主任。他告诉他，说来了一个远客，想找一个土菜馆宴请，在他的包干接待费中开支，请办公室帮助联系一下。傅石笙说明白。很快傅石笙说联系好了，说安排在万寿宫左侧，河边，知青“土菜馆”，“红太阳”包厢，这是“知青”土菜馆最好的一个包厢。苏蓝说谢谢你，你也难得有个星期天。傅石笙知道苏蓝说“难得有个星期天”的潜台词，其实就是不希望他去。他当然知趣，他也真的有点事，巴不得，便说，苏主席，菜我都按你平常的口味点好了，字我回头来签，吃完你就走。苏蓝对晏含秀说，你看看，你看看，这就是权力在发生作用。于是，苏蓝给金姣打电话，告诉她宴请她妈的地方。

（十六）

果不其然，“知青”土菜馆和一般的餐馆就是不一样。苏蓝付了打的的钱后，就有两位身穿草绿色军装、头戴红五星军帽、臂配“红卫兵”袖套的女孩上前来接待，显然她们是担当起礼仪小姐的角色。其中一位“红卫兵”说，预订了吗？苏蓝点了点头说，“红太阳”。这个“红卫兵”像是特务接头对上了暗号似的，脸上立刻露出职业的灿烂的笑容，说“知青”欢迎你！哦，你是苏主席吧？苏蓝见认出他，点了一下头，认真看了这个女“红卫兵”一眼。这姑娘有几份标致，剪的齐耳短发，单眼皮，皮肤白净。当年的绿军装好像更肥些，也许是适应潮流，现在的绿军装改做成缩腰贴身的式样，把这位“红卫兵”丰满的胸脯勾勒了出来。

厅堂散客已有不少人，一些端菜的服务员都是清一色穿着青绿色军装，窜来窜去。音乐正在播放老唱片《白毛女》中的《大红枣儿甜又甜》，这歌苏蓝爱听，心情很好。一侧墙上挂着几双草鞋，苏蓝又看到了一条标语，写着：农村是一个广阔的天地，在那里是可以大有作为的。正面墙上贴着一张大型的毛主席像，像下有一个大“忠”字。在厅堂左边还设有一个陈列柜，苏蓝好奇走过去看看，里面有上海、汝东、西城知青的日记、工分簿，还有毛主席语录、毛主席著作（四卷合订本）。一角落放了一架风车，还有知青使用过的羊角锄、板锄、莮锄、柴刀、禾刀之类。苏蓝心里笑了笑，现在的人都成了精，厉害！将市场经济的生意和历史的元素连起来，赚“老知青”的钱。

“红太阳”包厢四面墙的装修也有着特别用意，用杉树皮装裱而成，一张八仙桌子，四方是四条双人木条凳，一进去，苏蓝就强烈感受到又回到当年西津水电站建设工地牡英嫂开的饭铺。苏蓝没有少去那个路边的饭铺，在那里吃顿饭是一种享受，他怀念起那个快言快语热情贤惠的乡下女人牡英嫂，她现在过得还好吗？她现在有困难吗？三十年河东，四十年河西。那铺里至今让苏蓝难以忘怀的是“猪头肉”、烟熏“腊猪脚”、“心肺汤”和“干芥菜烧五花肉”。

苏蓝和晏含秀先到，在等候着金姣和她妈到来。一位“红卫兵”进来，说傅主任点好了菜，让客人再看看。苏蓝一看菜单，“猪头肉”“心肺汤”“干芥菜烧五花肉”都点了，一应俱全，他心里对这个小傅又有了更深的一层好感，这家伙能办事。小动作大学问哩。苏蓝立刻就想到政协也要加强干部培养交流的力度，有机会可以推荐小傅到乡镇去锻炼锻炼，说不定是块好钢哩！一会儿，金姣妈来了。她由一位“红卫兵”引导进来，金姣亲昵挽着她妈的手臂。

“知青”土菜馆和一般的餐馆就是不一样。

黄大明 绘

金姣首先给她妈介绍说，这是苏伯伯，指着晏含秀说，这是伯母，我平常叫她阿姨。金姣妈很有风度气质的样子，一袭师范老师的装束和风范，也许是教音乐的缘故，显得几分艺术涵养。虽然四十多岁，但女人风韵犹存，不苟言笑，一对大眼睛会说话的神态。她像在等候什么，眼神忧郁而填满了内容。晏含秀终于认出来了，说，老苏，这不是蒋静吗？是蒋静！蒋静！晏含秀拉着蒋静的手抖了抖。蒋静看着苏蓝，眼睛扑闪着些泪光。苏蓝说，是小蒋，这个世界还有这么巧的事？金姣在一旁也惊诧，居然他们和妈妈认识！晏含秀说，蒋静，你还是以前那个样子，文静漂亮！蒋静说现在老了。苏蓝张罗着上菜，八仙桌，一人一方坐下。苏蓝说，金姣从不说家里的情况，原来都是熟人。金姣看了蒋静一眼，说是妈妈交代，我至今也不知为什么，好像一个地下党，在做地下工作似的。蒋静用手纸在眼睛上拭了拭。金姣心痛地叫了一声妈。蒋静欲言又止。苏蓝似乎猜出了蒋静想说什么，岔开话题说，多年未见面，听说金姣妈妈也下放过，我还特地选了这家“知青”店，有点情趣。小蒋，哦，恐怕要改一改口，现在不是小蒋了。晏含秀说，就叫蒋静好，还亲切一些。苏蓝说，金姣，你妈能喝点酒么？金姣说，妈妈从不沾酒。苏蓝见菜陆续都上来了，于是站起来说，我的心脏也不是很好，我们以茶代酒吧。今天我两个小鬼钓鱼去了，本来也应该来陪陪金姣妈妈，也没听金姣说你今天会来。在这里，首先我和晏含秀以茶代酒敬一下你，尽在不言中。

蒋静啜了一口茶，也站着说，我也说两句，我今天从汝东过来，是临时决定，金姣也不知道。今天当着苏老师、含秀的面，说说我的想法。这么多年，我心里一直怀着愧疚，觉得在这个世界上，最对不起的就是苏老师。蒋静说着说着眼睛又被润湿了，金姣见状忙走过去挽妈妈的手臂。苏蓝说，过去的事就让它过去吧。我看，要聊我们就坐着说。大家坐下后，蒋静接着说，我一直把自己当成一个“叛徒”，可耻的“叛徒”，因我的原因，让苏老师打成了“坏分子”去农场受苦，这成了我这一辈子无法消逝的阴影。金姣来秀瑞实习，我本不同意，因为这片土地这里的西津水库给我带来了太多太多的伤害，她要来，没有别的办法，我只好尊重了她，她在长大，在懂事，她应该有她的选择。后来，她提出，竟要到西城工作，我十分不愿意，我们母女吵了起来，再吵下去，我们这个已经破碎的家，会雪上加霜。后来金姣告诉我，说在实习时遇到了有一位一中的老师，心地非常善良，我这才知道金姣为什么要来西城工作。后来我打听到是苏蓝老师的小孩，我怀着一颗赎罪之心，同意了金姣到西城来工作，默认了她要和你家小孩好。这个原因，恐怕金姣自己也是现在才知道。可是……蒋静说着又去抹眼泪，善解人意的金姣一声一声地叫着妈妈。蒋静继续说，可是以后在你家发生了一些事，我略知一二，得知金姣先是认识你家老大，后来老大援疆去了，阴差阳错地和老二好上了。金姣对他们俩印象都十分好，但老二现在总是躲着她，我也不知道这是为什么，我们这家这辈子可能对你家有还不清的债。很长时间以后，金姣忍受着巨大的痛苦和精神折磨，她舍不得离开你们，舍不得离开你们这个家。我曾对金姣说，孩子，你随缘吧。金姣说再等一等，她说她这辈子，笃定想做苏家的人、做苏家的鬼。今天来秀瑞，我也是没有办法的办法，我希望应有一个说法。

一位“红卫兵”进来给他们斟茶，外面的音乐传了进来，正是苏蓝他们这辈人十分熟悉的语录歌：“凡是错误的思想，凡是毒草，凡是牛鬼蛇神，都应该进行批判，决不能让它们自己泛滥。”“凡是敌人反对的我们就要拥护，凡是敌人拥护的我们就要反对。”苏蓝听到这歌声，有一种郁闷、恐惧，让“红卫兵”赶紧把门关上。苏蓝为了宽慰蒋静，说，我打成“坏分子”怎么能完全怪罪于你呢？在那个年代，谁都说不清楚，而且，我创作《忧伤》那首歌，这是事实。全国都在批《南京知青之歌》，各地都在找《南京知青之歌》的翻版，我能躲得了这一劫难吗？我记得，当年我在农场劳动，徐铁来看我，徐铁你记得这个人吗？陈坊青年突击队长，在工地很有名，我就对徐铁说过，这个账怎么能记到你这么一个小丫头身上去呢？我心里就一直没有怪罪过你，是真的，我对天发誓！你不要有什么这个那个的，何况，现在事情过去了这么多年，而且我们的下一代都长大了，又走到一起来了，现在我倒是觉得，我们欠金姣的太多，欠你家的太多。我家那混账的老二不争气，金姣是一个多么好的女孩，用我们西城话说，打灯笼都难找啊！不晓得我家那小子被什么鬼迷心窍。

此刻，“知青”土菜馆老板娘来敬酒。苏蓝对她似曾相识，好像在哪儿见过。金姣认识老板娘，忙介绍，苏伯伯，她是粮食局人秘股长宾兵的爱人，叫禾英，下岗后在这里开了这家酒店，她还是全县下岗再就业十大明星之一呢！苏蓝嘿嘿笑了笑，但他对这老板娘的感觉还是另一码子事。禾英笑吟吟地说，苏主席我常在电视上看到你，我们初次相识，但我老板和你家阿光、阿明很熟识，每个星期都一块去钓鱼，平常都是一块租车去，一块租车回来。也许是禾英的“英”字启发了苏蓝，他突然问禾英，你家是哪里？晏含秀莫名其妙看着苏蓝，好像是看一个外星人一样奇怪，似乎在说，你问这个干什么？查户口？禾英说，我是西津人。苏蓝说，这就对了。苏蓝指着晏含秀说，她是当年西津民兵营的营长。禾英说，我那时不懂事，我妈可能你们认识。苏蓝自信地问，你妈是牡英吗？禾英说，正是。苏蓝说，我看你和你妈是一个模子铸造出来的，太像了。你爸就是西津粮管所陈会计？禾英连说是呀、是呀！禾英和她妈牡英一样快言快语，说，我家以前在乡下负担重，我有六姊妹，我最小，就靠我爸一个人三十多块钱的工资。我妈太能干了，种自留地，养兔子，养鸽子，收粮时在仓库里做小工，她可以和男人一样扛 140 斤重的谷包上车，你说厉不厉害？她用麻绳锁谷包锁得全所最漂亮。以后西津建水库，她在民工棚边开了一个饮食店，供销社肉食品店卖肉的是我表叔，猪头、猪脚就给店里，生意好得很，饭店里的泔水又可以养猪，养了五只壮猪和一只猪婆。苏蓝问，你爸妈他们现在还好吗？禾英说，蛮好的。现在到深圳去了，细姐在深圳，细姐就是老五，他们帮细姐带孩子。苏蓝哦了一声，这禾英拿着吊在颈脖子上的手机就要拨深圳的电话，苏蓝忙制止，说禾英，我们以茶代酒，敬你全家，这才使禾英想着是来敬酒的，禾英右手端着一杯谷酒，左手恭敬地托在杯子下面说，应该我敬哩。苏蓝指着蒋静说，这是我的客人，那你先敬她，我们二十多年没见面，那时她正好也在西津水电站建设工程指挥部工作。蒋静说，我也认识牡英嫂子，我在她店里也吃过饭的，有人还把她比作《沙家浜》中的阿庆嫂呢。禾英说，这么说来都是熟人，一起来，我喝干，你们随意。苏蓝见此状，深有感触，想起了东坡的诗“江城白酒三杯酽，野老苍颜一笑温”，他把“江城”改为“西城”更合此意。

（十七）

胡杨文化节举办得如此成功，是苏蓝完全没有预料到的。汝东电视台不仅做了全方位的报道，更重要的是引起了中央电视台的关注，派出了记者进行采访。阿光支教所在的新疆克州下面一所学校校长也应邀前来出席了文化节，阿光接受了新疆电视台和省电视台的采访，简直出尽了风头。赵县长最满意的是，实现了“文化搭台、经贸唱戏”的效果，更不用说，在湘鄂赣边区，就这么一棵“胡杨”，把西城的知名度一下提高了许多，用汝东市委宣传部严部长的话说，看来办任何事，没有办不到，只有想不到，西城不产胡杨，但成功举办了“胡杨文化节”，太不可思议了，值得好好总结。这也印证了汝东市委书记余敏寿说的，工作就是要创新——小题大做，大题炒作，无题创作。

西城大街小巷，瞎子九牯拄着拐棍，边走边嚷：天仄仄，地仄仄，胡杨树，了不得。铁炉巷涂婆问九牯，胡杨树哪个“了不得”？说来听听。九牯说，涂婆，你要关心公家的事！县里举办了胡杨文化节，你知道吗？节上有“三个一”。涂婆问是哪“三个一”哩？九牯说，“一幅画”——江南梅圣郑杉捐了一幅《大漠孤烟》国画到博物馆，这是一个“一”吧；“一首歌”——苏主席创作了《胡杨三千年》的歌曲，街上的人都在哼，这是第二个“一”吧；“一棵树”——全县人民都知道了世上还有一棵树叫胡杨的树，这是第三个“一”吧。涂婆说，九牯，你以前晓得胡杨树啵？九牯说，不晓得。九牯说，涂婆你看过胡杨树啵？涂婆说没有看过。九牯说，听说胡杨就是胡人的杨树。这次让我们都长见识了。涂婆似懂非懂，眼球翻了翻，想起了胡琴胡桃胡萝卜，点点头。

令苏蓝没想到的是，县委宣传部要调阿光，说阿光是个人才，放在一中浪费了。苏蓝对“宣传”一直有一种畏葸感，当年自己一不小心就从专区广播站下放到西津建水库，在西津又差一点坐班房，都是意识形态惹的祸。他这一辈子注定要吃政治饭，逃避不了政治，不是还担任了政协副主席么？但对孩子他存心要让他们远离政治，政治太残酷了，阿光、阿明考大学报志愿，就是让他们都填报了师范类大学。而阿光态度却十分明朗，当他从一中竹校长那里得知要调他时，他没有半点犹豫。竹校长千方百计挽留阿光，说要推荐他当副校长，但阿光只是笑了笑，说我听从组织安排，竹校长当然知道这是什么意思。在苏蓝面前，阿光吐露心扉，说老爸，你平素教导我们对祖国、对社会要有责任感，《胡杨三千年》正是这根藤上结的瓜。政治是一种责任，尽到了这份责任就行。你虽然在政治风云中大浪淘沙，历尽劫波和屈辱，但老百姓最终还是选择了你，让你担任了县级领导。你还说过儒家有一条古训，叫达则兼济天下，穷则独善其身。在垂钓中我领略到独善其身的精髓，在援疆支教中我品尝了兼济天下的滋味。

在一次饭局上，赵县长获知钊文要调阿光到宣传部，灵机一动，直接找到党群副书记龚睿智说，一中的苏阿光老师，我早就有安排，这次胡杨文化节，外地有不少企业家前来参加，都熟悉了阿光，现在县招商局正缺一位副局长，下次开常委会请提出来。我看苏阿光这人，政治上成熟，又是大学生，年轻有为，是根好苗子。龚睿智见县长说得如此恳切，满口答应来协调此事，待通气后就让组织部去一中考察。

苏蓝被阿光搞“行政”这件事弄得精神有些恍惚。昨天上午是县政协召开常委会，他习惯在出门前对着镜子梳梳头，把三七开的头发整一整。这回他心不在焉，将刮胡须的吉利柠檬泡沫抹了一头。见鬼！他本是想喷一点啫喱水给头发定定发型，怎么会是这样子的呢？不该错的事又发生了，真的印证了那个叫什么来了的定律，你感到会出错的一定就会出错。今天早上苏蓝洗完脸，要搽一点香，却挤了一大条牙膏往脸上涂抹，涂抹后自己发现错了，只好苦笑。是老了么？他想起了他的祖父，人老了，总是不脱鞋往床上睡，第二天到处找鞋，最后好不容易在被子里找到。又有一次，他老人家用空热水瓶上开水，他明明对准了开水瓶的入口，但总灌不进去，老半天才反应过来，原来开水瓶的木塞没有取下来。更奇特的是，老人家从外面回到家，走得浑身发热，他取下头上的瓜皮帽子，正在此时他用力咳出一口浓痰，他不知怎么搞的，将这口新鲜的浓痰吐在床上，将帽子却丢到了地下，老半天才发现自己搞反了，帽子拾起来简单，平素爱干净床上经常洒香水的老人家，满床去找那一口又浓又黄的唾液，找到后用废纸擦拭，又用湿巾去揩干净，折腾得不亦乐乎。

晏含秀见苏蓝这个样子，劝他不要多虑，说阿光选择也没有什么错，人家想当干部还当不到呢，顺其自然吧！现在的政治空气在好起来，起码现在不用担心说错话，乱扣帽子、乱打棍子，不担心一个晚上就被打成现行反革命。苏蓝说，根本不在这里，你知道个屁。晏含秀说你又不文明。苏蓝说，搞行政，路上的陷阱太多。成事在天，谋事在人。中国这种几千年文化积淀下来的从政生态是不可能在短时间得到彻底改变，更不要幻想在某一个早上变得阳光灿烂，清新可人。搞行政的每一步，都要有大智慧，不能有小聪明；要有务实精神，不能有书生意气；要有高情商，不能有高智商；要有灵活机动，不能有刻板机械；要有积极主动，不能有坐船等水；要有雄才韬略，不能有鼠目寸光；要有委曲求全的雅量，不能有鸡肠小肚的算计。在我们中国，更重要的是要有一种对老百姓的感情和责任，不能把市场等价交换法则运用到“行政”上来。苏蓝一口气说了七八个“要有”和七八个“不能有”。他又进一步强调，又像是自言自语，对这一代人从政，最关键是要培养他们和老百姓的感情和对国家的责任。这个时候，晏含秀似乎有些明白苏蓝的良苦用心。他们都是过来人，已过知天命之年，晏含秀是相信苏蓝的判断的，大凡一些重大的抉择，最后的主意都由苏蓝去拿。

抑或是疲劳还是阿光职业的选择困扰，苏蓝的颈椎出了毛病，到医院拍了片子，还在医院挂了病床做牵引，效果甚微。晚上苏蓝强忍疼痛，在网上告诉了刘丽莎，患颈椎病了，联系会少一些，要刘丽莎天天寻找些高兴开心的事情做做，日子总会好起来的。“日子总会好起来”发过去苏蓝就后悔起来，往后的日子一年老一年，而且她家里还有一个残疾人，坐着说话不怕站着的人腰痛。还好，刘丽莎知道苏蓝是一片好心，说了一些感谢的话。特别是当她知道苏蓝患颈椎病，十分牵挂，让苏蓝感动。苏蓝关电脑时，听到外面传来小提琴声，他知道是水伢在拉。引起苏蓝特别注意的是，水伢今天没有拉《二泉映月》或《新疆之春》，也没有拉他十分喜欢的刘天华的《光明行》，而是拉《胡杨三千年》！因为《胡杨三千年》曲子是苏蓝创作的，尤为感到亲切。他顾不上室外医院那边正在焚烧垃圾的滚滚烟尘，毅然推开窗门，侧耳聆听。

在苏蓝看来，水伢拉《胡杨三千年》确实没话说。“历尽西域马啸狼嗥”“披尽天山沙尘风雨”“阅尽人间沧海桑田”，小提琴那低音部分显得特别浑厚深沉，把远古戈壁的苍凉，大漠的皱褶，草原的宽阔展示在苏蓝的眼前。当小提琴拉到高音部分，那坚定不移亘古不变执着无限的“江山依然”“雪山依然”“日月依然”，将音乐旋律推向了高潮。不知是出乎意料水伢居然用小提琴也拉出了这首歌，还是水伢的小提琴的演绎深深地感染了他，苏蓝两眼泪水止不住汪汪而出。正是：

晚风轻刮雨沙沙，夜幕低垂恰似麻。
古镇西城人影少，琴声泣血水伢家。

苏蓝躺靠在床头，用气泡垫固定颈脖子，还在想着阿光的事情。晏含秀上床，苏蓝说，我想了很久，阿光搞行政的事，要去，我看就要先到乡下去，不到乡下去锻炼，不知道老百姓的疾苦，不知道过去说的“七十二行，玩土为王”“玩龙玩虎，不如玩土”的来由，从思想到实践都是没有根基和基础的。你看现在政界，基本上是那一批“工农兵”大学生当道，我预言，将来那批恢复高考后“新三届”大学生中下过放的会很了不得。八四年，打着灯笼找大学生，很多就是下过放，或者是农村回乡知青。我敢说，这批人有“四个面向”的经历，有插队落户的体验，就会有一份对老百姓的感情和责任。一般来说，“从家庭门进学校门，从学校门进机关门”的“三门生”是有缺陷的。阿光就是“三门生”，虽然去了援疆一年，但还不够。晏含秀听苏蓝这么说，觉得有道理，但让自己的儿子阿光到乡下去，就是不忍心。晏含秀说，好端端的县城不呆，弄到乡下去，乡下多苦，虽然比我们那时要好，但乡下生活多单调。

现在下去容易，上来多难，有的人想进城，送礼都送不进，你现在在位，你一旦退线，谁管你。把小孩放到乡下去，我舍不得。让他们去钓钓鱼体验乡下的气息，接触乡下的风情，我是赞同的。如果让人投票，赞成下乡的绝对是少数。不说了，休息吧，你的颈椎不好，要说明天再说。苏蓝说，龚书记说马上要开常委会。晏含秀说，老苏啊，你也是两个极端，要么不同意小孩去，说搞行政乌七八糟，险恶黑暗；要么同意去，就得下乡，这是哪门子道理？阿光不小了，你不要做主，最后让孩子自己选择，今后的风险由他自己担当。苏蓝说，当然。

在这个问题上，阿光同意了父亲的意见。县委组织部在将阿光任职问题上常委会之前，很慎重征求了阿光的意见，阿光说，愿意到基层去锻炼。就这样，县委考虑到阿光在新疆支教的经历和现实表现，同意提名阿光为西津乡政府副乡长。因阿光是领导干部子女，提拔还要报市委组织部批准。

（十八）

淫雨初晴，岫椒蒸云，秀河绕城，夕照衔山。阿明终于和金姣摊牌，说他们的缘分已尽，不会有结果，气得金姣哭得死去活来，她一气之下，辞去了秀瑞县人民医院的工作，离开了让她眷恋的西城，独自到沿海闯荡，最后经同学介绍，在温都市一家医院找到了一份护士工作。

苏蓝对阿明很生气，从心底感到深深对不起金姣，也对不起金姣的妈妈蒋静。中国人讲究回报，虽然他并没有想到过要蒋静补偿什么，也没有想到过蒋静亏欠了他什么，但蒋静的确是这么做的。倘若一定要说蒋静曾经对他在政治上有过伤害的话，那只是当时特殊的环境所决定的，而现在阿明对金姣的伤害，则是由阿明独自的小气候所造成的。苏蓝此时还真的不知道阿明已移情别恋，更不知阿明移情别恋的因果和由来。他的颈椎间盘突出似乎比以前更严重，同时还有早搏，医院建议他到外面检查，他不愿去，他认为他最近身体欠佳与他的情绪有很大的关系。他千方百计来稳定心态，平衡心绪，缓解心情。为了转移注意力，苏蓝还是坚持上班。

苏蓝办公室的门被轻轻推开，苏蓝瞥见丁安娜，忙起身迎候。丁安娜今天装扮在苏蓝看来很端庄得体，像是将以往的前卫时尚暂时放进了保险箱似的，也许是要来机关大院的缘故吧。但她的穿着，总会有一处出奇出彩，比如今天，高领将丁安娜的脸蛋衬托出一种典雅清丽的风度，自然流畅的长发如瀑披在圆浑的肩上，最让人心迷的是，头发巧妙遮住了右边半个脸颊。丁安娜很优雅地用手将臀部的裙子拂了拂，两腿并拢，小心而大方地坐在苏蓝办公桌前的椅子上。丁安娜的坐姿和她走路一样，都是挺胸收腹的。丁安娜说，我给你送胡杨文化节的光碟来了，这光碟编得还不错。苏蓝问她是喝茶叶茶还是菊花茶，丁安娜说，不用了，早上喝过牛奶。苏蓝说茶还是喝，那就喝茶叶茶吧，我这里有点乡下送来的好茶叶，是西津的。

无风不起浪。外面传言丁安娜一直暗恋苏蓝。在丁安娜眼中，在这个小城里像苏蓝这般有品貌有才华的寥寥无几。有的有外貌，却缺乏文化修养；有的有文化底蕴却缺乏刚毅气质；有的有气质风度却谈吐粗俗。这次胡杨文化节，苏蓝亲自指挥合唱，彻底征服了追求完美的丁安娜。当年她还是豆蔻年华刚招进剧团时，就着迷苏蓝。那年她还在念初中，县采茶剧团要招一批学员，她被荣幸选中。这批学员挂靠省文艺学校，毕业发中专文凭，算干部，这在当时是趋之若鹜的。苏蓝在县科委工作，全国科技大会后，县里成立科协组织，苏蓝当选主席。苏蓝给县文艺班上文化课，小丁安娜受苏蓝的影响，迷上了音乐，同时被苏蓝那种特有的坚毅、刚强、宽厚所折服。从那时开始，丁安娜心里暗中发誓要嫁就要嫁苏蓝这般男人。丁安娜一等就等成剩女了。

其实，今天丁安娜送光碟来，完全是一个借口。她已经听说苏蓝颈椎病发了，在医院挂床做牵引。她不便去医院，那里会遇到很多人的，不方便。何必让别人去说三道四呢？这西城委实太小，巴掌大的地方，上午东门发生的事，下午西门都会知道。很多祠堂的厨房是连在一起的，就是老民宅，也是集体厨房，中午弄饭吃，西城里的新鲜事你一句来我一句去，眉飞色舞，津津乐道，一顿饭很快就弄好了。碰到一些奸情奇闻，谁谁偷了谁谁的老婆，谁谁在河边沙洲上野合被谁撞见，一不小心那乌黑的厨房里就冒出“嗞嗞”烧焦的油烟，柴火灶上的锅里立刻结了焦黑的锅巴，一顿好端端的饭弄糟了，既心痛又无奈。有不讲道理的听者还要和说者干起仗来，你迟不说早不说，偏偏要在我弄饭炒菜的时候说，洗碗时说不是更好吗？那边谁听后心里气得胀死人，说你这个人好玩，屙屎不出怪茅厕，你菜烧焦了，与我何相干？莫名其妙！厨房里吵嘴后，下回谁有好吃的又端来端去，矛盾又化解了，于是又继续着互相交换小城里发生的各种传闻和趣事，乐此不疲。这么多年，丁安娜算是十分注意的，要不然，那街头巷尾的唾液都可以把她淹死。她到县政协来，冠冕堂皇，名正言顺，因为她是县政协委员。

淫雨初晴，岫椒蒸云，秀河绕城，夕照衡山……

黄大明 绘

苏蓝是明白人，他很同情丁安娜。苏蓝心里常念叨，丁安娜你赶紧找一个合适的人嫁了吧，但他不好说。丁安娜从来没有流露过她爱的就是你苏蓝！她表面上只是把苏蓝当成自己喜欢的老师，当成有郁闷时能倾诉的对象，当成任性时可以固执争辩的朋友。不管丁安娜有没有道理，苏蓝都会让她三分，把她当成自己的学生，甚至是自己的妹妹。丁安娜从时尚精致的手袋里，掏出几个布满英文字母的瓶子说，苏老师，这是我妈以前一位熟人送给她的，给了我一些，你病了，我送些给你。我查了，是美国产的深水鱼油，属保健品之类。苏蓝分明有些感动，说，你留着自己用吧，我没大事，有事我还能上班么？丁安娜见苏蓝不愿接受，那固执劲又要上来了，说，这又不是毒药，你何必这么紧张呢？苏蓝赶忙说，我收吧，谢了。噢，这是你妈的熟人送的？苏蓝对这美国货有些兴趣，顺便问问。丁安娜说，这事也挺有意思的，前不久，有一位退休的老总找到西城来，还是一位正厅级呢，找到了我妈，他们曾经是汝东茶叶培训班的同学。苏蓝想起来了，祥哥给他说过，那人在他钓道茶楼喝过茶，叫马汝超。苏蓝说，你妈叫丁凤？丁安娜说，是呀。我妈后来回乡当了接生员，一直在白云卫生院当医生，嫁给了一位大队会计，这就是我爸。听我妈说，我祖父在民国时期当过秀瑞县县长，新中国成立前夕辞职在县散源中学教国文。新中国成立后，关过三次，最后一次是五八年。我没有见过我公，他死在监狱里。我爸在我两岁时得肺结核去世了，以后我妈带着我，没有再嫁人。我妈让我跟她姓丁，也不知为什么。你怎么也知道了？苏蓝笑了一下，说秀瑞就这么大，我听祥哥说的。此刻，随着笃的一声轻轻叩门，门口探了一个头来，立马又缩了回去，让苏蓝很不高兴。丁安娜说，你有事，我得走了，那碟子你抽空看看，也算是一个成果，有意思的呢！那探头的正是办公室主任傅石笙，苏蓝是看清楚了的，鬼鬼祟祟干什么呢？丁安娜走后，苏蓝就打电话请他到办公室来。

又是笃、笃、笃地叩门，这回的头没有探进来。苏蓝说了声请进，傅石笙这才进来，像做错了什么事很不自在的样子。苏蓝故意淡化刚才的不高兴，微笑问道，小傅，你找我有事么？傅石笙拿了一份文件虔诚地放在苏蓝的桌上，说我给您送文件来着。并说明道，这份县委 15 号“关于批转县政协关于加强社情民意工作的意见”文件，是他执笔起草的，经各专委会讨论，并征求各副主席意见，以县政协党组的名义报县委，现经县委批准印发全县。征求意见时，苏蓝正生病。苏蓝似乎明白了小傅的意图，主要是因没有征求他的意见怕他生气，同时也借此引起他的注意——他起草的重要文件得到了县委的认可，成果呀！

苏蓝觉得这个文件起草得不错，集中阐述了新时期收集和反映社情民意在政协履行政治协商、民主监督、参政议政三大职能中的地位和作用，并提出了做好这项工作的具体措施，操作性强，这是在县一级比较超前的一项开创性工作。苏蓝再往下看，在第三点中，有一个提法引起了他的注意——“促进决策的民主化、科学化”。他感到好像不是这样子的，应该是“科学化、民主化”。于是，苏蓝迅速查找以往的文件和中央精神，这一来，完全证实了他的判断。怎么办？这提法是很“政治”的，如果下面谁发现，以为是新的精神来了，或者是一个什么新的“信号”，那就麻烦了。他开始想睁一个眼，闭一个眼，打一个马虎眼，过去就过去了。但感到这个问题，是政治问题，是要提出来的。那么，问题是谁提出来？怎么提出来？什么时候提出来？首先苏蓝想到，这事弄出来，对小傅是极为不利。其次，已经多方征求过意见，他们是干什么去了？一旦作为问题的提出，他们会高兴吗？尤其还有其他的主席们。你苏蓝提出来，好啊，就你高明？就你讲政治？就你革命？那县委又会怎么看呢？是谁把了关呢？又是谁签发的呢？苏蓝一联想，扯出一大堆的问题来了。倘若这么一来，就必须收回文件，收回文件就应该有个说法，这是政界的潜规则，首当其冲就把小傅推到风口浪尖。小傅平常工作确实很优秀，无论政务事务，都能拿下，这在机关是不多的。有的只会爬格子，做秀才，唯唯诺诺斯斯文文，不会协调办事；有的很会张罗，把领导的心事揣摩得像照X光片一般，一清二楚，写文章却狗屁不通。想到这一堆乱七八糟的事情，苏蓝的颈椎又疼痛起来。

（十九）

苏蓝纵有天大的本事和高超的政治智慧也无法将“15号文件”一事摆平。苏蓝认为，这事不去提它，睁一个眼、闭一个眼，是一种对事业极端不负责任的态度，如果是这样子，他这一辈子对组织的良心都会不得安稳。于是他义无反顾将这件事给分管办公室叫时世的副主席说了。他想了很久，解铃还须系铃人，给当事人说或给政协主要领导说或直接给县委说，都似乎欠妥。给当事人说，会形成以权压人的印象，让人“啧啧”说你这苏主席专门欺负这么个光做实事的年轻人，对年轻人要宽宏大量，不要求全责备，做事的犯点错是十分正常的，不做事的人不就什么错都没有吗？给政协主要领导说或给县委说，会让人感觉他在背后整人、搞人、告阴状，落个不光明磊落的臭名，他从来不是这样的人呀！他和时世副主席讲这件事时，注意把握分寸，他说，这件事最好冷处理，对小傅、对政协这边都好。谁知时世副主席却是另一种态度。时世副主席当过全县最大镇的书记，当年是全汝东市最年轻的乡镇书记，但一直“走麦城”，在县政府搞了两届副县长，年纪较大资历很老，平常快言快语，说话豪爽直率，没有遮挡，爱放炮。时世对苏蓝说，我看就应该是“民主化”在前，“科学化”在后。“五四”时期不是提出“德先生”、“赛先生”吗？“德先生”就是民主，“赛先生”就是科学，你说哪个在前？不就是“德先生”在前吗？正确的提法，一定是“民主化”在前，我敢打赌！苏蓝简直是秀才碰到兵，有礼说不清。在时世看来，没有错的，即使排法错，也没有什么大不了的事儿，不必大惊小怪。世上有的事就是给一些神经病整出来的。不要说没有什么大问题，就是有问题，也在县委，是他们发的文，他们的审稿、核稿、签发这些程序是谁把的关呢？程序没有完文件能发得出来吗？我虽是分管政协办公室，能把我怎么样？时世原来是在逃避，一副死猪不怕开水烫的样子。

苏蓝见时世如此无理，用深沉的语调严肃地叫了声“时世同志”！一般在正式的场合或郑重的时候，苏蓝才会这么严肃地说话，时世知道苏蓝的厉害，竖起耳朵倾听着苏蓝的下文，苏蓝接着说，请注意——我决定首先和你谈这件事，是尊重你！建议你向县委报告。我就这么个意见，你看着办！说完头也不回，“啪”的一声关上门出去了。

原本苏蓝想冷处理这件事，让影响面越小越好，但在时世的搅和下，却弄得满城风雨，机关里谁都知道了。按苏蓝原来的设想，小傅主动认个错，县委办那边悄悄把文件收回，再核稿再发下去就完了，但外面传说时世和苏蓝在办公室拍桌子，吵得很凶，差一点打起来了，更有甚者，说苏蓝气得心脏病发作住医院了。为了以正视听，县委分管党群、联系政协工作的副书记龚睿智专门指示县纪委和县委组织部派出联合调查组，调查此事。调查组在谈话中了解到，这个文件征求意见时，居然大多数人没有认真审阅就签上自己的尊名大姓，交差了事。时世看到大家都没有意见也就签给了于主席，于主席正好要出差，见时世签了字，就签了“同意时世同志的意见”。事情昭然若揭，这个文件小傅写成怎么个样子就是怎么个样，没有谁在小傅之后下过功夫认真审核过。而对傅石笙来说，确乎下了功夫，他日夜研究了上级关于社情民意工作的要求，研究了外地关于社情民意工作的经验，探索了本地关于社情民意工作的做法。最让傅石笙感到莫大委屈的是，这提法顺序的颠倒完全是一种下意识的笔误，他核稿三次竟然没有检查出来。

于主席出差回来，感到十分恼火。一物降一物。时世在县里谁都不服，就是服于主席。于主席是他的老领导，有知遇之恩。于主席至今叫时世还是叫小时，他说，小时你看看你看看，我在文件上签的字，是签同意你的意见，原来你的意见是错误的，你让我在快退休的时候来犯个政治错误，晚节不保，如何是好？时世斜斜眼怯怯看了看于主席，见于主席吸烟，他急忙从口袋里掏出打火机给于主席点烟，通讯员正好送文件进来，听到了于主席说“你看看你看看”，眼光和时世对视了一下，差一点笑出声来，忙不急随手掩门出去。

时世平常喜开玩笑，“你看看你看看”是时世没事时和机关同志讲过的一个段子，在机关院子里谁都知道这是时世的“专利”，段子传开后有几个版本，其中一个版本是说：在一个贫困地区的山里面，有一户很穷的人家，女人没衣服穿，只系一条围兜在腰上，遮掩身体的下半部，谁知有工作组来访贫问苦，她十分害羞，本能地将围兜掀起来遮掩胸部，这样一来，可又露出了身体的下半部，十分尴尬，于是又连忙放下来遮掩下面，几经来回，不知如何是好，不好意思地随口连说“你看看你看看”，倒真的让工作组的人将她的身体上下都看得一清二楚。时世讲这段子时，自己不笑却将听者笑得前仰后合。

既已出错，小傅就是有一千张嘴都难以解释清楚。有的事情就这么怪，结果不好，过程再好也是惨白的。调查组向于主席反馈调查情况，征询对傅石笙的处理意见，于主席说，我们要举一反三，吸取教训。问题不光出在小傅身上，是我签发呈报县委的，我也有责任，其他审阅的同志也有一定责任。对傅石笙同志，以教育为主，年轻人嘛，不能一棍子打死。我看这样，现在不是强调加强干部交流吗？尤其是要加强机关和基层交流，这个 15 号文件还特别提到了要加强政协干部和党政干部的交流，建议县委将小傅交流到乡镇锻炼锻炼，对事业对他本人都有好处。调查组在向县委提交的调查报告中，采纳了于主席的意见。县委很快就做出决定，傅石笙被提名调任秀瑞县最边远的谷寨乡任乡长。谷寨乡面积全县最大，有三百平方公里，人最少，3549 人，至今不通公路。这对小傅的感觉，就是“流放”！小傅认为这么整他，不去，一气之下，写了辞职书，毅然决然下海，离开了秀瑞，据说去帮一位同学管理一个企业，当老总去了。

此事对苏蓝触动很大，觉得十分对不起小傅。其实，县委让小傅下乡，也是有培养锻炼的意思。有人想去，也去不了呢。毕竟小傅不满，且“15号文件事件”是从他这里滥觞首先提出来的，小傅因此远离政界，远离西城。这辈子，苏蓝以孔子的“恕”作为自己的座右铭，至今客厅里唯一的字画也仅为一个硕大的“恕”字，这是他专门请郑杉题写的。他曾以“恕”对人对己，对待过去，然而，他却没有办法以“恕”的基本原则对待这件事，他觉得十分对不起小傅，在“政治”和“孔孟之道”之间，选择了政治，很无奈。

（二十）

风细柳斜，西城人家，秀水溶溶，逍遥年华。依照惯例，县政协每年举行全委会议之前，都安排了一次常委会议，协商讨论常委会工作报告，提案工作报告，并决定会议召开的时间、地点。这天县政协召开常委会议，除上述议题之外，还有一项是协商通过新增补的县政协委员。新增补的三名县政协委员，在常委会上很顺利协商通过了。苏蓝在主席台上看着这份名单草案，也并没有怎么在意。三名委员中，有一位是佛教界的，名叫释法悟，是新来的信符寺代住持。

信符寺是古艾西城千年古寺，于西城以南，龙山之下。据秀瑞志载：信符寺建于北宋大中祥符九年（1016），众僧为表对朝廷的忠贞，取名为“信符寺”，但又有更深一层意思，古艾地“符”和“佛”是谐音，故释寺义遂有多解。其实，近代以来，信符寺因战事早已不复存在，只在故地留下若干石刻、放生池、古井及诸多和尚坟墓的遗迹。秀瑞县为弘扬传统文化，坚持信教自由，发展文化旅游，全力支持恢复信符寺。信符寺规划控制面积为三千七百八十一亩，建筑占地面积六百一十八亩，集修行、闭关、弘法、教研、慈善、安养和临终关怀为一体，建成后将成为观光、朝拜、法事、度假、疗养、学研的吉祥胜地。

苏蓝参加县政协全委会的科技、宗教界别小组讨论，见到了释法悟，总觉在哪儿谋过面。其实，释法悟就是金裘修，金姣的生身父亲。此时的释法悟，显得十分端庄和安详，还和以前一样，皮肤白皙，矮胖，但过去浓密的络腮胡子没有了，和头肤一样，剃刮得逼青干净，神态也没有了过去的那种焦躁、局促、横蛮，满脸的厚道、仁和、宽容。释法悟见谁都是那种宽厚广博的微笑，间或合掌一句南无阿弥陀佛。释法悟发言，讲得很简单，但让人觉得讲得精妙。他说，能参加政协，共商国是，深感荣幸。今后一定要爱国爱教，热爱西城。他接着说，二十一世纪是科技与市场迅猛发展的世纪，也是人们对精神故园寻觅最切的世纪。道德乃人类赖以生存发展的必要前提，亦是个体立身成业的基石。我国自古以来，素以道为尊、以德立国。受儒家文化浸润的国人，诚意正心，博施济众，明因慎果，慎独自律。吾愿为构建美好精神故园，弘扬中华古老文化尽绵薄之力。

苏蓝终于认出了释法悟。说来也怪，此时他对释法悟印象好极了。释法悟也认出了苏蓝，且没有半点惊讶和异样。休会，苏蓝行至释法悟跟前，主动打招呼，不仅是因为金裘修曾在出家前，帮扶过在最困难之中的祝湘灵，也不仅是因他是金姣的父亲，更重要的是想表达一种宽容大度的情怀。苏蓝说，法师发言讲得不错呀！释法悟脸带微笑，合掌为十，道声南无阿弥陀佛。苏蓝说，以后有事尽管来找我。释法悟又是一声南无阿弥陀佛。

信符寺第一期工程仅半年就完工，大雄宝殿显得十分雄伟庄严肃穆。一日，释法悟来到县政协反映，说开发区工业园有一根高压线从庙间穿过，远看像是伤害庙宇的眼睛般，要求电线一定要移走。苏蓝二话没说，先向赵县长报告，然后协调有关部门，仅半个月就重拉线把这条线路改好了，释法悟感激不已。后来，又发生了一件事，移动公司在寺庙附近建了一个塔，释法悟又找到苏蓝，说这塔对信符寺有影响，那儿正是一个闭关的场地，电波有影响。苏蓝又去协调。移动公司说，开始也不说，要花三十多万元呢。苏蓝左磨右磨，终移走了。一来二往，苏蓝和释法悟成了好朋友。

根据政协工作安排，苏蓝上午率部分政协委员去信符寺视察，释法悟留苏蓝吃斋饭，苏蓝答应了。他们谈话，像有一种默契，过去之事缄口不言。释法悟告诉苏蓝，信符寺之所以恢复很快，县里重视不用说，重要的是，资金不缺。尤其是有一位叫马汝超的居士，他不仅带头捐赠善款，还在香港、东南亚一带华人中筹集善款。苏蓝心里知道马汝超是谁，表面不动声色，心里对马汝超有了新的认识。他还知道，马汝超可是为了他初恋情人丁凤来到西域、为了丁凤才信奉佛教的呀。

释法悟今日谈话从佛教的角度论及对科技发展的忧虑。他说，在农业社会，科技的发展比较缓慢，且与宗教、人文、政治活动相比，处于边缘地带。近四百年来，科技在人类活动的舞台，日益扮演着主要角色，披上了华贵炫目的外衣，成了世人追随崇拜的偶像。事实上，科技给人类带来了不少好处，改善了人类的生存环境，但它的负面效应也逐渐显现，比如环境污染、生活失衡、核武器和生物武器的威胁、精神家园的丧失等。就拿秀河来讲吧，半个世纪之前，西城的茶叶、木材、粮食等货物出县主要靠水运，当时有秀河滩歌，滩歌唱道，东门一出二神滩，窑棚扫帚两边栏。磨滩小水平平过，噪滩独石用心拦。零盘滩里挨山走，抱子鹅颈出西关。上下彭姑忙桨荡，心中思想北岸滩。苏蓝问释法悟，你对秀河滩歌何以如此熟识？释法悟说他以前到西城专门采风收集过。苏蓝哦了一声，突然想起他早年不正是在地区宣传组吗？他们将这般对话慌张打住，谁也不愿意去触及以往哪怕是一丁点旧事，但就苏蓝这么下意识一问，却仿佛在他们心灵深处轰的一声投下一枚重磅炸弹似的。然而，在表面上，他们形色如故，波澜不惊。释法悟接着说，我查阅过秀瑞县志，据志载，清代和民国时期，西城的商贾、学生出县经商、读书，因无公路，多乘舟至省城和汝东。1945 年，航行在秀河的木帆船就有 620 多艘，这些船中有上饶的刁子船，西城的宁船，赣州的沙排子，余江的罗堂子，新建的土狗子，安义的麻雀子，宜春的火铲子，万载的万载老。1952 年，秀水内河运输，有船民 420 户，近三千人，木帆船 420 艘，乌筏 25 只，如果我没有记错的话，到了 1975 年，木帆船减至 24 艘。如今虽公路发达，据说还在规划建高速公路，但秀河与往日辉煌不可同日而语，且萎缩已不能够行船的了；若枯水季节，秀河有的地方会出现断流情形。几十年在历史长河中，就是一闪电，好比一刹那，而秀河就在这一刹那变得不曾相识。此情此景，既有建了西津水电站的原因，也有生态失衡的原因。

释法悟话锋一转，委婉地道出了一句沉重的话语。他说，科技是一把双刃剑。法国思想家卢梭在《论科技与艺术》一书中，指责科学起源于罪恶，总给人类带来灾难。直至今日，卢梭式的声音，不绝于耳。随着科技发展，由于人类心理多向物质功利倾斜，高精尖的科技大多率先用于军事，使物质发展失去道德理性的控制，心被物所役，科技的负面影响直接威胁着人类本身及其生存基础。也许您已经知道，二十世纪五十年代以来，西方社会掀起了东方文化热，其中有西方人寻求心灵拯救的人文因素，更有西方科学家热衷在东方文化中寻找现代科技生长点的内在需要。许多研究高能物理学以及生命科学的前卫科学家，把佛教思想视为宝物，孜孜于佛教经典与现代科学的对比，从中获得了许多卓有成效的发现。美国物理学家卡普拉说，古老的宗教典籍《华严经》与现代物理学的理论之间，有着惊人的相似性。由此可见，佛教不仅可以从多方面提供超时空的道德价值，比如和谐平等、慈悲忍让、生佛一体等，还可以最大限度地为当代科技包括科技各个领域，比如多维空间、大尺度的宇宙观、地外文明、微观亚原子世界、测不准定理、质能互变、时间隧道、生物全息律、分形数学、资讯网络、克隆生物技术等导航，实现道德与科技的良性互动，从而开辟人类知性新纪元。

苏蓝因为联系宗教界别，对宗教常识也能说出个子丑寅卯，但今日听了释法悟娓娓道来的阐述，感到对中国佛教在一个新的层面有了新的认识。他没有想到释法悟有如此深厚的功底，有如此不凡的造诣。虽然他对释法悟所述不敢苟同，因为他恪守他的唯物史观。当释法悟默默诵念“南无阿弥陀佛”时，他在心里静静默念“信仰不同，互相尊重”。苏蓝很欣赏释法悟的智慧，联想到他的经历，想起了苏轼和其弟子由的诗句：“凭君借取法界观，一洗人间万事非。”

（二十一）

西城，朗月挂山，秀江笼烟，莲柳依依，竹松脉脉。苏蓝眼前会经常浮现刘丽莎痛不欲生的情景，弄得坐卧不安。她家应该是不缺钱了，她丈夫的伯伯会支持的。能让刘丽莎心情好起来的办法，唯独只能是尹猛态度变得好一些，对刘丽莎好一些。苏蓝深入地想着，觉得自己这是不是自作多情？刘丽莎这一家子，与你有何相干？说得直白，刘丽莎连你的情人都没有做过！你有必要这么神经兮兮这般牵挂么？不，刘丽莎曾说过，相聚是缘，有缘是福，人必惜缘，缘去随缘，有缘是缘，无缘也是缘。这话说得多么好啊，他这辈子能再次遇到刘丽莎，不也是一种缘分吗？难道这缘分不应该珍惜吗？即便是朋友缘，亦然。那次在中山宾馆，刘丽莎喝下他相敬的她人生第一杯烈酒，让他久久不能忘怀。也许，正是这杯酒，从此把苏蓝的心，牢牢地拴住了。

女人啊，有时不经意的一句话，一个眼神，一个肢体语言，一个仪态，这会让某一位男人刻骨铭心一辈子，甚至会改变一个男人的命运，这命运或悲惨或壮烈或默默无闻或风光无限或身陷囹圄或身价百倍或贫穷潦倒或富埒陶白，演绎出人间一幕幕惊世骇俗的悲喜剧。

苏蓝的颈椎病被徐铁匠治好了，他突然设想，徐铁匠可以治尹猛的病吗？也许不可能。但民间的一些秘籍其威力和作用，用现代科学难以做出解释。比如徐铁匠不仅治好了吴七的病，同样治好了

西城，朗月挂山，秀江笼烟，莲柳依依，竹杉脉脉……

黄大明 绘

他的病。能不能死马当成活马医呢？只要有百分之一的希望，做出百分之百的努力，也许会创造新的奇迹呢？苏蓝越想越兴奋，便和吴七联系，让他去问一问徐铁匠，有一位截瘫多年的病人，可不可以治疗？吴七很快回了电话，说徐铁匠认为没有十分把握，但可以试一试。苏蓝毫不迟疑，让吴七接上徐铁匠，亲自陪同，沿着蜿蜒伸展的弯弯出山之路，向艾南县境内的君滩垦殖场驶去。

石炳庚驾驶着北京吉普车在幕阜山脉和九龄山脉之间的腹地疾驰，不时习惯性用右手摸摸光头。吴七在车上谈了一些基层的情况和苦衷。吴七说，乡镇的体制不太顺。比如，工商税本来是税务部门的事，而现在税务部门不管，交账却压在乡镇书记、乡镇长身上，乡里还要请他们吃饭，请他们帮忙完成税收。再比如，乡镇管不到公安派出所，人财物就是由条条管，管事和管人脱节。说起来稳定压倒一切，一票否决，有事乡政府承担，但调度公安常有扯皮的事发生，我说乡镇对派出所的人事起码要管一半，以公安为主，呈报表中，一定要有乡镇党委盖章一栏。苏蓝说，乡镇这一级不容易，很关键，上面千根线，下面一根针。乡镇这一级是最基本的政权组织，它支撑了我们国家改革开放的雄伟大厦。吴七被苏蓝说得有些激动，说苏主席站得高，看得远，我代表乡镇同志感谢你！吴七接着说，乡镇一些关系不理顺，会影响政权建设。有人说，现在乡政府成了乡公所，本来应有一些组成部门，现在倒好像成了一个没有腰子（肾）的人，七站八所都管不到，如何谈为农民服务呢？苏蓝说，我回去向县政协建议，开展一次乡镇政权建设的调查，你可以先理一理，有哪些突出问题，尤其是探讨解决这些问题的对策和办法，你说呢？吴七说，这是个好主意。

坐在一旁的徐铁匠，一副出远门的行头，上身穿了一件土林蓝色的确卡中山装，表袋里依然插着那支宝贝自来水笔，与其说他是一位远山老人，倒不如说他像一位退休的老村支书。苏蓝问徐铁匠多久没有出过县了？徐铁匠说，我还是在生产队当保管时，去过汝东调早禾良种，叫农垦五八，当年推广这个品种，乡亲们都有意见，矮秆，脆，不好打草鞋哩。我们生产队偷偷栽几亩高秆老品种，被公社发现，在全社广播中通报批评。苏蓝笑了笑说，我在农场劳动时，正兴打格子栽禾，两种规格，一种是三七寸，一种是四六寸，谁打退脚栽禾就批判谁。后来又搞了小苗带土、温室育秧，现在多省事，不需栽禾了，可以抛秧。吴七说，现在西津发展蚕桑，种的是嫁接桑，养蚕比种水稻更赚钱。苏蓝说，是啊，要加快农业产业结构调整。蚕桑关键是产业化，缫丝还不够，要延长产业链，增加附加值。我们国家是丝绸王国，要创造出好的品牌打入国际市场才好。吴七说，苏主席说得对，以前总是提产、供、销，现在要翻过来，叫销、供、产，瞄准市场，市场是生产的第一战场。苏蓝说，吴书记的观念挺新的。吴七说，哪里，都是跟苏主席学的。

徐铁匠不时张望东窗外，经过一些小集镇时，他啧啧称外头变化大，建设得快。吴七说，如今集镇都在抓“引农造城”，让农民过城里人生活。吴七又说，依我看，老徐你也快八十，搬出来住算了，守了几块挂壁薯地做么呢？徐铁匠说，哪里是几块薯地的事情呢？徐铁匠认为吴七太年轻了，他能懂吾心么？他不想多作解释。车子走了约莫四个小时，走出了邻县，进入了艾南县地界。苏蓝问徐铁匠饿了么？徐铁匠说不饿。其实苏蓝有点饿了，他想徐铁匠说不饿完全是客气。吴七对苏蓝说，我们就到前面路边的春香店炒个菜吃点饭吧，味道挺不错，西城的头头脑脑去汝东开会，途中都喜欢在这里吃。苏蓝说好。

石炳庚和春香很熟。他点了红烧鳜鱼，熏笋炒腊肉，花生米煎排骨，腌菜烧肉等几个土菜。苏蓝边嗑着桌上盘里的葵花子边问徐铁匠，你隔了多久没有见到祝湘灵？徐铁匠说，恐怕有好几年了。那年红姑刚读初一。湘灵要带红姑走，红姑不愿，和她没有话说，没有甚感情。湘灵没法子，一把眼泪伤心走了。湘灵年年会托人寄些衣物和钱来，开始红姑不穿湘灵寄来的衣，我说红姑，你个蠢子！衣又没得罪你！以后红姑就没有犟性。有一件红褂子，就是湘灵买来的。石炳庚不停地给徐铁匠夹菜，徐铁匠说多谢多谢。石炳庚说，鱼崽打个屁，辣椒多个味，辣椒炒鱼，我更喜鱼中的辣椒。徐铁匠说，我也是。这顿饭大家吃得很饱。苏蓝说，这春香真会弄菜，中山宾馆怎么就搞不出这个味呢？吴七说，宾馆都是山外贩来的大棚里的菜，还转基因，寡味。

半昼时分，一行人赶到君滩。君滩垦殖场虽已破败，但看得出当年的气派和辉煌，主楼还是俄罗斯斯拉夫民族风情建筑，是苏联专家设计的。车经过多年失修的水泥路后，驶入生活区。路线是刘丽莎在QQ上告诉苏蓝的，十分准确，一点未错。生活区的路两旁，是浓郁蔽天的法国梧桐树，行到底往右拐，有一溜连体两层红砖楼房，第二个门洞，就应该是刘丽莎的家。准确来说，应该是原场领导“老爷子”尹强的家。苏联专家曾在这里探矿，找到了铅锌矿后就撤走了，留给垦殖场做场部。

红砖楼房檐墙体斑驳，看得出已走出了计划经济时期“地厅级”光环。昔日墙面爬过的藤蔓已经枯死，过去那种洋气的草帽灯依然弯悬在墙上，但只有灯罩，没有灯泡。有人听到车响，推开外面的防盗门——是那种用超粗钢筋焊成的像牢房门一样坚固的铁门，那飘逸的身影，苏蓝一眼就认出了是刘丽莎。刘丽莎那双会说话的大眼睛显得不知所措，也许是激动的缘故罢。苏蓝招呼着徐铁匠下车，吴七准备去搀扶，徐铁匠示意不让扶，他挺着直直的身板随苏蓝拾级进屋。

刘丽莎的家境比苏蓝想象中要好，虽然家里没有什么像样的家具，但也干净整洁。刘丽莎在楼下客厅准备了新毛巾，准备了洗脸水，小方桌上还准备了水果。苏蓝用毛巾在水中搓了搓，拧干送到徐铁匠跟前。徐铁匠左手一哆嗦，差点掉在地上。苏蓝说，你不方便，你先擦一擦，说着，将毛巾硬塞在徐铁匠的手中。

有一位姑娘又端来一盆水，引起了苏蓝的注意。这姑娘长得挺标致，明眸皓齿，有点像刘丽莎年轻时的模样。就气质而言，少了几分刘丽莎身上与生俱来的那种大都市女人的典雅风韵，多了几分小镇少女的清纯朴实。刘丽莎介绍说，她叫柳燕，在我们家帮助照顾尹猛。柳燕对苏蓝笑了笑说，苏伯伯，您在这个脸盆里洗吧，脸巾也是新买的。她好像知道苏蓝有洁癖似的，在苏蓝眼里，这姑娘是多么善解人意啊。

刘丽莎对苏蓝说，因为你来，我还是给祝湘灵打了一个电话。她说牛县长今天开政府常务会，开完会就会赶过来。苏蓝说，我知道小牛最近很忙，所以我也没有去惊动他。我忘了介绍。苏蓝指着徐铁匠说，他就是我介绍过的那位乡间神医，他呢，你恐怕不认识，但他的儿子你是知道的。刘丽莎诧异，她怎么会认识他的儿子呢？苏蓝说，你还记得徐铁吗？刘丽莎说，徐铁？徐铁是还记得的。徐铁是工地青年突击队长，救过人，我在广播站经常播表扬他的稿子，西津水库工地上很有名的，这么巧啊！那——刘丽莎又看了苏蓝一眼说，湘灵？苏蓝点了点头说，湘灵以前正是老徐的媳妇。苏蓝又介绍吴七说，这是西津乡党委吴书记，老徐是他亲自接出来的。吴七说，我们见过面，刘老师到西城作过精彩的报告，我安排过接待。苏蓝说，对，对，他当时是县政府办公室主任。刘丽莎眼球偏了偏回忆着，好像想起来了，说哦、哦，原来都是熟人。那声音，还是那么细声细气，柔软如水。

大家稍歇了一会儿，吃完了柳燕撕开的香蕉，苏蓝没吃，说血糖有点高，便问起尹猛的病况。刘丽莎说，老尹车祸后开始有半年躺在床上不能动弹，后来慢慢训练，可以坐起。徐铁匠说，他在哪儿？刘丽莎说，老尹在楼上，他呀——，欲言又止。上楼的地方放了几双拖鞋，刘丽莎张罗道，不要脱鞋，不要脱鞋。苏蓝带头脱，大家跟着脱。刘丽莎不好意思地说，哎呀——真是，哎呀——真是。

躺在床上的尹猛，国字脸，蓄满了马克思式络腮胡子，头发蓬乱，但双目炯炯有神，他见苏蓝他们来，稍欠了欠身子，用极浓重标准的北方话说，失迎、失迎，算是打招呼。这是一张七十年代时兴的双人高低床，木靠背，只有一个枕头，床头搁置一个圆形青花瓷平口烟灰缸，空间弥漫了一股呛鼻的烟味。已脱落红漆的地板出奇的干净，一尘不染。枕边放着一个电子游戏机。床的上方悬着一对吊环，床的另一方放了一副特制的小双杠，一头握手处摩擦得锃亮。徐铁匠惊奇地发现，尹猛的双腿竟没有出现萎缩，也许是平常锻炼的缘故，胳膊很发达。徐铁匠笑了笑，还是以前给苏蓝说过的那一句话，对尹猛说，我给你试一试。

此后的一个晚上，苏蓝在网上看到了刘丽莎给他留下了一个重要信息，让他异常兴奋。刘丽莎的留言是：知识分子，我真不知如何感谢你！这一辈子我怎样也还不清欠你的人情债哟。尹猛经上次治疗后，情况在向好的方向发展，一天一个样，今天竟奇迹般站立起来了，也就是这一天，我高兴得哭了起来。尹猛也很高兴，让我买来了剃须刀，将满脸浓密胡子刮得精光，来看他的人都说他还显年轻，我总算在地狱之中苦熬出来了。知识分子，我突然发现，尹猛能挺起，我倒不认为他是我精神上的脊梁，这脊梁，是我领略到的人世间的真善美！尹猛现在雄心勃勃，说他一定会完全恢复，一定要在完全恢复之后干出一番轰轰烈烈的事业来。他伯伯听说他恢复很快，十分振奋，一天一个电话，还寄了不少辅助营养品，什么小分子胶原蛋白、虫草蘑菇精、大豆胚芽养生粉等等。我们能有今天，此生此世，一定不会忘记你的关怀。你最近还好吗？工作忙吗？我在遥远的地方，默默为你祈祷！为你全家祈祷！好人一生平安！愿你天天开心！百年孤独。看完留言，苏蓝处在亢奋状态。他觉得自己做了一件很了不起的事，此刻他充满了成就感。最初他也是抱着试试看的想法，没有想过一定会成功，只想在心理上能给刘丽莎一个安慰就足矣。谁知，竟出现奇迹。人间之事，很多的确是难以预测。看来，只要努力，就会有意想不到的事情发生。尹猛能站立起来，就是意想不到的事情。他悟出一个道理，只有想不到，没有做不到。这一切，要归功于徐铁匠——这位蕴藏在民间的有真本事的神奇高人。现代科技发展如此之快，很多事情委实无法解释清楚。

由于心情好的缘故，苏蓝迅速关闭电脑，想去钓道茶楼喝杯茶。外面隐隐约约传来水牯的二胡声，他稍定神，辨出了水牯又在拉《胡杨三千年》。他自言自语道，水牯呀，你是好样的！你身上也有着中国老百姓的精神，这就是坚韧不拔、生生不息、贫穷不屈、挫折不移的原态品性。

（二十二）

苏蓝在去钓道茶楼的铁炉巷口，又碰到了瞎子九牯。九牯撑着竹棍，探在青石板的巷道上，在夜间发出十分清晰悦耳且很有节奏的声音。九牯的神算，让苏蓝始料莫及。苏蓝准备近身和九牯打个招呼，但九牯老远就辨出了苏蓝的脚步声。九牯分明有意说给苏蓝听：

天仄仄，地仄仄。
胡杨树，文化节。

苏蓝问，九牯，你最近好啵？九牯反问道，苏主席，今天你去了信符寺视察啦？苏蓝说，你的消息真灵通。九牯说，我刚从北门的福生理发店经过，听到西城电视新闻正在播呢。苏蓝恍然，是啊，他今天去了信符寺，电视台这么快就编发了新闻，自己都没有看到。

苏蓝来到钓道茶楼，正好祥哥送客出来，脸上堆满笑，和苏蓝打招呼，说苏主席你好久没来，今夜是什么风把你吹来了？是有什么喜事不成？苏蓝说，祥哥你别瞎猜，什么事都没有，只想来看看你。祥哥说，别把我吓坏了，受当不起哩！刚才龚书记和来西城考察项目的客人也在喝茶，接到一个电话就急匆匆地走了。苏蓝又噢了一声。祥哥接下煞有介事地说，好像是什么“谈话”。苏蓝敏感到秀瑞班子可能会有变动。祥哥说，我们就在你喜欢的“天钓”包厢喝茶如何？苏蓝说，好啊。祥哥引着苏蓝边走边说，托你的福，今夜生意好，龚书记若不走，“天钓”包厢还空不出来呢！

正走着，“西津”包厢走出一个人来，那人眼尖，一下认出了苏蓝，说，苏主席，学生幸会。苏蓝一看，见是狄平，说你狄平过得挺滋润挺自在嘛！在这里高论钓道么？狄平说，若老师不嫌弃，今晚你和我们一道喝茶好吗？苏蓝问你包厢里还有谁哩？狄平说，都是几位钓友，你家阿明今晚学校晚自习值班，不然也会在。苏蓝对祥哥说，那我就和狄平他们在一起坐坐也好。祥哥顺水推舟，那好，那好。狄平领着苏蓝走进“西津”包厢，让苏蓝坐在一个最显赫的位置，然后说我上一下洗手间就来。

狄平回来，对大家说，苏主席是我的恩师。古话说，一日为师，终身为父。苏主席当初给我们新闻通讯员讲课，有句名言，我终生难忘。我的获奖作品，很多都是在这句名言指导下，捕捉到的新闻素材。大家问，是什么名言，让我们也见识见识。狄平卖一下关子，说我还没有把你们介绍给苏主席，他不一定都认识你们。苏蓝用眼扫了一下大家说，西城巴掌大，几个人低头不见抬头见，都脸熟。万林说，苏主席是管文教口，到过防疫站。狄平指着宾兵说，他是粮食局人秘股长，叫宾兵，姓是骆宾王的“宾”，名是民兵的“兵”。苏蓝见他带了一副近视眼镜，一袭书生模样，说道，你的名字和你的外貌不相配，斯斯文文，秀秀气气，名字中居然还有两个兵站岗放哨呢！大家被苏蓝说笑了。苏蓝像想起了什么似，说，宾股长你的女客（爱人）是“知青”土菜馆的老板娘禾英么？你丈母娘就叫牡英是吧？宾兵将眼镜往上推了推，说正是。苏蓝说，你丈母娘我下放时就认识。狄平接着一一介绍，这是防疫站的万林。苏蓝说，老万是老熟人，他还用介绍？他是老站长，当了十五年站长，市里调他，他哪里也不去，写过三次辞职报告不干，都没有批，有才气，但就是酷爱钓鱼。万林笑容可掬，饱经风霜的脸庞每一块肌肉都很生动，这种笑是那种随着人们的表情，不断地变幻着的笑。接下，狄平又指着于木贝说，此人是钓友中文化最高的。苏蓝定定眼神，注视着于木贝，想自己猜出狄平的评价。狄平看出苏蓝的意思说，他学过木匠。苏蓝被狄平这么一说，全明白了，笑了一下，说原来是“博士”。西城方言称“木匠”为“博士”。在乡下，说到“博士”，一定知是“木匠”。于木贝说，领导不要见笑，我公是乡里的秀才，老爸是新中国成立前的师范生，参加了第一期地干班，五七年打成右派。他“文革”期间不让我读书了，慕名找到丛河最好的徐铁匠给我打了一把最好的斧头学木匠。恢复高考，我是全县第三名，我参加了第一批体检，莫名其妙地说我有高血压，读大学之梦泡了汤。狄平说，我们几个人，就数于木贝有才，开照相馆都是自学成才的，大领导到西城来的照片都是请他拍摄的。于木贝说，狄家人不要表扬我，最有学历的应算是宾兵呢！好端端的律师不做，情愿做个万金油。说正经的，狄家人，你刚才说苏主席当年教你的是什么“名言”来了？狄平这才想起自己刚才卖了关子，说苏主席上课告诉我们，“狗咬人不是新闻，人咬狗才算新闻”。大家不约而同哦了一声，像突然悟到了什么。

一直未吱声的万林笑着对狄平说，你“裸钓”发生的那件事算不算新闻呢？狄平说哪一次裸钓？万林说，就是前年端午节在翠洪湾那一次。一说到“翠洪湾”，狄平指着万林的鼻子说，你不要说，那次才伤自尊了。万林说，那次总该是新闻吧？狄平说，说实在的，那次当然是新闻。大家一听说这件事能和“人咬狗”相提并论，一定让万林说。苏蓝说，说说也无妨，奇闻共欣赏。狄平露出一副死猪不怕开水烫的神情，活脱一派老庄风范。万林便说起了那天钓鱼发生的一件事。万林说，那天天气出奇的好，阳光都像有生命似，狂舞着娇妖生动的身子，树叶绿得很有劲，我们的心情好得吓人。其实那湖水还很冷，但狄家人止不住好心情的激动，说一定要裸钓一次，本来裸钓就裸钓罢，又不是第一次。可这一次他偏偏要游到对岸湖汊去钓。狄家人这次快活得像一个小顽童，嘴里哼着“黄狗崽呦呦，来吃糯米饭啰，吃么俚宴啰，吃鸡吃肉宴啰”，几下把衣服脱个精光，赤身裸体扑哧扑哧咚地氽进湖里，踩着水让我把钓鱼家伙递给他。狄家人水性好极了，像水蛇一般在水中游着，金色的太阳将绿水染得金黄金黄，泛动着宛若仙境之光波，整个湖水都在歌唱。我的描述也许还不够，但确实是这样。言归正传。突然听到一声惨叫，狄家人在水中失去了平衡，于是湖水出现不规则的图画，失常的节奏传递一个重要的信息，狄家人惊呼救命！莫非真有鬼怪不成？不可能出现的事情竟如此不可思议。明明狄家人在凶险之中，可是我又不会游泳，在岸上干着急。狄家人拖着沉重的身子向岸边游来。近岸，我拉他上来，却同时拉上了一条鱼，只见那鱼还紧紧含住狄家人的鸡鸡不放，我上去死死卡住鱼鳃，小心翼翼为狄家人解除痛苦。你们说说看，这是不是新闻？鸡鸡成了诱饵，钓到了一条鱼哩！大家说，这不仅是新闻，而且是奇闻。宾兵皱起眉毛，一副律师式思考的样子，连说不懂、不懂，鸡鸡何以诱鱼欤？狄平好一会憋出一句意料之外、情理之中的话来，他说，我在水里拉了一泡尿！

（二十三）

人算不如天算。社会上传牛为会来秀瑞县当书记，这回没有说准。谁也没有想到，赵县长当了县人大常委会主任，更没有想到，县委副书记龚睿智直接由副书记提为书记，这在汝东市是不常见的。消息灵通人士分析，龚睿智主要是因为他父亲帮秋收起义部队裁过衣，又是复旦大学哲学系的硕士研究生。有的人不同意这个看法，说现在从政，朝廷无人莫做官，龚睿智一定有贵人相助。不管怎么说，龚睿智在西城公众形象委实不错，大学毕业在乡镇从一般干部干到了党委书记。但一般来说，外面传言总归会有他的道理。龚睿智的成长，确实与一位特殊的人有特殊的关系，这个人就是当年作为"叛徒"下放到秀瑞劳动改造的陈放。陈放是湖北人，石匠出身，参加革命很早，曾在湘鄂赣革命根据地打过游击，后来脱党，再后来重新入党，新中国成立后当了省委组织部副部长。"文革"受到冲击，自动要求到全省最偏僻的秀瑞来，明眼人一看就知道，他是怀着一种红色情结而来。县"五七"大军把他放在东风林场劳动，而此时作为"四个面向"（面向边疆、面向部队、面向工厂、面向基层）的"老三届"龚睿智也分配在这个林场劳动。在林场，一个弱不禁风干瘪瘦小讲湖北话毫不起眼的老头，简直是没有人觉得他的存在。在砍柴中，龚睿智经常帮他，不仅自己要完成定额120斤湿硬柴，还一段一段反反复复接应不堪重负让人"憎恨"的革命"叛徒"。然而，这位老人在龚睿智眼里，却是一位慈祥厚道的长者，他丝毫没有觉得他是自己的“阶级敌人”。峰回路转，柳暗花明。老人一夜之间被解放，当上了县革委组织组组长，不久调回了省里担任重要职务。龚睿智上大学途径省城看望过陈放，陈放让秘书去长途汽车站把龚睿智接到家里，并一再要他放寒暑假时，到他家落脚歇息。这件事对龚睿智一辈子影响极大，他最后得出一句警言：要留心身边发生的每一件事，不要忽视你遇见的每一个人。他常常以此提示自己。确切地说，陈放就是龚睿智的“贵人”，龚睿智的每一个进步，都与陈放分不开。龚睿智当年推荐上复旦，就是他说了话，龚睿智至今还不知道呢。

龚睿智信仰马克思主义，他是真信，不像有的人。他读哲学专业硕士研究生时，就对西方马克思主义有着浓厚研究兴趣，选择了“西马”作为自己的研究方向。龚睿智原来兼任县委党校校长，他在讲课时，经常会提到“西马”，此是后话。他对办好党校，有他独到的见解。他提出党校必须解决三个问题：一是理想信念问题，二是工作能力问题，三是释疑解惑问题。三者缺一不可。如果说，党校对社会上的难点、热点和焦点问题，都无动于衷，或讲不清楚，或人云亦云，党校就失去了它应有的作用。他最反对把来党校学习当成“休息休息”、“咪西咪西”、“联系联系”的集散地。龚睿智讲课，有两个观点在学员中乃至党校系统影响很大。第一个观点呢，就是认为当前在我们的干部队伍有不少“两搞干部”，一是搞改革开放，二是搞腐败。搞改革开放是对的，搞腐败是绝对不可以的！更不可借着改革开放来搞腐败！第二个观点呢，就是“思论”。说这个观点时，是龚睿智阐述马克思理论的生命力在于发展和创新专题时提出的。这个班的对象都是二十五岁左右的乡镇后备干部。龚睿智十分清楚，这些年轻人，并不缺乏理论，而是信仰。中国共

旧址位于西城城北，它被各个时期的建筑紧紧裹住……

黄大明 绘

产党的历史使命，需要一批批有着坚定信仰而又有着创新精神的新生力量承前启后。龚睿智上课第一句话就振聋发聩——我们老祖宗可不能丢啊！他充满激情的话语，仿佛让每一位年轻人耳边响起悲壮雄浑的《国际歌》——“英特纳雄耐尔一定要实现！”

龚睿智有意把这堂课安排在当年秋收起义部队——中国工农革命军第一军第一师师部旧址上。旧址位于西城城北，它被各个时期的建筑紧紧裹住，像一位历尽沧桑的老人穿上了若干件夹袄，斑驳的干打垒黄土墙浸漫了那段激情燃烧岁月的风霜。龚睿智说，我现在站着的位置，就是当年何长工等同志设计我军第一面军旗的位置。大家知道吗？八一起义向国民党打响了第一枪，而番号没变，还是“中国国民革命军”的番号。秋收起义在这里亮出了中国共产党的第一面军旗——这就是“中国工农革命军第一军第一师”的旗帜。也是在这里，走出去了一批开国元勋，他们中间有罗荣桓元帅，有谭政大将，有张宗逊、陈士榘、谭希林、何长工、韩伟、赖毅等一批共和国的将军。这片土地为了共和国的诞生，有一万零三百多位有名有姓的优秀儿女献出了宝贵的生命，如今历史把接力棒交给了我们，我们一定要接好这一棒！不然，他们是白死的！龚睿智充满磁性的话语说得大家热血沸腾，自发响起热烈的掌声。龚睿智话题一转，续上了他要讲的理论问题。他说，继承、丰富和发展马克思主义，要体现独创性、开创性、求异性、开放性。真理是具体的，真理是有条件的，真理还是发展的。千万不可以圣人是非为是非、不可以传统是非为是非、不可以本本是非为是非。要坚定不移地走自己的路，任凭别人说去吧！在这一点上，我们是有教训的。我们的老祖宗马克思是德国人，写下了经典名著《资本论》。有人说，对于“马克思”而言，德国人选择了“马克”，而我们选择了“思”；对于“资本论”而言，德国人选择了“资本”，而我们选择了“论”。我们必须彻底改变这种说法。

（二十四）

桃花盛开，竹笋拔节，蓑衣吆牛，子规啼谷。“牛”的亲子鉴定终于有了结果，这条有争议的牛和周正堂家的母牛确有血缘关系。周正堂心花怒放，一家人像过年一样庆祝自己法律上的胜利，又是打豆腐，又是放鞭炮。而就在这一天，旺伢精神完全崩溃了，他太伤心，于是在街头上买了五包老鼠药，冲矿泉水咕噜喝了下去，倒在田塍上，口吐白沫，被人发现，送到医院紧急抢救。医生说，好得这老鼠药是假冒伪劣产品，不纯，否则的话不可能起死回生。老书记汤生给阿光打电话说，这件事没那么简单，要么鉴定有误，要么有人捣鬼，要么还有其他什么缘故。阿光知道，这是形式逻辑上的一个选言推理。旺伢以死来还自己的清白，或以死要维护自己的尊严，足以说明旺伢的委屈。阿光认为汤生的话对他有暗示。阿光也觉得奇怪，这条有争议的牛，为什么会望着旺伢流眼泪呢？但阿光又想回来，为什么这牛会听了母牛的叫声哞哞归去呢？阿光百思不得其解。

阿光决定彻查这个案子，无论成本有多大，他想通过这个案子，来解剖中国农村现状和农民的生存状态，甚至想写点什么，让其凝固下来，沉淀在历史长河之中。他首先要让人去确定鉴定书的真伪，并特别交代要进行法律公证。可是因再度派人去北京，乡政府干部中颇有微词。有人说，乡里来客在外接待吃饭连餐费就无法结清，赊账一大堆，还为一条牛折腾得鸡飞狗跳，豆腐盘成肉价钱，得不偿失。说归说，阿光是执着的。在这件事上，吴七态度是暧昧的。在心里，吴七直骂阿光是个书呆子。阿光也觉察出，吴七是势利的。势利也应算是人世间中的一种常态。吴七对阿光原来那个劲的好，把阿光当作一个瓷器菩萨，碰也不敢碰，不言而喻，是看在苏蓝的面子上，而对苏蓝敬重有加，则是因为打提前量，用时髦话说，是做期货。但风云际会，传说苏蓝的老部下牛为会来秀瑞当书记，转眼泡了汤，且苏蓝这“老同志”即将退休，就现在的苏蓝在吴七眼里，不过是一个花瓶、一个摆设而已。苏蓝是二线，我凭什么花那么多功夫对付？这的确是吴七的真实想法。

阿光把很多精力放在一条牛上，吴七特别不满。这天阿光到吴七办公室，说他要亲自去一趟湖北边界，调查一下周正堂买牛的农户。吴七说，有必要吗？阿光说，这件事不搞个水落石出，会成为社会矛盾的隐患。旺伢现在又隔三差五来上访，你不是不晓得。吴七深深吸了一口金圣烟说，不是我不支持你，乡里一些干部对你处理这件事有看法，又花钱，又费力，得不偿失。从吴七口中说出这话，阿光心里十分不快，说吴书记，乡里其他人怎么说我可以不理会，但你这么说，我就不理解。分工处置这件事，是你分的工。然而，这事不认真处置，就会成为历史遗案，老百姓就会对我们政府失去信任感和公信度。吴七突然严肃起来说，阿光同志，你才来几天？你给我上课？还早呢！阿光也有些激动说，我是说我的想法，不可以吗？吴七同志！你可以批评我，但不可以不尊重我的人格！阿光重复了吴七那句“才来几天”话，说完头也不回就离开了吴七的办公室。

秦谷福见阿光不开心，就给他说乡下的笑话。秦谷福说，我们过去生产队有一个保管，叫梁仁生，没有文化，只认得几个洋码子。当时搞宣传都兴用铁皮做的土话筒，站在山岗上念毛主席语录。他听过毛主席有一句话，叫“路线是个纲，纲举目张”，仁生记不清楚，又好表现，就站在高坡上喊“路线是个桩，是个木桩”。很多人都说仁生声音大，底气足，说得好。正当仁生在得意之时，突然被大队找去，说他歪曲“最高指示”，立即撤掉了他的生产队革委会委员、保管员职务，并在大队批判他。阿光虽没有经历那个时期，但经秦谷福绘声绘色道出，不禁一笑，心情放松了许多。笑一笑，十年少。秦谷福说完，像个神仙，倏忽飘然而去。阿光每一次听秦谷福说话，事后都感到他话中有话，但他又不可确定秦谷福说话的真谛所在。阿光想，你看看，这鬼人，云里雾里，又真实，又神秘，人和说话一样，现在又蒸发不知何处去了。

执着是一种品性，好的执着应该是一种好的品性。而在有的人眼里，执着就是固执。比如，阿光对于吴七来说，就是固执。固执是书呆子的特质，有时还是书呆子的代名词。吴七想，这阿光要想有更大的作为，成大气候，就要褪去身上的书呆子气，切忌固执。而在阿光眼中，吴七虽很灵光，处事圆滑，像条黄鳅一样被人抓不住，但阿光似乎不喜欢这种性格，觉得太俗气、太没品位，人生在世，要有大智慧，不能耍小聪明，他从心底看不起他。善于应变的吴七缓过神，感到自己要迅速调整和阿光的关系，完全没有必要把话说得那么重，让阿光不悦。毕竟他是有点背景的人。吴七还是吴七，善于应变，善于调整自己。他简直是一个变色虫，在心里嘀咕起来，一点出差费有什么了不起呢？不都是和尚寺的“钱”么？何处不用呢？成本？你还不知道吗？很多事情是杀鸡用牛刀的，计什么成本？

大凡有棘手之事，吴七就会把秦谷福找来。秦谷福委实聪明透顶，他简直是吴七肚子里的蛔虫，他知道吴七并不是简单问他村里治安问题。秦谷福故意说，若没有其他事，吴书记我走了，啊？吴七丢过一支烟来，自己点着，把一次性的美女打火机又丢给秦谷福。秦谷福不想再为难了吴七了，干脆挑明说，我陪阿光乡长去一趟湖北，了却他的一个心愿。我看阿光是会有点办法的，牛的事不了结，西津乡会不得安宁。吴七点了点头，说，你陪阿光去，有什么事回头再说。

（二十五）

秦谷福在吴七和阿光中间架起了一座桥梁，终于焊接好了他们濒临恶化的关系。阿光去湖北边界之前，回了一趟西城。病快快的晏含秀见阿光瘦了一圈，摸着阿光的脸，很心痛地说，阿光呀，不知你为了什么哟，好端端的县城不呆，偏偏要跑到山角落里去吃苦。阿光懂事地说，妈，我们这一代人，不比你们，没有吃到什么苦头，和你们当年相比又算得了什么呢？晏含秀说，阿明又和狄平他们钓鱼去了。阿光想起了红姑，不知她和她祖父徐铁匠过得如何。虽然他在西津乡当副乡长，他不想以乡领导的身份去枫梓岭见徐铁匠和红姑，所以，他想把那一段美好的回忆暂时封存在心底。

阿光和苏蓝谈起了一些乡里的事，让苏蓝感到欣慰，他突兀发现阿光正在成熟起来。阿光说，西津乡三万五千多人，有一万多家富余劳动力。一些做了新房屋的，我去调查，都是在外打工赚回的钱，这给了我的一个深刻启示：农民要增收关键是转移剩余劳动力。我琢磨了一个公式，农民的收入，等于总收入除农民的人数，以往总收入，主要靠人争气，天帮忙，年成好；以后又靠杂优，水稻优良品种，靠科技；再以后靠给农产品提价，靠国家补贴，靠减免税费，靠政策，总是在做分子的文章，做了很多很多，但屡见不爽，我感到真正要让农民增收，要切切实实做做分母的文章，下力气减少这块土地供养的农民数量，转移剩余劳动力，这样一来，分子倘若是一个常数，分母减少，农民增收就成为现实。苏蓝一边听阿光说，一边点着头。阿光接上说，现在抓农业产业化是对的，但要市场引导，不可政府大包大揽，凡此大包大揽，一律失败。比如西津过去有个村种高山辣椒，有二个村发展香菇，老百姓对行政命令，有一种逆反心理，而且市场风险大，把不准，农民是亏不起的呀，弄得干群关系紧张。只有专业大户，市场引导，农民既信，政府又好。苏蓝又问到乡村公路的事。阿光说，这一块欠账很多，包袱很重，老百姓压力很大。四米五宽的水泥路面，每公里要二十八万。国家只能补十万，其中市里二万，另外县乡凑五万，还缺十三万。按人均计算，农民人均要摊上四至五百元。这事我一直想不通。城市和农民这么不平等，城市道路市民享受着而不出钱，而农村的道路农民要出那么多的钱，太不合理了。

苏蓝突然看到儿子长大了。他以一种特别的眼光注视着阿光。阿光意犹未尽，他恳切地说，中国老百姓，尤其是中国的农民，是地球上最好的人，他们忍辱负重，默默奉献。你们那个时期工农剪刀差，以农支工，致力发展重化工业，而现在，又是一批批农民工，为城市建设添砖加瓦，城市中每一幢摩天大厦都凝聚了他们的血汗！苏蓝被阿光的话语所感染，他用凝重的眼神投向阿光说，阿光，你说得对！中国的农民，是世界上最伟大的阶层！在中国，是因为有他们，加入到工人阶级队伍，组成强大的工农联盟，推翻了三座大山，我们秀瑞一万多烈士，大多是穷苦农民。在某种意义上说，中国革命的胜利，就是以农村包围城市的胜利，就是依靠农民阶级的胜利！所以，阿光啊，你已经意识到中国农民的苦难和卓越的贡献！在任何时候，都不要忘记他们！阿光接上说，我感受特别深的是，中国需要强大，农村必须强大；农村必须强大，工业必须强大。工业强大，三产发达，城市繁荣，反哺农村。所以，我做梦都在想，一定要多做项目，尤其是工业项目，让县、让乡经济迅速壮大起来，这样就有基础，国家就会强大起来，中华民族就会强大起来，中华民族的伟大复兴就指日可待！

苏蓝见晏含秀拖着疲惫的身子出门买菜去了，说要给阿光说一件事。阿光见父亲这么个诡秘神情，知道凶多吉少，弄得心里忐忑不安。苏蓝拿出一沓医院的化验单之类，对阿光说，你妈最近尿中蛋白有三个加号，化验血清肌酐有 5 毫克，医院怀疑肾有问题。当然，也有可能是饮食方面的原因，现还在观察。唉，如果是肾的问题，那就相当麻烦。你是老大，先给你说，阿明还不知道。你妈也不知问题的严重性，只是有些乏力，情绪还好。这些日子，我烦都烦死了，佯装着开心，不想让你妈对病有任何负担。

这不可能，绝对不可能！阿光不能接受这个现实。阿光十分清楚肾炎的厉害，他在中学教书时的一位同事就是患这个病走了，走得十分无奈。她很年轻，也很漂亮。头年学校“五四”青年节联欢晚会上，这位老师还在独唱《吐鲁番的葡萄熟了》，第二年坟茔上就长出了青草。阿光望着双鬓染霜的父亲，泪眼蒙眬。苏蓝宽慰说，不要着急，还不一定呢！苏蓝嘴上这么说，可心里也和阿光一样着急。父子刚才还在纵论乡情国是，可现在的心情却被晏含秀的疑似肾病的阴郁所主宰。

阿光听到外面有声响，知是晏含秀买菜回来，连忙去开门。苏蓝也若无其事接过菜，让晏含秀换鞋。晏含秀眉宇间虽有些乏意，但脸上泛满少有的红晕，苏蓝和晏含秀相视一笑的一瞬，让苏蓝心里呼然一跳。苏蓝想，妻子的美丽并没有消逝。晏含秀说，她买菜看到了龚书记，龚书记主动给她打招呼，说找时间要来看看你老苏，还说要喝两盅呢。苏蓝说，我们是二线，他还记得呀？原来你遇到西城最大的官了，这么高兴，我还以为你捡到了金元宝呢。今天是星期天，龚书记到街上做什么？晏含秀说，他带了城建口一帮人，往秀河岸边察看，可能是要整治河岸。苏蓝说，这倒也是，那一块老百姓有很多意见，倒了很多垃圾。晏含秀说，这次好像是要砌护坡，还要绿化，建一些亭子什么，我想，建起来一定会很漂亮。

（二十六）

西城，秀水潋滟，岸声嘈嘈，春风杨柳，婆娑葱郁。清晨，远处蓼山与马家洲，竹篱茅舍，掩映疏疏。花凝滴露，烟笼孤邑。龚睿智上任伊始，很想和苏蓝聊聊。虽然，他对秀瑞情况十分熟悉，但千头万绪，如何把县邑治好，从何入手，是他想得最多的问题。有人说，苏蓝在龚睿智心目中是“师爷”，很有分量。

在县四套班子会议上，龚睿智重点讲了他的施政理念，让人耳目一新。不在其位，不谋其政。龚睿智在副书记岗位，不露锋芒，大家感觉，真看不出。龚睿智特别强调，“要打造核心党委，高效政府”，要“先说好再干，干中不议论”，要“坚持决策的权力在集体，落实的责任在个人”等。龚睿智看到大家不住地点头，信心倍增。让大家更意想不到的是，龚睿智突然要四套班子的每一位成员，给他提供一份书面的意见和建议，说要“借脑问策”，还说了三个“好”，即越短越好，越实越好，越快越好。同时要求，最好自己写，最好是像以往写汇报材料一样，只要最后的“几点建议”干货，署上自己的尊名大姓。龚睿智还让县委办公室的秘书立即给每位同志发一个早已准备好的专用信封。龚睿智说，这信封只有我才能拆封，也只有我才看得到。大家明白，龚睿智这一着，犹如老虎的铁尾，一“鞭”三“雕”。在龚睿智看来，既节省时间，加强沟通，又可获得智慧，取得良策，更重要的是，可以考察各班子成员是否真的拥护他，和他一块干。龚睿智还想到了更深的一层，那就是对他下步的工作的推进，会夯实比较好的基础。比如，他完全可以说，他要做的一切都是大家的智慧！天晓得。刚散会，苏蓝就接到了龚睿智的电话，说他晚上请苏蓝到他办公室聊聊，问苏蓝有没有时间？

这种相约，谁都不会说没有时间，哪怕是真的没有时间。苏蓝想，在我们这个国度，如此这般看似是废话，但内涵极为丰富。“问”是代表着尊重，又是毋庸置疑的断言，更是一种居高临下，一言九鼎，谁还会去践踏这种约定俗成的潜规则呢？那不是傻瓜蛋吗？本来苏蓝当晚还真的有事，他约好了和刘丽莎在网上见面。他正在热切地关注着尹猛身体的恢复状况。从刘丽莎最近的留言来看，尹猛基本正常，也就是说，除不能负重之外，与正常人无异。

尹猛正在依照他伯伯请教专家转达的康复要求，做体能训练。这种情况，又让苏蓝萌生一种酸溜溜的感觉。他不知该为刘丽莎高兴呢还是不高兴。人啊，永远是同情弱者的。他眼睁睁看着刘丽莎命运一天天好了起来，在他们潜意识中对她的那一份怜悯似乎在日渐递减，甚至产生一种莫名的妒忌，是妒忌尹猛啊！苏蓝缓过神，又固执地认为，不管如何，丽莎总算熬到头了，但愿她能过上人生余下的几天正常人的生活。

龚睿智遇事想听苏蓝意见，初衷乃得“钓道”之悟矣。他重视中国历史传统文化。这么多年来，他感到苏蓝就是一条鲂鱼，而不是阳桥鱼。为官之道，必行“钓道”。他曾分析过官场现象，大凡成功者，都悟得“钓道”之精髓。当然，这种“钓道”，和释家阐述人的佛性一样，无处不在，就看谁能悟得其道，理得其要，践得其真。这恐怕也是龚睿智以前爱去钓道茶楼的缘故罢。

把见面地点安排在深重的县委大院书记办公室，这是苏蓝没想到的。龚睿智当副书记时，苏蓝第一次邀他去钓道茶楼，龚睿智还有点躲躲闪闪，像做贼一般。苏蓝说，现在改革开放，已成大势，不可逆转，喝杯茶，又不是嫖娼赌博，有什么大惊小怪的。有了第一次，就会有第二次。由于这里有文化、有特点、有品位，龚睿智此后把他的重要客人也会安排在这里见见面，让他们对西城文化风土人情有一个入骨入髓的了解。今天约苏蓝到办公室，苏蓝多少有些不自在。在苏蓝看来，公不公，私不私，算个什么呢？照理县委书记找谁谈话，都没有问题。但问题就出在，苏蓝作为一个政协副主席，处在二线，行将退休，这种时间、这种地点、这种环境，似乎不怎么适宜。这回，轮到苏蓝像做贼一样，摸到神秘莫测绿荫蔽庭的县委大院。不是因为他怕官，而是他不愿别人议论，这里还是一个“捡到封皮就是信”的年代。

县委大院位于凤凰山之下。东边古时是一个书院，叫凤巘书院。书院主体还保留了它历经千年沧桑之状，现属县招待所一部分。县委大院一进三重，一重比一重高深。第一重原是一栋两层红砖楼房，后又加了一层。在下面往上看，威严肃穆，庄重神秘。第二重是一栋两层圆门砖木结构的书记楼。屋内红漆地板，虽已陈旧，但显厚重。第三重是档案馆。这里保存了大革命时期湘鄂赣省委、省苏维埃的档案，还有国民党利用“恋爱社”实施反间计打入根据地的敌伪档案和秀瑞县民国档案。县委研究干部，比如书记碰头会，会在安静的档案馆里面开。“文革”前，有某书记在这里犯过生活作风错误，那是因为这个书记在这里疗养，和负责他起居的档案员犯上了暧昧，粘到一块去了。老馆长养了二条高大剽悍的德国狼狗，这里更增添诡秘的色彩。西城解放后，县委置此一直未移动，只在东边建了三栋干打垒的土屋供县委领导的家属住。这屋虽土，却冬暖夏凉。从这里，走出了一大批省部级和地厅级领导干部，最高的当到了省政协主席（正省）。都说这是一块风水宝地。尽管西边是县人民医院，还紧挨了一栋孤零的太平间，经常有撕肝裂肺的哭，也没有哪一任的领导动过念头，要搬迁去开辟新天地。苏蓝除了参加县四套班子会议，很少进来。今日他沐着夜色，拾级穿过茂密松林，看到了书记办公室灯光。

历史再次证明，一个看似偶然现象，可能会决定一些大事，或者可能会改变一些事件的走向，或者可能会产生一种思想并形成一种思想潮流。就拿这次龚苏见面，龚睿智印象最深是苏蓝谈到上项目的问题。而苏蓝谈到上项目，其实就是阿光们新生代对他的触动——“中国需要强大，农村必须强大；农村必须强大，工业必须强大。工业强大，三产发达，城市繁荣，反哺农村。”“一定要多做项目，尤其是工业项目，让县、让乡经济迅速壮大起来，这样就有基础，国家就会强大起来，民族就会强大起来，中华民族的伟大复兴就指日可待！”

（二十七）

盈野凝青，环山溢翠，煦煦清风，谷底氤氲。阿明此次去枫梓岭，并不是钓鱼，而是要去和红姑商量一件大事。母亲晏含秀的肾病发展很快，每况愈下，阿明心急如焚。他已经几个礼拜没有去钓鱼了，也没有见到红姑。昨日星期五下午，狄平约他坐出租车去西津，他没有去，他终于告诉了钓友，说出了母亲的病况。狄平说，他改天和钓友一定要去探望师母。昨晚阿明想了一宿，做出了一个大胆的设想，他要捐肾救母！他越想越激动，他一定要把母亲从死亡线拉回来。他决定去找红姑，让她和自己一起下决心。阿明腋下夹了一捆旧报纸上汽车站，搭乘去西津的班车。这次他记得，千万不要再忘记了，红姑说过，向他讨一些旧报纸，去裱糊窗子和她闺房的墙壁。谁知，抵达渡口时，遇到了一场突如其来的暴风雨。此时的山野，已是天昏地暗，朦胧一团。正是：

数间茅屋水边村，杨柳依依绿映门。
渡口唤船人独立，一蓑烟雨蕴氤氲。

阿明下车后钻进了路边一个小代销点，目送着班车行进在去西津乡政府的马路上，那车一歪一歪地消失在雨网之中。代销店铺前，搁置一门板，一位壮汉在卖猪肉，一只土狗蜷在肉案下。

这汉子不像我们以往想象中的杀猪人，都有那么一副凶神恶煞满脸横肉的模样。乡党说，杀猪屠夫，因杀猪多，临终会难以断气。自小有人听到此话，要他的命也不会去当屠夫。眼前这位屠夫，眉清目秀，脸色被山阳晒得黝黑发亮，鼻子高耸，像山梁般纵立着。嘴巴稍大，嘴角扬起和善，眼光里弥漫了山里人独有的憨厚和质朴。那眼，会让你想起村里的老水牛的眼。嘴的周遭，生出并不密集但很粗很粗的胡须，看来没剪有些时日，这是杀猪人给阿明第一印象。而杀猪人看到阿明先是一愣，缓过神来，像见到亲爹般恭敬，一口一个“苏乡长”，却让阿明一脸惑然。阿明知道他认错人了，把他当他哥。只见杀猪人急中生智，不让阿明身子碰到悬挂在土墙上的猪小肠，弄脏衣服，又拖过一把杌子要阿明坐。阿明未作解释，将错就错，只是笑，且把自己当乡长的做派，倒想知道他哥阿光在老百姓中到底是个啥印象。杀猪人说，冬瓜评到了，若不是你乡长出面，证明开不出去，那将是一锅白水。阿明半夜吃黄瓜，找不到头脑，满眼的雾水，弄不清是何原委。杀猪人见阿明疑惑，便说，乡长不记得了？是你主持正道呢！阿明只好装糊涂，点着头。又有两位后生进来躲雨，见到阿明，退了退，叫声苏乡长。阿明心里对哥哥受到的敬重感到由衷高兴，意识到阿光的选择也许是对的。阿明想，人啊，活到这份上，总该算是有了一点意义。

雨渐小了，湖那头泛出光亮，刚才那阵暴风雨留下的雨雾，也渐渐收敛，朦胧山色漫漫清晰起来。杀猪人用油渍渍的手，拈起放在猪肉上没有吃完的半截油条，放在嘴里咬了两口，然后在猪的坐臀上，先是用圆刀剽开一个口子，再用圆刀顶住骨头，右手挥起大铲刀，使劲一劈，又拿起圆刀流畅地来回游走了几下，切下一块白肉来，着实有二三斤，称也没称，用三根禾秆在根部打上一个结，放置屠砧，而后把那块肉的一头放在禾秆绳上，稔熟地将绳圈了几圈，一拉，拴紧。阿明想，七十二行，行行出状元。这厮杀猪，一定是一把好手。杀猪人把这肉提在手上，十分恳切地对阿明说，苏乡长，冬瓜的事麻烦你了，你也就不要见怪。我们乡下人，不怎么懂事。这块肉呢，就当我请你吃了顿饭。这下把阿明弄个措手不及。怎么说呢？还真的该早亮明身份，本想将错就错，开个玩笑，打几声哈哈就过去了，很多事就是这样。谁知，这下子还来真格。没容得阿明多想，这杀猪人像怕苏乡长嫌少似的，忙添上一句话，说这肉是山里的黑毛杭猪，土猪呢，不是吃饲料的，吃潲，宿（养）了一年多，伢崽读书要钱用才杀，早上杀后我汆了一碗汤，很香很鲜，我很久没有碰到。这猪肉，你一定要收下，不然，是看不起我这个杀猪的。其实这也没什么，上次送条烟给你，你说你是假吸烟，吸来玩的，硬是不要，像打架一样，不好意思。阿明听杀猪人说到这份上，便把这肉接了下来，他想，回去跟哥说说，就算把人家这份人情领了，下次还人家的人情，不然，搞得像个书呆子一样，也不好。人生在世，来往来往，有来有往，水清则无鱼啊。到底阿光给这杀猪人办了什么事，发生了什么故事，阿明怕露馅，不便多问，但有一点他明白了，阿光给这个老百姓做了一件好事。

风卷残云，雨收天霁。阿明提着肉，谢了杀猪人，朝渡口去搭船，前往枫梓岭。这山像水洗了一般，透明出色。树绿得不能再绿，水清得不能再清，天空有只老鹰在滑翔。这种感觉让阿明想到了童年在西城秀水河中嬉水时的情形。那次，一条老鹰突然闪电般下滑，在水中哗地叼起了一条鱼来。不知是谁带头，在水中游泳和在沙坝上更衣的人们不约而同异口同声发出震天价响的吼声，老鹰乱了方寸，只见它衔起在半空中的鱼，从嘴里掉了下来，这鱼还被在秀河里嬉水的阿明捡到了呢，晚饭多了一道辣椒菜。

（二十八）

阿明抵达枫梓岭，二只鹅呷呷呷地向他扑过来，红姑挥挥两手急急把鹅赶走。阿明笑说，我怕鹅咪（咬）。红姑告诉阿明，养这鹅，是为防蛇。枫梓岭野猪泛滥，徐铁匠一早狩猎去了。在这个山区县里，各地时常发生野猪袭人事件。上星期，阿明就看到了一则新闻，说刘埠马路上发生了野猪撞翻了一辆摩托，导致一死一伤的车祸，还配发了照片，触目惊心，令人心悚。这事离奇的是，是一位独生儿子载着身患癌症的母亲去县医院做化疗，儿子却在车祸中丧生，丢下可怜的病中寡母。县妇联向社会发出爱心倡议，呼吁救救这位母亲！

红姑见到阿明，心里不知道有多高兴。当她看到阿明一脸的憔悴，问阿明是不是没有睡好觉？阿明摇摇头。红姑说，你要痛惜自己的身子呢！自己的身子自己惜。古人还说，身子是父母给的，惜身子就是尽孝道。红姑告诉阿明，她公的身子好就是惜出来的。她说，公有一个习惯，天天干嚼枸杞子，每天一把，一日不隔。我公说，枸杞子性平味甘，入肝。你看他，一把年纪，飞得起的道艺！你也要和他一样，好吗？阿明点点头，很乖的样子。

红姑听阿明说，要捐肾救母，啮指沉吟，缄默不语。眼泪止不住，啪嗒啪嗒从眼眶里掉下来。红姑泪眼望着阿明，良久才悒怏地说，没有别的办法吗？阿明缓缓摇摇头说，尿毒症是不可逆转的，世界上还没有办法治，只有换肾才有救。红姑咬着嘴唇说，你真好！你真有良心！又说，我可以代你做这件事吗？阿明听红姑这般说，十分感动。阿明说，不可以的。因为要配型，很难。我做儿子的，也要配。但我是儿子，很容易配上。红姑舀水一边清洗猪肉一边关切地说，你捐肾会有危险吗？我真怕。说着，眼中的泪水又一个劲往外冒。红姑边切肉边流泪，阿明用手帮她抹去泪水。阿明说，想吃青菜。红姑说，菜园里有青菜，但刚浇完粪，要下场雨才能吃。红姑深情地看了阿明一眼，说下次吃吧。正说着，红姑一不小心，把左手食指给切了一下。红姑举起左手，瞧了瞧，十分平静，像什么事都没发生似，可把阿明急坏了，忙将红姑流血的手指塞到自己嘴里，含着吮着，吐出一口血水，说消毒。红姑湿眼泪花还在闪着，可嘴里却露出俏皮的笑意。阿明狠狠鼓了红姑一眼，又吐出一大口殷红殷红的血来，说你还笑，亏你笑得出！随后又关切地问红姑，痛么？红姑摇摇头，什么话也没说。

红姑记性好，记得阿明说过，他妈喜欢吃芥菜盐菜烧肉，于是，把阿明拿来的杭猪土肉全部放在锅里烧，只一会，整个屋内都散发芥菜盐菜烧肉的香味。刚进来，阿明就发现那只被红姑收养的野猫娇嘴在楼上窜来窜去，阿明以为是在捉老鼠，红姑嗔了他一眼，说不是捉老鼠。阿明问是做什么？红姑欲言又止，联想到自己，有些羞涩。阿明确实不知猫发情的情状，又追问。娇嘴时而如怨如诉，时而如诟如詈，让人听之揪心。或许是知道阿明来了，或许是闻到肉香，那娇嘴扑扑几下轻捷从楼上跳了下来，来到阿明和

红姑见到阿明，心里不知道有多高兴……

黄大明 绘

红姑眼前，抖了抖身上的尘土，弓身打了一个哈欠，舒展四肢，将身子拉得笔直。红姑爱怜地捧起娇嘴，用手轻轻抚摸它，摸得它眼睛一眨一眨。红姑知道它想去找它的另一半，可是，在这个孤岛上，这是绝对不可能的。红姑想，若是谁家再遗下一只公猫就好，娇嘴就不会孤独了。这一来，红姑想到了自己，自己不正像这只猫一样，被遗落在这荒山野岭吗？又一想，我才不是呢，我是陪伴着自己的祖父，我是尽孝之道，我是守望这片属于自己的家园。那么，这娇嘴也许也有这般情愫呀，只不过是它不会说话而已哩。

红姑弄好饭，把菜端上桌，只拿两双筷子。阿明问，还有你公呢？红姑说，公带了干粮，中午回不来。青草洞要过孝祖山，还要翻几个埂呢。红姑让阿明先吃，自己给一个竹筒里盛盐菜肉。阿明问，你这是干什么？红姑说，带给你妈吃。阿明恍然大悟，难怪红姑要烧这么多。阿明十分感动，夹起一块肉，送到红姑的嘴边。红姑痴情地看了阿明一眼，缓缓掀开十分野性迷人的两片嘴唇，慢慢在口里嚼起来。阿明说，够了，留些给你公。红姑娘还要装，让阿明执意制止住了。娇嘴蹲在一旁，喵喵喵叫个不停。红姑知道它饿了，到厨房盛来一小碗米饭，滗了一些盐菜肉汤，用筷子调均匀，然后放置一旁，让娇嘴吃。娇嘴一副馋相，让红姑扑哧忍不住一笑。红姑又夹两块肉到阿明碗里，看着阿明吃下去。她脸上露出一丝唯女性独有的那种满足。此刻在红姑的心里，只装着两个生灵：一个是阿明，一个是娇嘴。

阿明对红姑说，你吃饭呀。红姑说，我吃不下去。不想吃。阿明反而劝她，说人是铁，饭是钢，不吃饭怎么行呢？红姑勉强端起饭碗，扒了几口，打蛮嚼着，分明看得出，她这个样子，是做给阿明看的。红姑将口里的饭打蛮咽下去，又想起阿明妈的病，像是自言自语说，真可怜。那一刹，红姑的眼睛又被浸湿，泪水汪汪。阿明见了，故意瞪了她一眼，可红姑眼里一滴晶莹剔透泪珠夺眶而出，她那好看的嘴角，却牵出一丝想掩饰但难以掩饰的痛苦。阿明心痛而无奈地摇摇头。

（二十九）

阿明将热好的盐菜烧肉端上饭桌，整个餐厅里都弥漫了肉香。阿明亲昵地呼唤着，妈——来吃饭哟。此时，桌上已烧好了好几道菜，只听见厨房里锅铲和铁锅还在磕磕碰碰，阿光还在烧最后一个菜。苏蓝对这顿饭也挺在意，到厨房案前巡过三回，指指点点。除盐菜肉是阿明从枫梓岭带回来的之外，其他菜都是苏蓝从农贸市场买回，比如牛肉、野兔、麂子肉，是他好几天买回放入冰箱。他指着这些菜，交代怎么弄。比如牛肉，要切丝，用茶油和薯粉做芡，大火热油，六分熟，放尖山辣。

晏含秀前些日子还是每周星期二和星期五做两次透析，现在要隔一天就做一次。水是不能喝了，想喝也只能打湿嘴巴，但食欲还是很好，每餐能吃两碗饭，尤喜红烧肉，苏蓝不怎么敢给她吃。晏含秀一上桌，阿明就给她夹了一块盐菜烧肉。晏含秀尝了一口，连说好吃——甜呢。阿明说，这是杭猪土肉，黑毛猪。苏蓝纠正说，杭猪当然是黑毛猪。阿明对阿光说，哥，那杀猪的怎么对你这么好？阿光说，不是我对他怎么好。中国老百姓啊，是十分纯朴的，你只要给他做一点事，他都会记得，甚至记得一辈子。本来嘛，政府就是给老百姓办事的，天经地义，就拿这杀猪的人来说吧，这人有一个小孩，在温都打工，被评选出“外来打工十大明星”候选人，登了报让大家投票。举办单位很慎重，对入围者来了一个函调，征询原籍党组织的意见，了解本人及家庭情况。这事到了村里，村里不愿意盖章，原因是这杀猪人的祖父在新中国成立前当过保长，土改时被镇压。因这件事，杀猪人年轻时应征检兵政审被刷了下来。就这么一件事，村里还那么“左”，说盖了章会犯严重的政治错误。杀猪人开始找到乡政府，乡政府也在踢皮球，说首先村里要有意见。有的是“左”，有的是“右”。" 左 " 的是怕犯政治错误，" 右 " 的是不给老百姓办事。那天我正准备出门，看见这个杀猪人用禾秆绳系在腰上，腰中还插了一把杀猪刀，怒发冲冠，冲到乡政府来。

我问清原委，就让文书“四眼”刘波给开证明。刘波还犹豫，以为我怕死，怕杀猪人，说要请示吴书记，气得我把他臭骂了一顿。中国有的事情，就是这么请示来请示去给耽搁了，缺乏一种“担当”的精神！后来才知道，那天西津到温都打工族们包了一辆大客车，杀猪人儿子托熟人来取证明，证明那天若开不出，这件事就黄了。你看看，现在这小伙子，在温都可成了名人啊。苏蓝说，我在秀瑞报上看到了，此人叫郭建光。阿明说他也看到了。阿光说，你们不知，这杀猪人姓郭，“文革”时，在大队毛泽东思想宣传队，演《沙家浜》中的新四军指导员郭建光，他特别崇拜英雄，尤其是郭建光，以后生了一个男孩，他本姓郭，取名干脆叫建光。

苏蓝近来常走神，一走神丁安娜就冒了出来。脑海中丁安娜的影子一俟浮出水面，让他感到万分局促和愧疚。为何是这样子的呢？可以说，他是看着丁安娜成长起来的。而事实，他彻底明白无误的是丁安娜为了他，终身不嫁。但她在他的视野，还一直保持着她那一份特有的矜持、端庄和冷艳。他觉得欠了她什么，对不起她，然而，这种对不起，又似乎是没有任何道理可言。人世间的情感难道就这么莫名其妙么？男女之间，有情爱、有好恶、有尊重、有骚扰、有暗恋、有移情、有怨恨、有愤懑、有仇视、有单思……丁安娜对苏蓝，应该是属于最后的那一种，那可是由怀春少女的暗恋延伸而来的呀！

（三十）

一对双胞胎抢着要捐肾救母的消息，在西城不胫而走，这是西城自古以来不曾有过的事。然而，当晏含秀得知儿子要捐肾给她，她死活都不同意，若此，她说宁愿死去。但在背后，阿光和阿明都去了医院做配型有关检查。配型首先是血型。晏含秀奇异的血型在阿光、阿明身上竟也出现了！配型最关键的指标通过了。然而，却有人在背地里悄悄研究这种全新的独特的血型。而阿光和阿明兄弟俩最关心的是谁更适合。于是又去做 HLA 配型。阿光的 HLA—2/24，B55/61，DR4/8；阿明的 HLA—5/24，B56/61，DR4/7，而晏含秀的 HLA—5/24，B55/61，DR4/8。由此可见，阿光、阿明都和母亲配 5 个正点，理论上他们俩人的供体都是可以的，但由于 DR 是排斥点，阿明的都配上了，阿光只配了一个。医院最后的结论，兄弟俩均可。

苏蓝开始也是左右为难，但看到两个儿子态度坚决，也逐渐转变观点，认为儿子是对的，于是支持儿子捐肾，而内心倒是希望阿明捐，因为阿明身体素质好些，是搞体育的。但又一想，倘若阿明一旦捐肾，这辈子体育饭可是吃不成了的，也许只能做保安一类的事。一切都在悄悄进行着。苏蓝已和当年在西津水电站建设工程指挥部医疗室被推荐上大学后，留在上海，在延安医院当泌尿外科主任的孙亚民联系上。孙亚民建议，待天气凉快一些做手术比较好。

表面上，一家人哄着晏含秀，说上海已联系好，正在等候肾源，一有消息就启程前往上海。晏含秀见一家人如此热切和细致，既感到欣慰，又十分期待。而到底是阿光还是阿明捐肾，一直是家庭内部无法决定的难题。阿明决意要自己捐，理由很多，其中有一个理由十分怪异。阿明说，他做过一个梦，梦里有一个神仙告诉他，说他必须做一件好事，不然会有大难降临。阿光说，这是扯淡！阿光说，我们是唯物主义者，是无神论者，更不相信梦呓荒唐之言。阿明反唇相讥，说弗洛伊德的书你又为何买了那么多？什么《梦的解析》，什么《论创造力与无意识》，在大学，是你推荐我关注弗洛伊德，此后，我才读了他的一些书。阿光说，这件事和弗洛伊德完全是两个概念，毫无关系！阿光这么一说，倒把阿明彻底说蒙了。他知道他说不过阿光，在他看来，阿光的话，总是充满玄机，冷不丁给他设下一个陷阱，说不定他会跳下去，跳下去之后，还会说阿光好。他是一个如果阿光把他卖了，他还会傻不拉几给阿光数钱的那种人。

阿明说服不了阿光，突然眼睛一亮，说他有办法了。也许是心灵感应，也许是阿光确实聪明透顶，他完全知道阿光要说什么。阿明说，别无选择，我们用掷钱币的办法来决定。阿明有些得意，为什么哥这次没有想到这种好办法。阿光苦笑了一下，说这是最古老最原始最笨拙的办法。他没说他早猜到了阿明想要说什么，他是怕伤他的自尊。阿光想起刚去西津时发生的一件事，当时秦谷福不就是要用这种古老的办法来决定牛是谁的吗？阿光不禁扑哧一笑，他笑阿明在冥冥之中把他们兄弟和一对双胞胎牛扯到了一块。阿明不知阿光笑什么，以为阿光又给他设了一个陷阱。阿光不想让阿明背包袱，索性把这件事一五一十讲与他听。阿明听后也觉好笑，笑完后，又觉自己还是一足踏进了阿光设定的陷阱。不是吗，阿光是知道这种办法的，不说只是不愿用这种办法来决定事情而已。然而，阿光也不是拘泥一理而不变的呆板之人。他对阿明说，在没有更好的办法之前，掷钱币也可考虑。阿明是急性人，听阿光这么一说，就去找硬币。阿光说，且慢！阿光是十分憎恨这种宿命论的做法，可是这种宿命论的魔影，像宇宙中的暗物质像地球上的空气一样客观存在并恣意弥漫、伸延、扩展，没有谁能隔绝它阻隔它的存在，可谓无处不在。阿光也曾想过人生的过程和轨迹，莫非真的逃脱不了某种宿命论的暗示么？他相信自己不是神，但他在生活中的某些预言，抑或就是某种分析、某种判断，往往会被言中。大凡按他预设的去运作实践去履行，一定可以达到预定目的，反之，逆思而行，或相悖而断，或妥协而弃，则相去甚远，事与愿违。他也说不清楚其中的奥秘，因为他不是唯心主义者。他曾试图将他的经验上升到哲学的“真际”，理出一点观念性的东西，然而，无济于事。也就是说，他想从“实际”进入“真际”，让“真际”显现出有用的理念来说明来指导来明示林林总总的特异现象，他还做不到。他记得上大学时，老师引用过冯友兰先生一句话：对真际的理智了解，可以作为人道的了解；对真际的同情的了解，可以作为入圣域的了解。他想，那种超乎理念的状态离他究竟有多远？然而，他常常觉得很远很远，远得无法企及，又觉得很近很近，近到可以触摸。这就是，为什么阿光有的话，连阿明都听不懂。他想起了阿明在溪源岛给过他的一拳。这一拳，就是因为阿明不懂。若懂，阿明不会打他。他理解他，他也原谅他。

阿光由自己又联想到在别人身上发生的一些无法解释的事情。狄平曾告诉他，有的事情由不得你信不信。那一年，狄平在乡下的老母亲患病，卧床不起，投医无效，回乡等死。路遇村妇，她说可医。其人从来不曾当过医生，一家人半信半疑，只好病重乱投医。他把村妇接到家。村妇和母亲一起住与吃，不日病见好转，又过了一些时日，他母亲的病奇迹般的痊愈。一家人把村妇供为神灵，在他婚庆举办的那天，他把村妇请来，坐在本应老舅坐的第一个位子，母亲快活无比。然而，村妇只治他母亲一个病人，第二年又神秘般消失了。这等奇事，阿光在乡间听到不少。西津完小一位漂漂亮亮的年轻女教师，教学生时一口的西津方言，卷舌音根本咬不准，上课念课文，简直就是用方言唱歌。“重要”念成“冻要”，有时篡改方言，“改革”念成“狗革”，“台阶”念成“逃阶”。还有“周朱”不分，“邓郑”不分，“王黄”不分等等，简直在糟蹋祖国的花朵。神奇的事在她身上发生了。当她患了一场大病之后，说话完全变了，逢人讲出却是一口标准的普通话，一点西津乡土话尾音都没有了，口语中还带北京儿化口音，乡亲们目瞪口呆，说这是京腔。阿光见过她，感觉他自己的普通话根本没有她讲得好，无法和她相比，那音质、那语速、那音正腔圆，很像新闻联播的李修平，阿光望尘莫及。

当苏蓝知道一对儿子要采取掷币的方式决定捐肾救母，在没人的时候，老泪纵横。

（三十一）

西城画角，秋声寥廓。晏含秀自从患病之后，性格渐渐发生了变化。她不仅接受了她的病的现实，而且变得乐观、宽容、大度。病前她在广场和舞友们一块跳舞，她是领舞的，动作数她最优美。如今在家里，她有时还会在家人面前摆上几个 POSE，有时会哼上电视广告里扭扭屁股的音乐和歌词，逗家里人开心。苏蓝表面上也装着很开心的样子，而心里却在滴血。他感到，她是否有点反常！

晏含秀最牵挂的有两件事。一件是两个儿子的婚姻问题，男大当婚，女大当嫁，可他们现在好像一点眉目都没有。第二件是阿光去了乡下，什么时候能调回西城呀！她不图小孩有多大的进步和发展，就图个安定平稳过日子。苏蓝老开导她，婚姻嘛，是一种缘分，强扭的瓜，哪儿会甜呢？就是金姣，那么好的姑娘，缘分未到，煮熟的鸭子都飞了。至于阿光到乡下工作，他倒觉得没有什么不好。他觉察到，阿光还在成熟起来，无论是和老百姓的感情，还是对社会的责任感，都在凸显出来。

阿光和秦谷福去温都招商引资后，又和派出所所长涂斌去河南营救卷入传销的岳京志（见第一部《西津湖记》）。营救成功，秦谷福情绪反常，坚决不让涂彬报警。涂彬急得跳了起来，说现在还不报，来不及了，全部会跑个精光。时至此刻，阿光已感受到秦谷福对梁小岚已动了真情。涂彬说，现在我们三个人都是中国共产党党员，我建议这事提到党组织内部解决，是否报警，最后由阿光乡长

苏蓝老开导她，婚姻嘛，是一种缘分，强扭的瓜，哪儿会甜呢……

黄大明 绘

决定。我们党内规矩是少数服从多数。我们执行任务在外，应该是特殊时刻，像战争年代一样，我提议，我们三个人举手表决。阿光见涂彬的话没有错，便说，我们表决吧。同意报警的请举手。说完涂彬首先把手举起来。秦谷福纹丝不动。阿光也举起了右手。阿光又说，不同意报警的请举手。秦谷福看了看他们两人，终于没有把手举起来。阿光又说，弃权的请举手。这回，秦谷福别无选择，缓缓举起了右手。阿光说，经表决，二人赞同一人弃权。涂彬立即拨通刘建国的电话。

涂彬说，我是秀瑞营救传销人员小组的涂彬，我们已将我们的人救出，现在我们可以将北庄楼传销的有关情况通报给你们。对方说，你稍等，我记一下。我们正在组织全市打击传销的专项斗争……涂彬和刘建国打完电话，稍稍松了一口气。秦谷福哭丧着脸。阿光安慰他说，老秦啊，我知道你是怕让梁小岚坐班房，你心到了，石炳庚在阴间会感谢你的。秦谷福心里说，我才不要庚伢感谢我呢，与他无关。阿光旋即转移话题说，我想和你商量一下，有件事我一直放不下。秦谷福说，什么事？阿光便把“五叔”的事一五一十说了一遍。涂彬说，我的意见，我把岳京志带回去，老秦你陪阿光乡长去一趟确山。我觉得阿光这想法很对，阿光的外公了不起！他对他革命的引路人没有忘记，是有情有义之人！而更重要的，是应当给那些死去的烈士，有一份应有的尊严！真的不能让死去的先烈白死！于是，阿光和吴七打了一个电话，把成功救出岳京志一事向他做了汇报。吴七很高兴，一连说了几遍辛苦了。接下，阿光把他想顺便去一趟确山的事做了报告。吴七正在兴头上，二话没说，完全同意，经费由乡里报销。他说的这件事情，吴七是知道的，当年他在县政府办公室当主任时，老干局应抗日老干部晏政强烈要求，曾专此写过报告向县政府要经费，准备外出调查。当时县长说经费紧，没有批，把报告压下来了，建议老干局先搞函调。大家心照不宣，都知道这“函调”是什么意思。

涂彬想起了什么，问秦谷福要手表。秦谷福满脸的歉意，说他的手机和手表都给传销组织“代为保管”，没有还给他。他想了一下说，我回去赔你两百块钱。阿光说，这不能要你赔，这钱应该由公家出，包括你的手机。涂彬说，算了，反正是一块假手表，还戴了五年呢。但这鬼表，我对它还是蛮有感情的，朝夕相处了五年，它虽不会说话，可是我常常听它行走的钢音，那是一种特殊的近似天籁的声音，很悦耳，很神奇，似乎每次都要告诉我很多事情。嗳，天灾人祸，不可预料，得失在瞬息之间矣！秦谷福被涂彬说手表说得有些感动，也说起了他和这手机的一些事情。他说他这鬼手机，有一次放在乡里办公室忘了带下村，回来到处找，最后吴七说要赔我，我挺纳闷的。他说他那鬼小孩来乡里，只有两岁吧，发现有手机总叫，便把手机放到了有茶水的碗里。吴七问他，你这是干什么呀？他小孩说，这手机总响，吵死了，我想让它不再叫了，免得吵乡里的人。吴七哭笑不得，但乡里的人都说这小孩聪明，将来可以当县委常委。这手机质量还真的好，我放在太阳下晒了几个日头，手机竟好了，一点都没有坏。

涂彬和岳京志买了晚上返程的火车票，阿光说这样很好，睡一觉就到了洪城。几个人在火车站附近，找到一个小吃店，准备炒几个辣椒菜。阿光说，今天去一个稍正经的店吧，也算是一个团聚呢。涂彬想到了他心爱的手表，心有些不甘，就用手机拨刘建国的电话，让他过来吃饭。阿光说，正好，顺便问问他去确山的事。刘建国接了电话，还真的十分爽快，还说他要请客，好歹是老乡。涂彬说，建国老弟，你就不要客气了，咱们是同行，全国公安是一家，哪里分你我呢？快点过来，在火车站东头的俏湘豫酒店，六个 8。涂彬打完电话，又把这个酒店骂一顿，说包厢名字取三个 8 也可以，一连搞它六个 8，怎么不搞八个 8、十个 8 呢？中国数字，有人喜欢“8”发，但广东人就不喜欢。“七”上“八”下。

西城紧挨着湖南，也很会吃辣椒。涂彬虽养生，但辣椒还是要吃的。他吃得前列腺充血，常常把尿道堵塞，尿拉成细线般，但他依然故我，点了一个朝天椒炒肉片。阿光点了一个湖南的火焙鱼崽。秦谷福点了一个现磨的豆腐花。阿光要岳京志也点一个。岳京志想也没想，点了一个红烧肉，点完自己不好意思笑了一下。刘建国自己开了一辆警车，停在酒店门口，保安对他客气得不得了，又是递烟又是帮他拍身上的灰。刘建国接过烟，并没点，只是搁在耳朵背。刘建国在他耳边说了声什么，保安就走了。刘建国一走进 6 个 8 包厢，就说路上有点堵车。涂彬摆了一副老民警的架势，说建国同志，我还以为你是忽悠我们的，真的来了，够意思！嗳，你这说话没一丁点乡音尾子，你应该不是在江西出生的吧？刘建国说，我是出来第三代了。我祖父是老红军，陈毅的老部下。不是红军长征了吗？他跟随陈毅留下打游击，后来他们游击队编入新四军。阿光一听新四军，眼睛一亮，说你祖父现在还好吗？刘建国说，好呢！老爷子身板比我还好，说话杠杠的，大山般的回声，就那一种。我和他去了一趟老家，寻找到了大山的感觉。春天里的杜鹃花，老家人叫映山红，高一簇，矮一丛，满山岗都是，那种美丽，没有什么景致可比的。秦谷福频频点头，被刘建国这种故乡情怀所感染。刘建国突然看了一下手表，打住话锋，叫了一声“小妹”，说把电视调到河南二套。刘建国说，今天你们提供的信息特别及时，我们的人都在北庄楼，搞传销的几个窝点全给端了，一个也没跑掉。秦谷福刚刚还在点头，此刻神情陡然大变。电视被调出来，正在播警方行动。主持人的话传来：今天，市公安局、市工商局采取联合行动，一举端掉了在北庄楼一带秘密传销的三个窝点。非法传销像一颗毒瘤，在我市城乡接合部蔓延，屡禁不止。这次行动，得到了江西公安营救组的大力帮助，准确找到窝点的具体方位，一举铲除了在这里的一颗毒瘤。

画面中，不少传销人员在面对镜头的时候，用手挡住脸孔。秦谷福拼命搜寻着目标，希望找到但又担心看到梁小岚。然而，梁小岚果真出现在画面上，她不像别人遮遮掩掩，只见她面对镜头，拢了拢头发，毫无惧色，一副气宇轩昂的样子。秦谷福又想起了赵一曼、刘胡兰……刘建国说，这女的长得有点像范冰冰，我特别喜欢这一款。

（三十二）

当刘建国知道阿光和秦谷福留下来，要去找一位革命烈士牺牲的下落，露出敬佩的神情，他说他愿意提供帮助和支持。第二天，阿光和秦谷福决定去看望刘建国的祖父，既表示对老前辈的敬仰，同时或许可以了解到一些情况。刘建国开车，直抵郑州。汽车驶入市区，一会儿汽车在一栋林荫浓密的别墅前停下。这里都是合抱槐树，给人一种荫护友好的感觉。阿光端了一个花篮，秦谷福提了一些牛奶之类的营养品，跟随刘建国走进别墅。院子里，刘建国冲着一位在修剪树枝的老人说，爷爷，江西老乡来看您啦！建国爷爷摘下眼镜，看了一下他们，吩咐说，你领客人先进屋，我就来，还有一点活呢。走进院子，阿光想起了一首古诗："燕子将雏语夏深，绿槐庭院不多阴。西窗一雨无人见，展尽芭蕉数尺心。"刘建国让阿姨给阿光和秦谷福泡了一杯铁观音。

建国的爷爷颤巍巍拿出一沓泛黄的旧照片，有的看得出是翻拍过来的，虽然模糊，却浸透了历史久远剥落的记忆，从中依稀可以看出，建国爷爷当年的风采。阿光把视线停在其中一张十分陈旧的照片上，看了很久很久。他似乎在这张照片上，找到了外公晏政的影子。这是建国爷爷身穿新四军服和战友们在一个民宅前的合影。照片墙脚还有一条走动的黑狗。建国爷爷说，照片上六个人，有五个人牺牲了，一位在抗日战争，一位在孟良崮战役，二位在渡江战役，还有一位在湘西剿匪，只剩下我一个人。刘建国说，这是我爷爷最珍爱的一张照片。来之前，阿光他们才搞清楚，建国爷爷早年误诊，说患胃癌，离休很早。之前是省政府顾问，再之前呢，担任过副省长，在河南省德高望重。

阿光说，我外公其实就是我们这里河南偃师人。1939 年，我外公的"五叔"晏茂生回到家乡，要我外公出去闯。在"五叔"的介绍下，我外公和他的同学宋势智一块去了延安。我外公说，我外公的母亲，也是我太外婆巧妙地将介绍信用棉花包好，精心缝织在被角内，路上虽然经过多次搜查，但都没有露出破绽，最终到达国民革命军第十八集团军驻西安办事处。办事处一位叫李涛的负责人接待了外公，把他们安排在七贤庄招待所，那时虽然是国共合作抗日时期，但国民党是禁止青年学生去延安的，在七贤庄周围布控了很多特务，常常是在夜间绑架去延安的学生，装在麻袋里把人架走。

于是，办事处规定了几条，一是凡去延安的学生，不要外出；二是有急事外出必须请假批准，而且应有两人以上；三是晚饭前回来后一律不得外出，并点名。他们大概约有十余天，凑齐了百余人整编了一个连，换上军装，佩戴国民革命军第十八集团军一一五师的番号。外公说，这个连的连、班长都是由延安选派的最优秀的同志担任。外公这一行还遇到了一些麻烦，当队伍行进到西安北城门时，被国民党宪兵阻拦，严密检查，不让通行。连长只好打电话给办事处。不多久，一身戎装的周恩来同志亲自到北城门来，这才算放行。外公他们坐火车到洛川站，国民党军队又设卡找岔子，还是周恩来同志打电话才放走。值此之后，外公就和“五叔”失去了联系。他听说“五叔”也到了延安抗大学习，可是一直到 1983 年 4 月 15 日，河南省民政厅才发给“五叔”亲属一份烈士证书。烈士证上说，晏茂生 1939 年在确山的一次战斗中牺牲。职务为战士。这份迟来的烈士证，让我外公夜不能寐，长期失眠，因为他不相信“五叔”会牺牲，他甚至怀疑他“五叔”潜伏去了台湾。可如今，一份红皮白纸金字的革命烈士证书，明白无误地证明了外公的“五叔”牺牲了。但“五叔”是怎么牺牲的？在哪儿牺牲的？他的遗骸在哪里？我外公一直牵肠挂肚，他风烛残年唯一的愿望，就是要在他死之前，一是要搞清楚他“五叔”是如何牺牲的，并找到他的遗骸，为他这位革命引路人建立一个纪念碑，不能让他当野鬼，让他有一个“家”。

建国爷爷听到这里，眼前像升腾了一层迷雾，模糊湿润了，在他那苍老幽深的眸子里，有着一种苦涩的历史纵深感，充填了无穷无尽对过去的怀念和追思。他呆滞的目光，泛出一丝歉意。他突然像钢铁硬汉一般坚毅地站立起来，但比他想要做的动作慢上半拍。然而，他终于完成了他想要做的动作。他站立起，面对东方，扬起右臂，伸出右手歪歪地行了一个军礼！这军礼，虽然没有那么标准，准确来说，不能称之为军礼，因为他的巴掌心正对着他的前方，倒有点像少先队员行的礼。但，这绝对是这世界上最庄严、最凝重、最震撼的军礼！阿光他们不由自主地也跟着站立起来，他们的耳边似乎响起了悲壮的国际歌。

阿光让老人坐下，继续说，我外公请我们县党史办出面，曾向洛阳市委党史办函调，在他们热情的帮助下，找到了一位认识“五叔”的老干部。他叫韩林同志，1937 年入党，是洛阳早期地下党员之一，1940 年担任过洛阳县委书记。我外公多次打电话给他，他回忆说，他和晏茂生是 1936 年至 1938 年明德中学的同学，都是地下党组织的成员，但其他的情况记不起来了。我外公十分失望。过些时候又把电话打过去，电话有时是韩林同志的夫人接的，她告诉我外公，说韩林曾写过回忆录，并在回忆录中提到晏茂生，具体内容她也记不清了，回忆录交到哪个部门也想不起来了。几个“了”让我外公嘘唏不已。

建国爷爷有时认真倾听，有时陷入沉思。他好像在痛苦地挣扎和自责，远方居然有这么一位和他一样的老者，却在物欲横流的当下，默默做一件在一般人看来毫无意义的事情，他想，他也有太多太多牺牲了的战友，他为他的战友做了一些什么？老人想到这里，心在不停地颤抖。他对阿光说，你外公做得不错，你外公很了不起！然后说起自己的一些情况。他说，很巧，我 1938 年 1 月在新四军二师八团三营任教导员，而这个部队那时就驻扎在确山竹沟。我们营只有 90 多人，没有听说晏茂生这个人。竹沟那时有“小延安”之称，是河南省委机关和新四军的中转部，从延安到新四军一定要经过竹沟。从延安抗大分到新四军的人有这么几种情况，一是有作战经验的，一般分到部队任连、排干部；二是知识分子，开始在机关，以后再派到部队，因为当时新四军的编制少，很多干部都是高职低就，有许多红军时的干部，也当了战士。在确山牺牲的也有这么几种情况；一是四支队司令高敬亭同志被错杀之后，牵连了一些知识分子；二是在确山的土匪较多，我们搞过剿匪，牺牲了一些人；三是1939年发生了一次“竹沟惨案”，国民党袭击竹沟，竹沟牺牲了200多人；四是竹沟有后方医院，也有伤病员因条件差而牺牲。最后，建国爷爷给阿光介绍了一位河南省委老领导，叫邵志光，他知道邵老在延安抗大学习过，也许会有些线索。

（三十三）

邵老没有联系上，阿光和秦谷福决定去一趟河南省民政局。一名叫陈厚富的处长热情地接待了他们。陈处长请刘科飞科长调阅《河南省革命烈士英名录》，在第八卷《河南省革命烈士英名录》中查到以下一段文字：

晏茂生，男，1913年8月出生，河南省偃师县小口公社红旗大队晏马村人。1938年参加革命，1939年牺牲于确山，牺牲时职务：战士。

刘科长说，河南省1979年至1980年进行了烈士情况普查，早期参加革命的，一般很少有文字档案资料保留下来，很多早期牺牲的同志，是根据老同志回忆认定或追认的。

阿光和秦谷福马不停蹄，又直奔河南省档案局。他们通过计算机检索，查到《河南省革命烈士英名录》，仍有晏茂生烈士的记载，且与民政厅记载完全一致。他们又人工检索省档案局 C1J41 民政中的省民政厅卷宗，但还是没有发现新的资料和线索。在这里，他们找到了《中国共产党河南省洛阳市组织资料》（1992 年—1987 年），可是其中只有县委一级组织和领导人资料，包括 1940 年任县委书记韩林同志的记载，仍然没有发现晏茂生烈士相关资料。

阿光他们根据建国爷爷提供的电话和地址，终于找到了邵志光的家。邵志光的家和建国爷爷的家相比较，这里就显得缺乏生气。铁门已是厚厚的斑驳的锈迹，院子里杂草丛生。一位看上去已过花甲的看门人听清楚阿光的来意，便说邵部长不在家已经很久了，一直在医院里住，高干病房，具体什么地方他也不知道。这看门人挺客气的，觉得江西老表老远到这里来不容易，给他们一人一瓶纯净水，秦谷福连连哈腰，十分感激。看门人说，邵部长有一位侄子在看护，他有一个手机电话号码，你们不妨和他联系。阿光说，要得。看门人走进侧门拿了一个红壳本——就是早年公社、大队干部常用的那种硬纸封面的笔记本，秦谷福十分眼熟这种笔记本，西津乡下老大队书记都有呢，中国大地虽地域广袤，南北地方风情迥异，但人们的政治生态、办公工具及工作术语何其相似乃尔！秦谷福估摸，看门人可能是一位从乡下退休的老村干部。他坚信自己的判断。他一问，果真如此。他挺得意自己的发现和洞察事物的能力。

阿光他们通过看门人提供的电话号码，在医院好不容易找到了邵光志部长。邵光志躺在床上，吸着氧气。也许是长期患病的缘故，整个人形消瘦得像一根牛筋串起来的一副骷髅，硕大的头颅仅被一层人皮所包裹，唯有一双凸凸的眼珠在灵动。阿光担心，若有谁托起他，人的身体会不会被拉长耷拉下来？医生本来不让见，但阿光的陈述让医生动了恻隐之心，因为阿光到这里来，没有任何功利，完全是出于一种对逝者的尊重和对生者的责任。医生说，邵部长已经有很长时间不曾说话了。然而，这回让医生感到惊讶的是，邵部长不仅说话了，而且说了很长的一段话。

邵光志听说是江西来的，眼神明显露出一丝光彩，嘴角牵动一线久违的微笑。他说江西是个好地方。中国革命没有江西，不会成功。伟大领袖毛主席，开辟了井冈山革命根据地，后来又有瑞金苏维埃，是红色故都。阿光感到，这是一位可敬的老人，阿光下意识本能地靠近老人，去握住老人的手。虽然这干瘪的手，没有一点水分和弹性，但他感到了温暖。阿光似乎接收到某种讯号和信息，感应到一种莫名的生物电流。他分明已经接收到了，那是一种超现实超感性的物质，在他心灵深处，绽开奇光异彩的花瓣。邵光志还在说话，他说现在这般红旗的世界，赤色的海洋，来之不易！这个基础，有多少白骨垒起，有多少忠魂萦绕啊！阿光觉得是时候了，便说，邵老，我们想了解一个事，晏茂生这个人您认识不？邵光志稍愣了一下，恳切回答说，这个人我认识，就好像站在我眼前。我是1938年在延安蟠龙镇抗大总校一大队二分队学习时认识他的。阿光听说他认识，心里满怀希望，满心欢喜，说不出有多么高兴。邵志光接上说，1939年上半年，我同晏茂生等几位同志一道从抗大分配回河南。我——我留在洛阳，后到豫西搞农民运动，晏茂生他们几个人去——去确山新四军竹沟抗日根据地，从事培养抗日骨——骨干的培训工作。从此以后就失——失去了联系。满心欢喜的阿光，陡然犹如跌进了冰窖般，又一次绝望了。从这位长者处，再也不可能会有“五叔”任何线索。然而，邵志光仍然在说他想说的话，虽有点断断续续，上气不接下气，但很有力。他说，现在有的领导干部不学哲学了，我看不行。不仅要学，还要用，要会用。哲学很重要，一分为二。阿光知道老人此处说的哲学，是指马克思主义哲学，准确地说，是原苏联模式的马克思主义哲学。老人说，哲学是个宝，用起来不得了。中国革命的成功，就是在马克思主义理论的指导下，同中国革命具体实际相结合的产物。马克思主义这个理论，其中就包括了哲学思想。你们年轻人，不可忘掉这个根本，更不可只顾埋头拉车，不抬头看路，走错方向。医生见邵志光说了很多话，示意阿光要离开了。阿光和秦谷福分别拉了拉老人毫无生机、毫无活力但很有“信仰”的手，说了些祝福的话，就离开了老干部病房。

（三十四）

和刘建国接触一深，秦谷福就发现他骨子里就是活脱脱江西老表一个，虽然讲了一口河南话。老表的本质，秦谷福也说不清楚，但秦谷福知道刘建国和他一样，喜欢吃辣，无辣不成餐。刘建国吃辣还特别有意思，将要来的辣椒酱倒在清炒的青菜里吃，吃得津津有味。后必出汗，脱发发光的额头沁满了汗珠，往往用低劣的卫生巾一抹，抹破下来的纸屑会粘一些在光亮的额头上面。到郑州的那个晚上，他不开车，吃饭时他表演了一个绝招，让阿光和秦从福认死，他简直就是西津土人。刘建国给每人身边摆了三个碗，一个碗盛酒，一个碗盛辣椒水，一个碗盛矿泉水。三碗满满的，两白一红，让阿光、秦谷福见了既熟悉，又陌生。熟悉么，他们西津乡下就这么个喝法，司空见惯；陌生么，这可不是西津，这是郑州，这是河南，而且你个刘建国，一口的北方话，实在看不懂。这小玩意可难不住这两位江西老表。刘建国先喝完，试探看了他们一眼，似乎说，请用吧！阿光他们一点也没迟疑，端碗逐一饮尽。阿光纳闷，忍不住问刘建国，是不是河南是这么个搞酒法。刘建国说哪里的话，这是他学他爷爷。他爷爷告诉他，红军长征后，他在山里打游击，山里湿气重，冬天特别寒冷，他们在湘鄂赣边界，有一个地方就是这么喝的，具体叫什么地方他忘了，但他说，那地方群众基础好，毛主席著作里也说过。那地方土话称“喝”叫“脱”，“喝光”称“脱光”。西津正是这样。刘建国说，毛主席说不吃辣椒不革命，我不吃辣椒就拉肚子。阿光想，莫非建国爷爷当年在秀瑞、在西津打过游击么？

这一刻，阿光对刘建国的印象有所好转。他既有北方人的耿直豪爽，又有南方人的缜密细腻，不像刚接触他那会儿认为他大大咧咧，对什么都不屑一顾。秦谷福问刘建国，他祖母是哪里人，他说是哈尔滨人。秦谷福说，难怪你这么牛高马大。看来，人还是要杂交。比如，阿光你外公是北方人，你父亲是西城人，多好。秦谷福好像又有什么新发现，一惊一乍，说道，嗳，阿光，我怎么看——但秦谷福终于没说下去，只是呵呵笑笑。秦谷福这鬼人真的不一般，大凡他说的事，或者判断什么，总有个八九不离十。今个儿大家都当在开玩笑，谁也没当个什么事。其实，这里面还真的有名堂，此是后话。他们找“五叔”的下落，折腾了一番，还是没有

他爷爷告诉他，红军长征后，他在山里打游击，山里湿气重，冬天特别寒冷……

黄大明 绘

实质性的进展。刘建国说，既来之，则安之。河南是阿光外公的故里，是否回偃师看看？河南是文化大省，开封是七朝古都，距这里不远，那里有开封府，有大相国寺，有包公祠，开封府可了不得，很多古代名人都当过开封府“一把手”。包拯、王安石、欧阳修都当过呢。不过，由于黄河泛滥，当年的开封府已经埋在地下七、八米了。嵩山少林寺也值得一去，当年电影《少林寺》一曲《牧羊曲》，把全国人民都唱得发癫似的，连老太婆上厕所都哼。洛阳文化尤其厚重，自古“洛阳为王者之地”。说起洛阳，刘建国如数家珍。他说，从中国第一个王朝夏朝起，先后有商、西周、东周、东汉、曹魏、西晋、北魏、隋、唐朝武周、后梁、后唐、后晋等十三个王朝建都洛阳，历任 105 帝，1600 年。除此之外，包括新莽的西汉、后赵、北周、后汉、后周、北宋、金等朝代也是以洛阳为陪都。从夏商到唐宋，有 3000 多年的时间，洛阳是中华政治、经济、文化中心或中心之一。陆游说，“永怀河洛间，煌煌祖宗业”。

阿光虽没有去过洛阳，但他从外公那里，知道不少洛阳的历史传奇，对洛阳并不陌生。他在大学，关注过洛阳，他知道，儒学渊源于洛阳，道学兴起于洛阳，佛学曾传于洛阳，经学传播于洛阳，玄学形成于洛阳，理学创始于洛阳。刘建国一说到洛阳，刹不住车了，眼里发出“朕”才有的霸气的光芒。他两手一托，像托起一座江山。此刻若有谁问他什么，他绝对找不到东南西北。他说，你们知不知道，“河图洛书”在洛阳产生，周易八卦在洛阳发祥，老子在洛阳写《道德经》，孔子问礼于洛阳，张衡在洛阳发明了地动仪、浑天仪，蔡伦在洛阳造纸传四方。第一部断代史《汉书》、第一部字典《说文解字》、第一部小说集《周说》，以及《三国志》《新唐书》《新五代史》《资治通鉴》，科技著作《九章算术》《齐民要术》

《水经注》，还有很多我说不上的鸿篇巨制都问世于洛阳。自古洛阳富才雄，汉魏文章半洛阳。苏秦、贾谊、玄奘、杜甫、刘禹锡、元稹、李贺、程颐都生于斯，长于斯，周公、老子、张衡、班固、狄仁杰、白居易、范仲淹或长居于斯或终老于斯……刘建国一口气说了无数个洛阳和七八个“斯”。这时，秦谷福有感觉了，对刘建国有了些许反感，在心里骂道，斯、斯、斯的，你这厮还真的以为你是“朕”啊？

刘建国哪里打得住呢？他耳边似乎响起了“皇上万岁万岁万万岁”。他像“朕”一样心里十分满足十分快活地从丹田处发出社稷第一声：平——升——。于是，他眼下的文武近臣们齐刷刷由伏地屈躬而立起。他这种感觉真好。刘建国目中无人了，他接着说，从贾谊的“西汉鸿文”，到“三曹”“七子”的建安风骨；从张衡的《二京赋》称“长篇之极轨”，到左思《三都赋》，无不使“洛阳纸贵”；从诗仙李白和诗圣杜甫的“洛阳会面”，到白居易与刘禹锡的“洛阳唱和”；从画圣吴道子在洛阳创作的《五圣图》显示“吴带当风”的神韵，到神笔王铎挥毫《拟山园帖》留下“开合纵横”的风采……

秦谷福再也忍不住了，质问刘建国，说，你知道开封府“一把手”王安石是何许人也？刘建国说，是你们江西人。秦谷福心中一颤：“你们”个鸟！你是哪里人？你还知道有江西人？秦谷福又追问，你知道陶渊明是何许人也？刘建国说，就是那个不为五斗米折腰的大隐士陶渊明么？秦谷福说正是。刘建国说，也是你们江西人。我一直揣摩，也许是你们江西出了陶渊明，所以，你们那儿只出才子，不出圣人！秦谷福从来没听谁说过这个观点。秦谷福拷问，怎么说？刘建国说，这么说吧，你看看，是不是这样。封建时期，大家都学而优则仕。你们江西人一会读书，二会养猪。会读书，就会有才子。我知道，大宋才子黄庭坚的故乡双井，一村庄一家伙出了48个进士。会养猪呢，就是会种田，这是属于隐士文化范畴。种田里面，不知隐藏了多少苏渊明秦渊明涂渊明啊。陶渊明的《饮酒》说："结庐在人境，而无车马喧。问君何能尔？心远地自偏。采菊东篱下，悠然见南山。山气日夕佳，飞鸟相与还。此中有真意，欲辨已忘言。"他选择的那种田园生活，其真意有谁能体察到呢？你们能够体察到。江西人能体察到。比如，你们俩人之中，就有陶渊明的性格特征和影子，是谁多一些谁少一些我不知道。第一次见面，我就认为你们不是一般的人。你们回去，不回去现在闭着眼睛也可以，想想看，你们的周遭，你们的亲人，你们的朋友，认识的和不认识的，出世的和没有出世的，身边的和不在身边的，见到的和没有见到的是不是都有陶渊明的影子？陶渊明的风骨？陶渊明的才情？你们不要以为这是不好的。好与不好没有绝对的肯定和否定。阿光想，这回碰到"哲学家""思想家"。怎么是这样子呢？在河南，在你刘建国眼里，江西人咋都成了"隐士"？阿光不与他诡辩，心里说，我们党的很多领袖祖上都是"俺江西人"。

（三十五）

在河南博物院，秦谷福在看贾湖骨笛时，不小心一头撞到透明而坚硬的玻璃上，嘴唇立马肿胀了起来。阿光关心地问他痛么？秦谷福摸了摸说不痛。有人却去摸玻璃，好像是去看玻璃是否被撞破。刘建国给他一片湿巾，让他敷一敷，他用湿巾按着嘴，依然簇拥着讲解员。他这怪怪的模样，不时引来异样的眼神。漂亮的讲解员小姐，受不住他的“热情”，数次几乎要停下讲解，不自觉屡屡后退，然而，秦谷福好像是天外来客，却没有注意到，依然保持着浓烈的倾听欲望，逼迫着讲解员，似乎生怕漏去一个从远古传来的信息。讲解员说，1987 年 12 月 10 日，河南省文化厅在郑州举行了一场新闻发布会，会上，中国艺术研究院音乐研究所的一位专家，将这枚长约 20 厘、直径约 1.2 厘米的骨笛向大家展示，随后竖起骨笛，吹奏起河北民歌《小白菜》，那可是来自遥远如泣如诉的凄婉旋律呀。演奏完，主持人宣布，说刚才所听到的这声音，是用埋藏在中华大地之下 8000 年之久的舞阳贾湖遗址出土的骨笛奏出的，也可以说，我们听到是消失已久的上古之声，会场一片哗然，惊叹不已。这骨笛已具备七声音节，由它改写了中国音乐史，将“七声音节西来说”彻底推翻。听到此时，阿光不住感慨，对秦谷福说，“五音不全”的成语也要改写呢！秦谷福说，是啊，宫、商、角、徵、羽，或者合、四、乙、尺、工这五音，应该只能说是中国音乐的特点，而不能说，中国只有“五音”。长了见识，长了见识。秦谷福托着受伤的下颌，分明是忘却了疼痛。秦谷福这一说不打紧，让近身的讲解员小姐受不了，可能是闻到了他嘴里飘出来的口臭异味，忙掩鼻侧身而去。

此后，讲解员小姐没有之前讲得那般生动了。她讲“中华第一龙”，像在应付，这让秦谷福已体察到了。讲解员继续说，我们都知道，龙是中华民族的象征，是中国的图腾。1987 年在河南东部的濮阳西水波发现了距今 6500 年的“蚌塑龙”。说了几句就转身领着他们离开了。阿光真想多看几眼，一步一回身的。他对龙的崇拜，可胜于自己的生命。至于甲骨文、莲鹤方壶、云纹铜器以及武则天除罪金简，讲解员均草率从事。最后，她解脱似的挥挥手说，展厅左侧二楼有演出，可以观看，话没落音就像云中仙女，飘然而去。阿光心知肚明，是秦谷福惹的祸，跟得太紧的缘故罢，然而他一点都不怪罪讲解员小姐。阿光知道秦谷福有口臭，很重很浓很烈的口臭啊！女讲解员的消失，让秦谷福真正感到了伤口的疼痛。

演出厅很现代，乐器很古老，石磬编钟，威虎大鼓，端立舞台之上。高雅的发髻，飘逸的霓裳，天籁的埙声，如画的神韵，仿佛把人带入时光隧道，将时空一下推到中华远古的灿烂时代。一位身着先秦贵族礼服，头戴黑色“玄冠”的男士，上台深深鞠了一躬。女主持人介绍说，他就是亚洲排箫演奏第一名获得者吉祥云，他将用淅川下寺楚墓出土的石排箫，演奏《春江花月夜》。阿光来了精神，这曲可是江西浔阳的。一曲远古韵乐徐徐而起，似乎天边的凤鸟被招之而来，眼前幻觉出圣人孔子，如痴如醉，三月不知肉味。节目却把秦谷福带进了远古，伤口化为梦的奇葩。有道是：箫韶九成，凤凰来仪。

这个节目结束之后，主持人说，下面是编钟演奏《苏武牧羊》。这首曲子正是阿光十分熟悉的，他从小就听父亲苏蓝经常用二胡接过。后来懂事之后，他才知道《苏武牧羊》的真正含义。正是这颗幼小种子，渐渐地在他心中生根发芽，才有后来他决意去边疆支教的志愿。

细心的女主持人在舞台一隅发现了阿光眼里闪烁着晶莹的泪光。只见女主持人走到台前，动情地说，今天的演出，我们来做一次互动，击鼓传花，红花传给了谁，就请谁上台表演一个节目，我们准备了一份精美的礼品。下面准备，开始！高大威风的虎鼓开始频频击响。秦谷福的嘴唇还是肿胀的，他心中发毛，十分害怕接到红花。人的担心是正常。人无远虑，必有近忧。现在他脑袋中一片空白，心跳和击鼓的节奏同时在搏动。他突然想到了梁小岚和梁小岚带头表演的节目。击鼓声还在不断地绵延地从远古传来。整个观众席都在紧张而有序的传递。阿光想，击鼓传花，这不正如人生中彩一样吗？他很少中奖，他不相信会传递到自己。然而，随着女主持人一声“停”，红花被阿光稳稳接住。阿光全然不知，他中的“彩”，完全是一种阴谋。偶然与必然相依，天意与人为并存。看似荒唐，寓于情理。女主持人十分礼貌地说，让我们以热烈的掌声，恭请那位接到红花的先生上台。阿光没有犹豫，很有风度地站立起，向主持人、向观众给了一个致意的眼神，尔后阔步向境犹远古的舞台走去。女主持人问，先生是哪里人？可以告诉我们吗？阿光说，可以。我们是江西人。女主持人说，江西？呵呵，是老表啊。女主持人亲切的一声“老表”一下拉近了彼此之间的距离。女主持人说，根据约定，您需要表演一个节目。你表演一个什么节目呢？阿光的思绪还停留的《苏武牧羊》的音梢上，他没有来得及多想，说我唱一曲《胡杨三千年》罢，歌词是我在新疆支教时写的，曲子是我老爸谱的。让我们一起为我们伟大的中华民族祈祷、祝福，好吗？女主持人说，好哇！大家欢迎。阿光把话筒缓缓放到嘴边，充满激情地唱起来：

“生而不死一千年，死而不倒一千年，倒而不朽又是一千年。历尽西域马啸狼嗥，烽火战连天。大漠孤烟，日月依然。班超逐匈奴，锡伯大西迁。先辈携手戍边关，中华大团圆！……”

阿光将三段唱完，直把女主持人感动得热泪盈眶，台上台下响起了一片热烈的掌声。

扮演孔子的、屈原的、秦始皇的、汉武帝的、霍去病的、曹操的、曹植的、诸葛亮的、武则天的、朱元璋的等等一齐出来，纷纷向阿光表示祝贺，分别要和阿光握手。孔子握着阿光的手说，有朋自远方来不亦乐乎？阿光说，学生从西津来，见到老师十分高兴和荣幸！孔子说，西津？哦，西津。智者若水，仁者乐山；智者动，仁者静；智者乐，仁者寿。阿光说，仁者不忧，智者不惑，勇者不惧。孔子说，说得好！吾日三省吾身，为人谋而不忠乎？与朋友交而不信乎？传不习乎？阿光说，志者仁人，无求生以害仁，有杀身以成仁。屈原扬扬剑眉，拉着阿光的手说，汨罗源于黄龙，黄龙矗立江西。亦余心之所善兮，虽九死其犹未悔。阿光说，诗人与天地兮同寿，与日月兮齐光。屈原说，举世皆浊我独清，众人皆醉我独醒。阿光说，我们踏着前人的足迹，不屈不挠，负重前行。路漫漫其修远兮，吾将上下而求索。秦始皇拍着阿光的肩说，朕为始皇帝。后世以计数，二世三世至于万世，传之无穷。阿光说，尔可知天子之怒呼？天子怒，浮尸百万，血流千里。此乃封建之悲哀！汉武帝刘彻紧跟秦始皇之后，浑身透示着雄才大略的气概，他对阿光表现出浓厚的兴趣，他为二千年之后能见到这么一位有如此爱国之心的年轻人感到欣喜和快慰，为自己通西域、伐大宛、抗匈奴、扩疆土的艰苦卓绝的奋斗感到骄傲和自豪。他对阿光说道，犯我大汉天威者，虽远必诛！阿光说，务要使夷狄，不敢小视中国，乱臣贼子，不敢窥测神器！

女主持人让其他演员站成一排，每人说上一句话自己最想说的话，进一步将节目推向高潮。其他演员揣着自己扮演的历史角色，表现出不凡的轩昂的气度。霍去病说，匈奴未灭，何以家为？曹操说，投死为国，以义灭身。曹植说，捐躯赴国难，视死忽如归。诸葛亮说，鞠躬尽瘁，死而后已。武则天一点也不像，太年轻太漂亮了，像美女嫩模，她正是刚才演奏古琴的姑娘。然而，人不可貌相，海水不可斗量，她说出的话，却有武则天的王者之气，强者之势，一下把舞台上下给镇住了，她说，王师外镇，必藉边境营田！朱元璋说，驱逐胡虏，恢复中华。立纲陈纪　救济斯民。阿光立即做出古人抱掌作揖的姿势，十分虔诚和恭敬地说，各位长者，各位先辈，你们在东方历史创造了灿烂夺目的辉煌，在中华史册上写下了浓墨重彩的篇章，我们是后来者，我们是传承人，请先辈们放心，我们知道该做什么！阿光并没有多说，留下了一大块一大块富有张力的空白。此处无声胜有声。整个场上足足沉默了三四秒，随后是一阵狂风暴雨般的哗哗掌声。刘建国走上舞台给阿光送上了一束鲜花。女主持人请阿光站在中间，自己也站了进去，让人拍照。阿光想到什么，拉着刘建国进来，又招手让秦谷福上台来。秦谷福犹豫着，指了指自己还在肿胀的嘴巴，示意不上去了。而阿光还在拼命地招手。聪颖的女主持人知道了，踏着优雅不凡的步履，主动走下台，用纤手示意，请秦谷福上台照相，那恳切，是一定的，必须的。秦谷福无奈，只好走上台去。这一上台不打紧，却轰动了整个舞台，他的模样和化妆扮演朱元璋的演员模样十分相似——除了他的嘴有些肿之外。女主持人让秦谷福站在武则天和朱元璋之间，只见闪光灯不停地闪烁……演出结束，阿光死命推秦谷福，推了很久他才醒，原来上面所叙舞台上发生的一系列荒诞情节，都是秦谷福梦境里的事儿。“古人时向梦中来”，此事不虚。

在当晚回家的火车上，阿光接到刘建国发来的信息。这个信息让阿光和秦谷福大吃一惊。刘建国说，他爷爷在当晚七时四十三分心脏病突发，心肌梗死，外加三度房室传导阻滞，经抢救无效，去世了。阿光想起了老人那庄严的军礼。阿光从火车窗口向天空探视，群星闪耀，他似乎看到了一颗发亮的星星陨落，流星在天空划下了一弯美丽的光弧之后，旋即消失在茫茫寂寥的天宇。阿光想起了印度诗人戈尔泰的一句诗："天空没有留下我的痕迹，但我飞过。"

（三十六）

阿光拖着一身疲惫和愧疚，回到西城这块故土。母亲晏含秀的病已不能再拖延了。他回来的第二天，县人民医院用救护车送晏含秀，在天蒙蒙放亮时分，就从西城出发了。苏蓝坐在驾驶室，阿光和阿明分坐在车厢内晏含秀的两旁。阿光知道妈妈晕车，出发前，他按土办法，切了几片生姜片，放在风湿膏药中间，拼命对着膏药用嘴含热气，想让风湿膏药能有更好的黏性；阿明却拿来电吹风机，吹了几下效果不错。尔后，晏含秀将风湿膏药十分熨帖地贴在自己的肚脐眼处。在车上，阿光不时问晏含秀，难不难过？如果不舒服就让师傅开慢一点，有三个小时的余地。晏含秀见到这一双长大懂事的儿子，眼中噙着泪水，十分欣慰，摇了摇头，表示不难过。

病人没有呕吐，护士胡小琼倒想呕。胡小琼是主动要求来的。因为她没有去过上海，她也知道自己会晕车。阿明用力捶车的窗子，汽车很快停下来，司机以为是病人出了情况，一看原来是胡小琼疯也似的往公路旁的稻田里跑，接下是一阵剧烈地呕吐，黄水都倒了出来。司机点着一支烟，在一旁取笑说，下猪崽哩！苏蓝说，人家难受，莫开玩笑。阿明送去一瓶矿泉水，让她漱口。胡小琼吐过，站起来，满脸通红，还有点不好意思的样子，这副模样，很好看。胡小琼也是一副美人坯子，清秀漂亮。西城水边多丽人。她指着司机说，你拿我开心，回去跟你没完。这胡小琼伶牙俐齿，还是一个有性格的姑娘呢。司机忙递给她一包餐巾纸说，看你嘴角秽物，快擦擦，不然嫁不出去了！胡小琼说，狗嘴里吐不出象牙！苏蓝到车厢看看晏含秀，晏含秀嘴角勉强牵出一丝笑意，说我还好，今天恐怕不会吐了。还是阿光的土办法好。又说，老苏，你也注意，在车上打瞌睡搭件衣服。又吩咐阿光说，你爸有件睡衣在我的袋子里，你找出来给你爸。阿光找出来了。他知道妈对爸一向十分细心，挺惯的。

现在一家人都在瞒着晏含秀，说已有肾源了。晏含秀心里十分高兴，病也像是好了许多。她说病好以后，还要去广场跳舞，要给阿光、阿明带小孩，今生想出一次国，最好去欧洲，欧洲首选去西欧，最想去法国巴黎，那里有罗浮宫，有埃菲尔铁塔，有塞纳河，河边有巴黎圣母院，这些都是她在电视中看到记下来的。

飞上海的飞机晚点了半个小时，有人议论是飞机要等一位领导。救护车司机把他们送到昌北机场，苏蓝就让他赶路回去。胡小琼搀扶着晏含秀，寸步不离。在候机时，胡小琼又是给晏含秀量血压，又是测体温，引来了周围异样眼神。近坐的有人悄悄远离而去，社会上经常有言传流行传染病，比如禽流感比如变异流感什么，宁可信其有不可信其无。一位年轻的妈妈把好奇观看测量血压的小男孩扯走。小男孩不愿意，一口一个不嘛、不嘛。年轻的妈妈说，给你巧克力。小男孩说，我不要。他妈妈挥起手来，做一个要打的样子。胡小琼看不下去，说大姐，让小孩在这儿玩，我们这位阿姨不是传染病，没关系的。我是护士，相信我。看得出，胡小琼喜欢这小男孩，年轻的妈妈脸部肌肉还是紧张，拉得老长，一张好看的脸给糟蹋了。她强行将小男孩拖走。中国式教育，首先是说服，说而不服就压服。苏蓝想，官场亦如此。候机者大多数都觉得这小男孩太顽皮了，是该狠狠地教训。子不教，父之过。而有两位候机的高鼻子蓝眼睛的外国人，不时用英语交流，从眼神中可以看出，他们对年轻的妈妈打小男孩表示极大的愤慨。

阿光保持每天都要给金姣发至少一条短信，但金姣仍然没有理他。阿光毫不放弃，现在从洗手间出来，又坐在一旁给金姣发短信。今天这条短信是这样写的：阿姣，我们全家已安全抵达昌北机场。因晚点半小时，我在候机厅给你发信息。上海延安医院已安排好了，很快就会给妈妈做肾移植。到上海的情况，我会陆续告诉你。我和阿明会照顾好妈妈的。要登机了，必须关手机，再见！阿光不想将他和阿明准备捐肾的消息告诉她，只是用“会照顾好妈妈”来暗示这件事。阿光下意识写上这一句，似乎要告诉金姣，就是将来有什么意外，他们兄弟是有思想准备的。

飞机在上海虹桥机场徐徐降落。胡小琼终于体验了坐飞机的感觉，下来后，感觉不过如此，就像在乡下走亲戚去外婆家一趟似的。苏蓝他们一家组织十分严密，阿光在前，阿明在后。阿明开始从飞机行旅架上取行李。胡小琼看着小男孩一个劲儿死命亲他母亲，她对他笑了一下。小男孩放下他下步要做的动作，朝胡小琼回礼式也笑了一下。她这一下很开心。她知道这是她在候机时帮过小男孩所得到的回报。她有一种满足感。中国式的开心与满足，其实是很容易做得到的。这些，都被晏含秀看在眼里，她看到了胡小琼的活泼和善良，她真想胡小琼成为她的儿媳。

上海延安医院派了救护车在飞机场绿色通道接到了苏蓝一行，孙亚民医生亲自跟车到机场迎接，让苏蓝十分感动。苏蓝说，有二十多年没见面了吧？孙亚民说，你去农场后我推荐上了大学，离开秀瑞，我们应该没见过面。又说，你还是老样子！当时你是我们年轻人的偶像啊！苏蓝说，你看我的头发，全白了，也是今年一年。你若不来，在大街上见到，还真认不出来呢！当年常去你医疗室拿土霉素、SMZ。晏含秀见到孙亚民，好像有一种恐惧感，莫非是恐医症，脸色十分苍白。胡小琼认为，是恐医症罢了。孙亚民问晏含秀，路上还好吗？我十分担心路上颠簸，因为我知道秀瑞出来不方便。苏蓝说，现在好多了，都是柏油路。孙亚民说，噢。我记得以前是沙子路，龟背形，不好的路面又说是排骨路。孙亚民让晏含秀躺在担架上，阿光和阿明抬上车。救护车鸣笛朝延安医院急速驶去。

（三十七）

苏蓝始料未及，孙亚民对妻子晏含秀来上海安排得如此周到。晏含秀安顿在病房后，迅速让她和阿光、阿明做常规检查，还专门要请苏蓝一家去馆子吃饭，这也是苏蓝没有想到的。一般来说，应该是病人请医生吃饭呀！孙亚民有意安排在延安医院附近的湘雅酒楼，他知道秀瑞喜辣。他以上海人的精明，点了苏蓝他们喜欢吃的菜。他的殷勤让苏蓝受宠若惊。尽管这酒店十分讲究，孙亚民还给苏蓝用开水烫了碗筷，好像知道苏蓝有洁癖。对阿光、阿明更是照顾无微不至，不时递递手纸什么。苏蓝除了对上海人缘于刘丽莎有着微妙特殊的情感之外，他对上海人的印象并不怎么好。当年下放在秀瑞的上海知青就有五千多人，谈论上海人的事也特别多，人们最反感的就是上海人把包括北京人在内都把外地人看作是“乡下人”，似乎只有上海才是大都市，逢人一口“阿拉”腔，把全国人民都得罪个精光。吃饭时，孙亚民终于隐隐约约道出一点他如此这般的缘由，好像说他考上大学，政审时是晏含秀父亲帮的忙。苏蓝不曾听老丈人说过。胡小琼很喜欢这里的水煮鱼片，辣呵呵的不时吸着气，两片好看的红唇唆唆唆地翘了起来，撮成一团。孙亚民看大家吃得香，很高兴的样子，也时不时用左手推了推眼镜，右手给苏蓝他们夹菜。

有一点大家心里都明白，都想谈谈晏含秀的病怎么办？但都小心翼翼，没有说出来。最无忧无虑的就数胡小琼，她想明天去东方明珠看看，然后去五角场复旦大学看一位同学，然后就坐火车回秀瑞，南京路无所谓，反正没什么钱，外滩在电视里都看过哩。至于黄浦江嘛，家乡有秀江，涨起水来，那浩阔的江面不会不比黄浦江壮观。阿光给妈妈要了一个她喜欢吃的菜，加上席上吃前夹下来的几样菜，装在他细心从家里带来的饭盒里，他既怕一次性的饭盒不卫生，又担心这东西造成白色污染。他对使用一次性的筷子十分反感，很有看法。

饭终吃完，苏蓝想着还是要说妻子病的事。若回到医院，当着晏含秀的面不好说，在走廊里说也不好，像做贼一样。苏蓝说，孙医生，这次来上海，我们全家很感谢你，不是你不断地关心，我们都快坚持不住了。有你在上海，有你帮助，有你为我们做主，我们就放心了。下步如何我们想听听你的意见。此时，服务员要来收拾残席，也有催促的意思，这里生意委实太好了，也许是老板的指使，孙亚民极不高兴，对服务员说了几句难听的上海话，那服务员知趣地走开了。

孙亚民用餐巾纸揩了一下嘴角后说，这样子的，有的话我得说明白，也许会减少你们的一些疑虑。我们这次肾移植，考虑的是亲属供体。亲属供体手术现在比较成熟，不必太大的担心。当然，有时也会有例外，国外供体死亡率是万分之三，国内还要高一些。世界首例亲属供体手术是 1954 年做的，受者存活率八年，我们国家首例是 1972 年做的，存活期一年。到目前为止世界上亲属供体手术存活最长达四十年，比尸体供体手术高六年。1999 年，全国开展五千多例肾移植手术，亲属供体只有七十六例，不到总数的百分之二。现在，国内外大力提倡亲属间开展活体肾移植。美国、日本都在百分之五十以上。亲属活体较尸体的优点较多，比如组织配型好，没有后遗症，手术之后移植肾排斥等并发症少，能够存活更长时间，同时还可适当减少术后免疫抑制剂用量，药物副作用少，恢复比较快。

孙亚民接着像宣布一项重大发现那样诡秘和庄严地说，你们兄弟俩检查的情况出来了，和秀瑞检查的一样，确实是一种新血型，被我们延安医院命名为“湖”型。在座的都一惊，以为是“狐”型。孙亚民解释说，不是狐狸的“狐”，是江湖的“湖”，这种血型具有“湖”性。我还告诉你们，我原来也是这种奇怪的血型，一直是存疑，现在看来有地域性。用字母表示就是 H 型。你们属于亲属

……确实是一种新血型，被我们延安医院命名为“湖”型……

黄大明 绘

供体，尽管是特异血种，但是可以的。现在需要做出决定的是由谁供？不知是否已经确定。阿明首先举起手来说：是我。阿光说，这个还没确定，我们有过协议。说着做了一个掷币的手势。阿光接着说，要么取消掷币，就由我上。阿明急了，要抢说话，阿光用手指了指嘴巴，示意让他说完。阿光说，我上的理由有二，其一，我是老大，老大要有更多担当；其二，DR 配型，我是两个正点，比阿明多一个，DR 这个指标据说非常重要。阿明说，我也有两点理由，第一，我是搞体育的，身体素质更好；第二，我也研究了，DR 值我虽是一个正点，但 DR 另一个指标我也是相容点。阿光和阿明一争，引来周围众多的目光。

胡小琼被这种大无畏的无私亲情所感染，两眼被打湿。孙亚民做了一个暂停的手势，说，你们兄弟不要争了，其实你们俩人说得都有道理。我告诉你们，你们俩人的供体都是很好的。这样说吧，肾移植手术后排异一般与点数没有直接关系，然而传统确是比较重视点数。我告诉你们，肾脏和心脏配型比较宽松，血型配上基本就可以，这是一个基本原则。而骨髓移植，也就是造血干细胞移植就十分严苛，HLA 配型必须基本相符，几十万人才会有一人。肝脏移植似乎对 ABO 血型要求不那么严格，但是也最好是 ABO 血型相同，没有必要冒这个风险。

此时，苏蓝脸上挂着那种风霜男人特有的刚毅、坚韧和硬气。他像一位舰长，更像一位长者，庄重地说，事不宜迟，当断不断，反受其乱。决定吧！阿光、阿明知道父亲说决定的深意。阿明连忙从口袋里掏出三枚一元的硬币，并一一平放在桌面，很郑重很凛然的样子。大家有点莫名其妙。真正掷币也只需一枚，何需三枚呢？大家疑惑地望着阿明，阿明早已预测到这种局面，于是，他娓娓道来，说这三枚一元硬币分别是三个不同的版本，这一枚是1980年至1986年发行的长城一元；这一枚是1991年至2000年发行的牡丹一元；而这一枚呢，是1999年至现在仍在发行的菊花一元。用哪一种硬币？我平时留意了一下，便准备了有代表性的这三枚，怕一时不好找，都带来了，至于用哪一种来掷，还是请老爸来定。苏蓝绝没想到，阿明会有这一招，既用足心机，又充满了诡异，一切都在变幻之中。简单的问题无疑复杂化了，一个皮球踢到了他这里。他稍作思忖，必须发话。他想，只有他能说。他也感到阿明并没有错。但他很快就发现了个中的变数，因为每一枚掷出来的结果是不一样的。好在今日的掷币，一双儿子都希望捐肾救母，若是其中有一个不主动，持异议，就是他说选哪一枚来掷，也恐怕不是一件可以轻易决定的事。但，他也意识到，今日无事，并不意味明日无事；暂时无事，并不能代表永远无事。大家都在等待苏蓝的决定。

其实，阿明对这三枚一元硬币早已稔熟不过。这三枚人民币一直跟着他，“九月授衣”时分，他会放在最贴肉的衣袋里。每一枚他都掷过多次，当然结果不一样。其中，有一枚最不遂他的心愿，就是“牡丹”，概率只有21%；其次就是“长城”，概率是47%；而“菊花”的那一枚概率最大，大得惊人，概率达到了82%，不知为什么。他是决心为母亲献肾的，他真希望不把“牡丹”那一枚拿出来，但没有任何理由。这几块硬币，就像他的一坨心头肉，或者可喻为他的心肝宝贝。由于长时间在他手掌心里摩挲，那金属的表面熠熠放光。他的理科成绩比阿光好些，尤其是数学，动手能力也很不错，在中学三步跨篮动作是最漂亮的。这不，他还想过要测量一元硬币的直径和厚度。他还真测了，若有谁问他，他会立刻告诉你，直径为3.76cm，厚度为0.1cm，质量为6.79g。他笑自己简直成了一个十足的硬币迷。

湘雅楼的空气似乎在这一刻凝固了。大家眼睛都直直地盯住这躺在圆桌上的三枚硬币。这三枚硬币在各人眼里的角色都不同，在苏蓝眼中，他们像三位立刻要冲出阵地的勇士。胡小琼倒有些害怕，不知由哪一位“勇士”来决定一个人甚至是二个人也可能是一家人的命运。不过，孙亚民虽关注，但心里有点见怪不怪。在一个病人的生生死死上，他经历的太多太多。有人说，对于一名外科医生，有时会麻木得把病人当成一只动物，动一个手术和乡下阉一只猪、杀一只鸡没有什么两样，过去了就过去了。这会儿的孙亚民倒有点不一样，他似乎动了情，这种情，他把它掩埋在心灵的深处，把它深藏在人们无法触及的地方，谁也不让发现。他的确装得不错，天衣无缝，泰然若定，而内心像大海刮起十二级台风，汹涌澎湃。谁叫他也是“H”特异血型呢？苏蓝冷峻地瞥了一下嘈杂的酒店，突然宣布，我们回病房去吧，在这里不定。苏蓝善变，且一言九鼎。

（三十八）

这是一位美丽的护工，应该是三十出头一点吧，在她那豆蔻年华时日，一定是当地的一朵“金花”。她是安徽人，叫肖米，原来在家乡开了一爿餐馆，因为赊账太多，尤其是乡政府欠的餐费有几年了，领导换了几任，结不到账，一气之下，在老乡的介绍下，来到延安医院做护工。由于她的聪明伶俐，很快当上了护工小头目，负责和护士长之间的直接联系。刚入护工这行，虽要经过短训，但还是要靠个人的悟性和天分。可不，这肖米，做起事来，她的认知和能力，不亚于刚从卫校出来的小护士。病人们一般写不对她的真正名字，都会认为是“小美”，甚至有的离开时给医院写感谢信，当提到肖米的好时，就会写成“小美”，但看感谢信的人都没有障碍，都知道说的是肖米。肖米每每会莞尔一笑，柔柔地灿灿地。她似乎永远没有累的时候，仿佛她身上的每一个细胞都是很活跃很活泼似的。苏蓝想，她生错了地方，若在西城开餐馆，凭她这条件，一定是可以超过禾英，赚得到很多钱的呢，弄不好会赚肿！你看，她招呼晏含秀吃饭，先在床上放一块干毛巾，以免掉饭在床上，弄脏被褥。阿光准备的是汤匙，她却拿出筷子，是她专门出病房去买来的，她说用筷子吧，方便些，筷子我用开水泡过。

趁晏含秀吃饭之时，苏蓝把阿光、阿明引到医生办公室，这是孙亚民安排的，此时这里正好没人。苏蓝让阿光、阿明都坐下，自己心情十分沉重，声音有几许哽咽。他说，我尊重你们的选择。无论命运决定由谁承担捐肾，我都会在心里为他祈祷。在掷币之前，这是我想说的话。苏蓝说着，从口袋里摸出三枚硬币，从中挑出一枚说，我决定选择这一枚，是“菊花”的，因为我们家乡，对菊花情有独钟，有“采菊东篱下，悠然见南山”的千古绝唱，有民间饮菊花茶的传统习俗，更有“秋菊傲霜关”的清高硬气。阿明一听到“菊花”这一枚，眼里就盈满了泪水，不是因为畏惧，也不是因为荣幸，冥冥之中是有一种历史担当的感觉。这枚硬币平素决定他的概率最多。他想到了红姑那张泪流满面的脸庞，但很快消逝了。

苏蓝问，你们兄弟哪位得正面？阿光说，我得吧，我是哥。阿明说，那我得反面吧。苏蓝的手，有生以来没有这般沉重过。他用双手将“菊花”在手心里摇了摇，然后往空中一抛。他这么一抛，那硬币像在空中定格，他们似乎等待了漫长的一个世纪，钱币俏皮地悬在空中，故意定在那儿，逗你玩，任凭你们去着急去等待结果。这段时间，对人间来说，或许不值一提，可以忽略不计，而对于当事来说，确乎冗长。时间终究是一个相对概念。有时从一个过程上看，可以说，一只昆虫和一个人的生存时间无异。我们终于看到，那枚＂菊花＂一元硬币终于从时光隧道滑落下来，下来得那么优雅和稳健，那么从容和高贵，那么固执和坚定，这硬币并没有像阿明所想象所预料的那样，结果是“正面”，毋庸置疑，它安详地端庄地躺在医生办公桌上。阿明再也忍不住了，上前一把将阿光拥抱着，紧紧地。苏蓝被两个儿子的手足情所感染，也上前将他俩揽在自己宽阔的怀抱中。

在苏蓝眼里，此时的孙亚民似乎不像一位医生，更像一名杀猪的，或者像一位行刑队长。他注意到，当孙亚民知道谁是他的工作对象时，他竟表情木然。下面一切都是流水作业，填表、检查、化验、出结果乃至到这里到那里。病人在这里不像一头猪像什么？不像死囚像什么？而胡小琼见证了阿光、阿明的善举，心里很敬佩他们兄弟，眼睛一触及他俩，甚至触及哪怕是一个背影，她都想哭。她要返回了。她去和晏含秀道别。窸窸窣窣从口袋里搜出一百元，塞在晏含秀的枕头下，说晏阿姨，我要回医院了，祝你早日恢复健康。话没说完，眼泪就刷刷刷地涌出，晏含秀说，钱你就不要拿了，你的工资也不高，送晏姨到上海来，就让我一辈子感谢不尽。等我好了，我邀你去红色广场跳舞。胡小琼点点头。晏含秀对阿光、阿明说，你们两人抽一个人去送小琼，要送上火车，不然我不放心。在火车上，小琼你可千万要注意安全，不要和陌生人搭讪。你们买点水果吃的什么给她带上。说着又要将一百元钱塞还给胡小琼，而胡小琼死活不肯。阿明说，我们都安排好了，我去送。

阿明去送胡小琼，阿光去做B超。他做B超时，手机的信息提示了一下。他十分想去看这条信息，但年轻的女医生要他别动。不动就不动。阿光眼睛像是找不到地方放，不自觉地停留在女医生的脸上。这是一张国际大都市铸造出来的具有标准上海女人特有的矜持脸。他十分想从这张脸上捕获他身体有没有问题的信息。谁知，阿光还没有缓过神来，就听到一句伤他自尊的话。女医生一边看屏幕，一边说，请别看我！阿光确实在看她，他不知道她一边工作，怎么会知道他在看她？他的脸像泼了猪血一般，陡然通红了起来。他责怪自己，可不能心不在焉。他拼命地转移视线，去想一些乱七八糟的东西，哪怕是不道德有点肮脏的东西，转移注意力。只要不看这位给他做B超的女医生就行。他突然想到做B超的段子，那是秦谷福吃饭时讲过的，说的是一位女士去看病，女医生开了一个单子。大凡医生的字一般让人难以看懂，好像是有意为之，越让人看不懂，似乎越有水平。这位女医生让这位女士去做一个B超检查，将“B”写开了，成了“13”。这可把这位女士折腾苦了，她楼上楼下去找，却怎么也找不到一个“13超”的地方，她只好折回女医生处，问怎么找不到“13超”的地方。女医生又好气又好笑，说，怎么是“13超”呢？明明是“B超”嘛！这位女士恍然大悟，脱口而出，对这位女医生说，医生呀，你这个“B”也张得太开了。旁边的病人听她这么一说，一阵大笑，将这女医生羞辱了一顿。阿光想到这个段子，真想把这个段子告诉身边奚落他的女医生，但他没有，只是笑了一下，他这一笑，女医生以为是笑她，鼓了他一个“上海”眼。检查完，阿光接过女医生递过来的卫生纸，揩去胸前、腰间及下腹等部位的黏糊糊的脏物，系好皮带，取回检查单，迅速逃离这梦魇般的黑魔暗窟。

走出B超室，他迫不及待地去翻手机里刚收到的信息。这信息让他激动不已，这正是他期待已久的金姣发来的信息。他一直没有放弃，尽管金姣不理睬他。金姣的信息是这样写的：阿光，获悉晏阿姨到上海治病，我将乘飞机今日下午七时抵沪，落虹桥机场，望接机。金姣。

（三十九）

金姣要来上海，苏蓝和晏含秀都十分高兴。尤其是晏含秀，她在病床上，心花怒放的样子，病好像好了一半。阿光在温都见到金姣一事（见第一部《红蒹葭》），和家里并没有说得怎么开，但流露了他一定要找到金姣的心绪。延安医院到虹桥机场不远。他回拨金姣的电话，想问清楚是坐什么班次从何而来的飞机，但金姣的手机关了。他只好凭着“下午七时抵沪”这个时间节点去接机。出医院天气还好，他正在等公交车时，就下起雨来。在公交车上，他透过雨水流淌过的玻璃，隐隐约约看到繁华的上海，看到雨中为生计奔波的人群，看到满街的英文和由英文译成的中文，看到清一色由电子屏幕做成的招牌，他突然感到了一种莫名的恐惧，他似乎感到原生的民族的传统正在悄无声息的远离而去，感到传统文化的缺失。招牌是好看了，但都是克隆出来的，没有一丁点儿个性，更不要说传统和个性的生命了。机器制造的东西，人都给物化了。阿光的担忧不是没有根据的。他去招商要开发西津湖，意味着西津湖面临着人类第二次“侵略”和“掠夺”。第一次，把丛河流域和空旷山野，开辟成一个偌大无比的人工大湖；第二次，又要引进项目，把城市的喧嚣和尘埃嫁接到纯洁无比碧玉无瑕美若天仙的世外桃源。但一次又一次的拷问，理性的他每每战胜了感性的他。他以为，建水库没有错，开发水库也没有错，发展更没有错！他的结论是，中国的古老和落后，不可能赢得世界的尊重。比如旧中国，太古老了，太孱弱了，结果呢？被英国人不费吹灰之力，就打开了中国宽厚无比的沉重大门！只有中国强大了，谁还敢随便欺凌和任意蹂躏？

在虹桥机场，阿光从电子屏幕上，找到了金姣航班，这应该是从温都飞来的。他等了一会儿，电子屏幕上显示，温都抵沪航班准点到达。阿光没有急着拥到人群稠密的出口，他知道会有一个时间差。他在想，如何和金姣说第一句话？金姣这一行，会是一个怎样的旅途？会有一个怎样的结局？他坚定不移的一个信念，就是要说服金姣，让她嫁给自己。金姣随着出港人群，拉着一个小旅行箱，款款走来，像一位风尘仆仆的空姐，阿光已看见了她。她一身得体的装束，走路还是那般有气质，如果有一丝变化的话，就是显得更加沉稳和成熟。特别吸引阿光眼球的是，她披肩的秀发，由一条紫白相间的手帕扎系着，显得格外端庄和脱俗。金姣也看到阿光了，投手摇曳了一下，嫣然的脸颊透出一丝淡淡的忧伤。阿光接过金姣的行李箱，变得从未有过的拘谨，轻轻说了声你来了，就佝下头，脸霎时染得红红的。金姣见此状，心中也泛起一圈圈重逢亢奋的涟漪，但她始终坚持着有距离的微笑。一阵缄默之后，金姣问，晏阿姨现在怎么样？阿光没有直接回答，而是说，我妈听说你来，十分高兴。那高兴的样子，病都好像没了。金姣哦了一声，这是她下飞机之后，第一次让阿光感到的一丝丝笑。确实这是金姣打男朋友出事之后少有的情绪。她一直固守着守望着她那一片精神领地，不敢和阿光联系，十分惧怕坚守不住，最终被阿光所俘虏。

然而，当金姣从阿光的短信中获悉晏含秀的病情每况愈下，而且要做肾移植手术，再也难以按捺住她对秀瑞那片山水的一往情深。在苏家，对她最好的要说就数晏含秀。在秀瑞的日子，晏含秀把她当女儿，她把晏含秀当亲妈。而且，她在秀瑞和阿光、阿明结下的旷世情缘，任凭你如何也挥之不去，难以忘却，无法割舍。面对如梦的上海，面对在上海见到的自己人生中第一个倾慕的男人阿光，金姣心乱如麻。她希望阿光对她冷漠，对她保持距离，好让她不要再进入他的情感世界，可是，事与愿违，她似乎无法抵御来自阿光具有穿透时空的热辣目光。她有她的想法，她有她的苦衷，她有她的守望，她有她的缘由。

阿光估计金姣下机后会有些饿，提议吃点什么。金姣的确有点饿，飞机上的东西她不爱吃，不习惯，也没有什么胃口，没有吃。阿光这么一说，金姣首肯了，点点头。阿光知道她不喜西餐，便带她到机场一楼的“永生”。他提前就作过“侦察”。他指着墙壁上红红绿绿的菜谱，问金姣吃什么。金姣说随你。阿光一看，套餐十分丰富。阿光说，吃饭还是吃面？金姣又说，随你。阿光说，我们吃碗面，上海大排面很有名。金姣说，嗯。可阿光怎么也找不到上海的大排面，原来“永生”是台湾人开的连锁店。于是阿光问金姣牛肉面可以吗？金姣又嗯了一声，阿光要了两份，便找了一个空位坐了下来。面很快端上来。服务生问饮料喝什么？阿光问有些什么？服务生说，有橙汁、苹果汁、豆浆……阿光又问金姣，金姣仍然说，随你。阿光于是对服务生说，两杯豆浆。阿光将自己碗里的牛肉一一往金姣碗里夹，金姣按住阿光的手，她感动的眼泪都快出来了。阿光翻动一下面，便大口大口呼呼啦啦地吃起面来。阿光先吃完，便看着金姣吃面，看到金姣把一个手提包紧紧地搂在怀里，他知道那是金姣怕她的包被人家偷窃，心里觉得她警惕性挺高，不禁流露出笑意。他这一神色，被金姣觉察到，以为自己吃面的吃相有什么不端，忍不住问，你笑什么？阿光终于听到金姣说话了，心里暗自高兴，于是告诉金姣他笑什么。金姣知道后，感到自己这的确是一幅机警的姿态，也笑了一下，有意放松一下自己的紧张神情。

阿光想在到达医院之前，找机会向金姣表白自己，不然没有多少时间。他见金姣此时情绪好一些，便从远处说起母亲的病情。金姣问，什么时候手术？阿光说，这两天吧。金姣说，换肾要很多钱的，我带了一些钱来。阿光这才恍然大悟，原来金姣手提包中有钱，难怪她那么警惕。当他知道金姣带了钱来，心中更加坚定要娶金姣的决心。这钱可不是一般的钱啊，那是金姣打工赚来的辛苦钱、血汗钱。他想起了金姣在温都打两份工，想起了她在温都阿秀足道城给人洗脚……阿光说，我妈治病的钱我们都准备好了，不能用你的钱，你赚的钱很不容易。金姣很敏感，脸色陡变，一脸的庄严，说，我的钱很干净的。阿光急了，说我知道。我没有别的意思，我是说……金姣说，你说什么？阿光忙转移话题，说我妈这次做肾移植，不需要买肾，这个钱可以省下来。金姣一惊，那用谁的肾？阿光迟疑着，在金姣紧逼的目光催促下，缓缓地镇定地说，我们商量好了，用我的。当金姣听到这消息，好一阵说不上话来，不知道是心痛还是担忧还是有别的原因。好一阵，金姣才说，又像是自言自语，说给自己听。她说，若不买肾，我就知道是你捐的。阿光搞不懂，这次捐肾，明明是掷币决定的，而且阿明态度十分坚决呀！可能是她对阿明有刻骨铭心的成见吧。阿光想为阿明说点什么，但终没说出来。阿光认为，不说还好，越说会越复杂。当金姣听到阿光要捐肾的信息，态度发生了一百八十度的大转变，那种感情戒备保持距离的自我约束意识倾刻荡然无存。

阿光认为时机成熟，便说出了他压在心底很多时想说而没有机会说的话。阿光说，阿姣，我发了很多短信给你，你一条都没有回。你应该是知道我的心事的。你跟我吧，我会一辈子对你好的。阿光这个“跟”字很奇妙，金姣懂，就是求婚的意思。金姣听阿光这么一说，慌了神，却又似乎在预料之中，眼眶中的泪水又要涌出。金姣缓缓地摇头。她觉得这样对阿光十分不公平。阿光有点急，说你是怕我捐肾后变成残疾人？金姣拼命地摇头。阿光解释说，不会的，医生说不会的，一点影响都没有。一个人的肾功能，有一只就够用了，现在国外亲友捐肾的都很多呢。金姣说，不是的不是的，你不晓得。我不是那么自私的人。阿光看到激将法起了作用，便趁热打铁，穷追不舍，说，如果是这样，你何不答应我呢？我上了手术台，用的是全麻，也是有手术风险的。你如果答应我，让我心情愉快地去接受手术，这对我妈，这对我不都是很好的吗？金姣欲言又止。阿光像看透了金姣的心事，说，阿姣，你的情况我都知道了。你曾有一个男朋友是吧，是阿秀足道城的保安，他为了保护你，被歹徒谋害。我根本不介意这些。金姣眼泪终于忍不住，如泉水般呼啦啦往外涌出。阿光递给她餐巾纸，金姣接过，拭了一下眼角，就起身掩面离开了座位。她是害怕在公众场合出洋相。阿光赶上几步，告诉和提醒金姣说，你看到我妈，千万别说是我捐肾，我们全家都在瞒她。不然，她不会接受手术的。

（四十）

金姣处在“两难”境地。金姣对阿光的感情是毫无问题的，而问题就出在以后发生的事让她无法选择。从骨子里，她对阿光的爱恋是那么圣洁无瑕，她对阿光的才华是那么顶礼膜拜。阿光也心知肚明，有几件事，一直暗示着金姣对他的情感是那么根深蒂固，不然，阿光也绝不会有如此的执着和冲动。至今金姣的电话号码的尾数，仍是阿光和阿明的生日，而且，金姣在温都和阿秀足道城帮人足浴，取的职名，恰恰又是“胡杨”！

金姣的确有她的难处。她在温都的男友，也就是那位阿秀足道城的保安，是云南的丽江人，他姓木名牧雨，名字像一位秀才，但是行武出身，在浙江武警当兵，得过全军武术散打亚军，一身的功夫。他知道温都的黑道老大盯上了金姣，一直在暗中保护她。金姣知道后，很感激，开始时和他只是兄妹相称，但黑道仍缠住不放，软硬兼施，又是请吃饭，又是送南非钻戒和蜜蜡手镯，金姣仍不理睬，于是就来硬的，放出话来，说要让金姣毁容，做掉她。金姣听到此话，吓得不行，而木牧雨总是安慰她，陪伴她。她知道牧雨的功夫，于是她有了一些安全感。黑道上知道要搞定金姣，必须先搞定木牧雨。在一个滂沱大雨的夜晚，木牧雨送下晚班回宿舍休息的金姣经一个拐弯处时，从一辆没有牌照的“本田”车内跳出一伙人，趁木牧雨没有防备，一顿砍刀乱挥，将木牧雨放倒在地，但对金姣毫发未损。金姣在一旁哭着求这伙人，说我们无冤无仇，为何这般下毒手啊！金姣孰知，在人世间，在有的地方，人的美貌就是一种冤仇一种错误！木牧雨的血水和街道路面上的雨水掺和在一起流淌着……那伙人走了，金姣搂着奄奄一息的天涯浪子，边哭边呼，要他坚持住。金姣为了让他的生命更顽强一些，终于告诉了木牧雨一个重要消息。金姣说，牧雨呀，你一定要坚持住啊！你千万不能离开我，我已经怀上了你的孩子。木牧雨是三代单传，听到金姣的话，欣然笑了一下，然后，一阵痛苦的抽搐之后，缓缓地说，金姣，你去做掉吧，我保护不了你了。金姣说，我不，我坚决不！不——！不——！此后，木牧雨再也坚持不住了……

金姣判断错了，一点也没有猜对。当这些细节告诉阿光后，原以为阿光会改变主意，退避三舍，没想到阿光不仅没有半点悔意，而是更加坚决，让金姣手足无措。

晏含秀见到金姣时，眼泪双流，说金姣皮肤怎么变得比以前更黑些呢？其实，金姣皮肤不是黑些，而是变得更沧桑了，变得更憔悴了，变得更稳重了，原来那个清纯可人的少女已经远远飘然逝去。金姣见到晏含秀如此心痛自己，忍不住一口一个晏阿姨。

阿光的穷追，让金姣沉浸在煎熬折磨之中。她首先想到的是，她对木牧雨的承诺，她不仅已经委身于他，而且还有了他的孩子。木牧雨是为自己而死的，她不能够在他尸骨未寒之日改弦易辙。她曾想过，这辈子，她不求什么，只是把腹中的孩子生下来，拉扯大，让他（她）好好受教育，有一个顺利平安的人生就足矣。

手术在即，一贯严谨勇于担当的阿光失踪了，一家人都不知上哪儿去了。上午出去的，中午吃饭也没有回来。苏蓝阿明金姣在餐馆吃饭，苏蓝在给阿光打电话，他的手机都是在关闭状态。苏蓝问金姣，金姣一脸茫然。但金姣隐隐约约感到是与她有关，但绝对不至于去跳黄浦江。苏蓝和阿明都感到，这些日子，阿光有些微妙的变化，神经兮兮的。阿明也急，说，要不然，明日的手术由我上。苏蓝眼睛一瞪，说，瞎说！你以为阿光是逃避吗？不可能。阿明辩解说，我不是那个意思。苏蓝说，不说了，吃饭。这顿饭吃得鸦雀无声。吃完饭，金姣到延安医院的门口，一直守候着，守候着阿光的出现和回来。她站在一个视线好的地方，不时东张西望。她不相信阿光会逃避。但她等了一个小时了，还是不见踪影。她有点担心了。不懂啊！一家人都不敢告诉晏含秀，都在逗她开心，好接受明日的手术。护工肖米说她有福气，明日的手术医院很重视，都是主任出面。比如主刀，比如麻醉。苏蓝弄不明白，肖米为何搞得这么清楚。

金姣等久了，越来越着急。她一直没有答应阿光，他难道会真的做出出格的事来吗？他不是那类胸怀狭窄的人呀！她都快坚持不住了，能嫁给阿光这样的男人，是她这一辈子梦寐以求的事情。但腹中的孩子怎么办？她终于看到阿光。只见阿光提着一袋东西匆匆忙忙地走来。金姣忙走过去，说，阿光，你到哪去了？一家人都急死了，都等你吃饭，你把手机关了。金姣一脸的哀怨。阿光气喘吁吁地说，我知道的，等下告诉你。我的手机没电了。我知道你们会很急，你看这不是赶回来了吗？我正要找你，这是天意，你却在这里等我，太好了！阿光向路边的出租车招了一下手，一辆出租车开过来。阿光对金姣说，这里不好说话，我们去一个好说话的地方。

金姣一头雾水，只好盲目地跟着阿光坐进车里去。阿光要金姣给他手机。阿光一边对司机说，一边拨电话。他说去浦东的江边，最近的就可以。阿光又对金姣说，我给爸拨个电话，免得他担心。

电话接通了，阿光说，爸，我是阿光，我现和金姣在一起，我的手机没电了，对不起。我马上就回来了，别急。苏蓝听到是阿光的电话，把阿光狠狠骂了一声，说你小子也没有一个分寸感，都什么时候了，赶快回来！阿光连说，是、是。金姣不知道阿光到底玩的是什么把戏，居然这么紧张的时候，还要去黄浦江边。难道真有什么话，一定要去那儿说吗？

（四十一）

上海的出租车司机十分善解人意，开车把他们载到东方明珠旁边，并尽量往江边靠，缓缓停了下来。阿光付了车费，对司机笑了一下，表示谢意。阿光把金姣拥到黄浦江边，金姣期待着阿光说什么，彻底解开心中这个谜团。从浦东看上海滩，大上海的韵味十足，风云际会的历史，会给每一个过客不同的感受和答案。阿光此时，正是站在现代浦东眺望对岸上海滩的钟楼，他想在这里演绎出一幕属于自己的人生喜剧，并要面对黄浦江，面对上海滩，面对代表东方文明进步象征的东方明珠，让它们作证，同时做出自己庄严的承诺。阿光此时很激动，他说，阿姣，我告诉你，我今天是去寻找上海最有名的婚典礼服商店，要给你买一套名牌婚纱礼服。金姣一惊，给我？阿光说，对呀！我要在这世界闻名的黄浦江边，向你求婚！让东方明珠作证！让奔流不息的黄浦江水作证！证明我对你的感情。金姣愕然，看来阿光已铁下心来，没给自己留下半点余地和退路。阿光说，我尊重你对牧雨的感情，我尊重你的过去。我还告诉你，我尊重你对牧雨的承诺。你可以把孩子生下来。我会把这孩子当成我的孩子，我们的孩子，而且，我们今后可以不再要孩子。金姣，快答应我吧，我都快发疯了，没有时间了。此刻，金姣听到了这个世界上她最想听到的话。然而，她依然十分冷静，她所想的，是她认为自己配不上阿光，是她不能连累阿光。这样对阿光实在是太不公平了！她听了阿光一席话，感到阿光是这个世界上最忠诚最孝顺最善良最好的男人。明天，他将要摘下自己的一颗肾脏，接上妈妈的血脉，延续母亲的生命。他对父母是一位怎样的孝子！他对祖国是一位怎样的儿子！他对爱情是一位怎样的汉子！金姣终于忍不住泪水哗哗地流淌出来，她对阿光说，阿光，我知道你的心是真的，但我不能太自私了。

阿光听到金姣这话，知道了金姣的态度，心里十分高兴。金姣没有完全拒绝他。阿光说，金姣，你并不自私，我感到你很高尚。你在最困难最悲伤的时候，没有忘记我妈，专程赶到上海来看望她，这足以证明你的善良，你的贤淑，你的豁达，你的无私。更何况，如果我妈知道你愿意嫁给我，她会是怎样地高兴啊，如果这样，她将带着这种心情去做手术，我敢说，手术将一定会成功。你再想想看，你若嫁给我，你也将为我担上风险。明日我将走上手术台，那手术台也是战场，也是和魔鬼搏斗的地方呀，谁能保证百分之百没有危险呢？我是知道的，手术全麻，有好些人从此没有醒过来。我将摘掉一个肾，理论上虽说是没有问题的，但每一个器官，应该都是有功能的。我既然接受了捐肾，我也就接受了捐肾有可能带来的一切危害和风险，甚至残疾，甚至死亡！这一点，我是理性的，清醒的，我思想上已经做好了一切准备。你若嫁给我，你就有可能嫁给一个残疾人，你能说你自私吗？金姣再也忍不住了，一手捂住阿光的嘴，不让他再说下去了，她那掩藏在心灵深处的满腔的恋情，如火山喷发，如地震裂陷，如海啸腾空，如山洪狂泻，她觉得只有哭，才能倾泻一切。阿光一把将哭泣不止的她搂在怀里，不停地抚慰着她。

阿光说，阿姣我知道，你这辈子受的苦，都是我给你带来的，我对不起你。你看，你到西城，你是冲着我来的。而我，太懦弱了，在你无助的时候，自视清高，没有很好地保护你。金姣还在哭泣，听到阿光说的话，她死命地摇头，表示不同意。阿光以为金姣仍不同意，以乞求的声音对金姣说，你答应我，好吗？金姣终于点了一下头。阿光把金姣抱得更紧了。阿光笑了，但他已经是泪流满面。阿光说，你今天若不答应，你猜我会做出什么来？我都想好了。金姣说，你难道会跳黄浦江吗？阿光说，那我想不至于吧，你也不会逼我到这个程度，何况，明日我要动手术呢，这是最大的事。金姣好奇地问，那是什么呢？阿光说，你若再不答应，我会跪下来求！你知道，一个男人，一个纯爷们，他是不能随便下跪的。男人膝下有黄金！

黄浦江边的轮船鸣笛驶过，江上水鸟在空中翱翔。阿光放开金姣，将袋里的婚纱取出，摊给金姣看。阿光说，我想给妈妈一个惊喜。我们回去，把我们的想法告诉妈妈，我还想在病房举行一个简短的婚礼。你同意吗？阿光这是带着乞求语气。此时的金姣，没有了半点矜持，也没有半点的犹豫，一口一个“我随你”。阿光让金姣换上婚礼服试一试，看看合适不合适。金姣环顾四周，提着衣服到一个拐角处，大胆地把婚纱换上。在阿光眼里，金姣穿上这婚纱真漂亮，她简直可以和维也纳的茜茜公主相比，这丫头，穿上这婚纱太华贵、太妩媚、太美丽了！金姣一手稍提起曳地的婚纱，一手挽着阿光的手臂，在江边走了几步。这几步，演绎了在东方国度里一个传奇浪漫的爱情故事。阿光自言自语地说，如果有一个照相机该多好啊！金姣突然想起，说我的手机可以拍照的。阿光说，其实我的手机也可以拍，但没有电。手机拍照虽然像素不高，但总比没有好。阿光见有一位背着高级相机的游客打身边经过，便礼貌地请他用手机帮着拍一张照片。这游客欣然答应。这游客看来是一位摄影行家，让他们做了各种姿势，以不同的背景，拍了好几张。也许这位游客被这对情人的美丽和阳光所吸引，索性还给阿光手机，说我用我的相机给你们拍几张，如果你们有 QQ，我回去在网上传给你们。阿光立刻感到他们遇到好人了，欣喜若狂，连说不好意思，太感谢了。他们在江边以上海标志性建筑拍了好几张，金姣见那人还没有收手的意思，便说，大哥，让你拍了这么多，不知如何感谢你。那人说，缘分。我看你们这对情人不一般，多拍几张。说着他又引他们去一处草地……

（四十二）

和晏含秀一个病房的有一位杭州病友，妻子患的也是肾病，尿毒症。她的丈夫叫李志池，五十多岁，脸部轮廓特别丰富，沟是沟，壑是壑，很深沉很古苍的一个人。阿明见他在看一本什么钓鱼的杂志。由于共同的兴趣爱好，阿明主动和他搭讪，这一搭，可不得了，阿明遇到一位钓鱼的高手。李志池思维敏捷，说话幽默。他说他很喜欢垂钓和游泳。阿明说他也是。李志池说，垂钓是一种带有禅意的活动，意境幽远。垂钓者看似静止不动，却形不动而神动，神不动而心动。他很能侃，他说，鱼其实是人类的祖先，属于最古老的脊椎动物，在五万种脊椎动物中，鱼类占了二万二千多种，成为脊椎动物中最大的类群。他谈到钓鱼，说其实是一种人和鱼的博弈。人和鱼之间，处于“敌暗我明”，斗智斗勇，以静制动，以不变应万变。李志池有一句话，让阿明更把他识为知音。李志池说，人不能像小鸟一样上天飞翔，但可以入水像鱼一样游泳。他说，人类文明和鱼文化息息相关呢。“美人鱼”的神话传说，几乎在世界各大文明中都可觅见其踪。哥本哈根海畔那安徒生的小美人鱼，一直在等待着她梦中的王子，多么凄美的故事。印度《薄伽梵往世书》记载了主神毗湿奴化身为鱼，从大洪水中拯救出了人类始祖摩奴。斯皮尔伯格则夸张地演绎了海洋霸主大白鲨，让它成了千万人心中挥之不去的梦魇。阿明听到李志池这番话语，大长见识。然而，肖米悄悄告诉阿明，李志池的夫人也是一位垂钓者。阿明说是吗？肖米说，他们还经常聊钓鱼的事儿呢，我站在旁边听，有的话我也听不懂，什么满杆，什么倒杆，什么鱼汛，什么遛鱼……“遛鱼”嘛，我猜和“遛狗”的意思可能差不多吧。阿明觉得这护工挺机灵挺乖巧的。

阿光和金姣从浦东打的速回延安医院。阿光说，给爸爸妈妈先打一个电话，让他们知道我们回来了，免得他们担心。阿光拨通了苏蓝的电话，阿光说，爸，我和金姣马上就到医院。苏蓝在电话里挺着急的，不住地问你们干什么去了？你妈明天手术，也不来陪陪她。阿光知道苏蓝说这话，是在妈的旁边，也知道他话中有话，弦外之音像是在说，你明天要手术了，还在外面！阿光说，我回来告诉你们，给你们一个惊喜！我挂电话了。阿光告诉金姣，上午他太傻了，为了省钱，他坐的是公交，没有打的，浪费了不少时间。金姣依偎在阿光身边，嗔了他一眼。在阿光眼里，以前的那位纯洁无瑕的阿姣又回来了。阿光牵着金姣去等电梯。电梯旁的宣传栏中，贴着享受国务院津贴专家孙亚民教授的大照片。阿光说，这孙教授就是明天给妈妈手术的主刀医生，是上海有名的泌尿外科专家。他以前是西津水电站建设工地的赤脚医生，和我们一家很熟。金姣哦了一声，看了看照片上这位戴眼镜的大夫，很和善有知识的样子。电梯还没来，等的人又多，阿光干脆拉着金姣的手跑上楼去。

晏含秀见阿光和金姣喘着粗气进来，眼泪都快出来了，抱怨地说，阿光呀，你大半天到哪里去了，饭也不在一起吃，看你把大家急得。妈明日就要手术，你还让我担心。阿光说，我手机没有电了。妈，就是因为你明天手术，为了让你愉快地接受手术，我想给你一个惊喜。苏蓝和阿明都被阿光的话所迷惑住。阿光说，妈，你不总是想着我和阿明没成家吗？你不是早想抱孙子吗？妈，我和金姣商量好了，准备今天晚上，也就是在你手术前，就在这里举行简单的婚礼。晏含秀看着金姣，不怎么相信。金姣有点激动，泪眼蒙蒙，死命咬着嘴唇，点了点头。晏含秀招了招手，让金姣过去。晏含秀拉着金姣的手，金姣真切地把压在心底多年的声音喊出来：妈——这一声“妈”，让晏含秀高兴得热泪盈眶，她对金姣说，我的好闺女。她又对阿光说，这确实是给我一个意外惊喜。晏含秀十分喜欢金姣，打金姣走后，她一直很忧郁，认为对不起这孩子。阿光说，上午我去买婚礼服，我以为会很容易，上海其他的路我又走不到，最后只好去南京路。苏蓝这一下全明白了。

肖米和病人及亲属的关系很融洽，她负责晏含秀和李志池的夫人，做事麻利，动作敏捷。她还是病房新闻发布中心，没有她不知道的事情。当她听到阿光要在这里举行婚礼，自告奋勇说，我当伴娘，好吗？晏含秀说当然好呀。金姣把阿光买的婚礼服递上去给晏含秀看。晏含秀翻开看着，说蛮漂亮的。老苏，我们结婚都没穿过这洋货。肖米说，阿姨，现在时兴补拍结婚照呢。我看你和苏叔叔如果去照，一定会很好。阿姨再做一下头，苏叔叔焗一下油，那肯定是帅哥和美女。晏含秀说，米儿，你来开老太婆的玩笑。肖米说，我说的是大实话。晏含秀表面上虽嗔着肖米，但心里十分高兴，说当年我还是工地上的四朵金花之一呢，你问问你苏叔叔。苏蓝忙点头说，那时叫“金花”，现在叫“美女”。说得大家都笑了。

（四十三）

这是一场怎样简朴而圣洁的婚礼啊！贴在墙上的那个大红喜字，是肖米剪的，虽不流畅，边上有点像狗咬过，但算端庄。主要是剪刀不快，是一把废弃的手术剪剪的。孙亚民是护士长告诉他的，护士长是肖米告诉她的。孙亚民知道这个婚礼的分量。从医学心理学来看，愉悦的情绪对被手术者至关重要。苏蓝希望孙医生来主持并当阿光金姣的证婚人，孙亚民欣然同意了。李志池也特地换上一套西服。李夫人说，看你，好像是你家娶媳妇似的。李志池对他妻子说，我看这个家庭不错，我认了。阿光瞒母捐肾，又举行这场特殊的婚礼，他身上有很多久违的东西。李志池想了一下，感到这种东西应该是民族的脊梁或是民族之魂啊！

阿光和金姣在医生办公室里着装，阿光穿的是从孙亚民处借来的西装，但明显西服太小了。阿明左看右看，还是觉得不怎么合适。他剑眉一扬，忽然想到了什么，跑出医生办公室。他想到了李志池有一身西装，他和阿光身材差不多，可阿明跑到病房，李志池已穿着在身，神采奕奕，又不好直说。李志池真不愧是钓鱼高手，暗处的情况都能了如指掌，何况在明处的呢，他善察言观色，看出了阿明找他有事，便说，阿明，神经兮兮的，你有话就说啊！阿明见李志池如此主动和热情，就说了阿光的西服之事。这李志池一听，二话没说，脱下西装，取下领带。阿明说，谢谢了，领带我哥有。阿明拿着还留有体温的西服，回到医生办公室，让阿光穿，果然十分合适。护士长翻了一下衣领的牌子，吐出舌头，呀呀一声，说这是意大利名牌，一套要好几万元呢。金姣已换好了婚纱，简直是太漂亮了。肖米这里捏一下，那里扯一下，心里对金姣一副美人坯一派光彩照人的景象，欣羡不已，那种欣赏和折服，全挂在她率真的红扑扑的脸蛋上。肖米说，阿姣今天这身打扮，和范冰冰有得一比呢。范冰冰是肖米心目中的东方最美的女性。这样说吧，她是范冰冰的铁杆粉丝，若有谁说范冰冰半个不字，她就会和谁过不去。这世界也真怪，古代美女相互妒忌，以容貌生怨者甚众，而现今的时代，并没有像电流一般，负负相斥，乃有如此之多的负负相吸！有人却说这是“同性恋”。鬼话！

阿明看到金姣今夜如此灿烂，心里有点不是滋味，虽然他也为哥哥高兴，但他毕竟和金姣有过那么一段恋情。阿明此刻只好拼命地去想红姑，用红姑去取代金姣。从今天开始，他就要称金姣为嫂子了。他知道他和金姣感情是一段错位的感情。他总感到他是哥哥的影子，常常会阴差阳错。难道这就是命运么？谁说得清楚呢？护士长见他们穿好了服装，太漂亮了，便说，太可惜了，照相机在家里。于是，掏出手机，要给阿光和金姣拍照。护士长对准他们，又说等一下，旁边有一杆测体重测身高的秤，说要拿开。肖米说，快呀，浪费了那么多的表情。护士长说，我知道，一定要拍好的。她拍好后，指着阿明和肖米说，你们俩也进来，拍一张，伴娘伴爷呢。肖米左拂拂右拂拂，唯恐头发、衣领有什么不好。护士长说，靠近一点再靠近一点。于是"咔嚓"一下，说好了。

除晏含秀之外，周围的人都知道阿光明天也要上手术台，大家看到阿光如此有孝心，心怀敬仰之情，纷纷来参加这场特殊的婚礼。有值班的医生和护士，还有不值班的医生和护士。新闻单位的嗅觉真灵敏，东方电视台的记者也赶来了。孙亚民见人都到齐了，便说开始吧。病房里响起了庄严悦耳的婚礼音乐。"索、哆哆、哆，索、咪哆、哆……"只见金姣挽着阿光的手臂，缓缓走了进来。肖米在后面牵起金姣拖曳在地的长长的婚纱。阿光和金姣站在红喜字下，面对着床上的母亲和母亲旁边的父亲。孙亚民推了一下近视眼镜，开始了他的讲话。孙亚民说，我很荣幸参加今天苏阿光先生和金姣小姐的婚礼，十分高兴。这个特殊的婚礼，在医院是破例的，在我的从医生涯之中，也是第一次，我感到很有意义。我非常愿意担任阿光先生和金姣小姐这一对新人的证婚人，我衷心地祝愿，祝福他们幸福美满，事业有成，工作进步，诸事如意。也借此机会，祝他们的母亲早日恢复健康，享受天伦之乐。孙亚民的一段话，早让苏蓝感动。孙亚民接下来宣布新郎新娘一拜天地、二拜父母、夫妻互拜。护士长心里在笑，这孙医生主持今天的婚礼，简直是中西合璧，既放了教堂里的音乐，又安排了中国传统的"三拜"。

也许是时间仓促的缘故，谁也没有去想，洞房在哪儿？新郎新娘要不要进洞房？这个问题阿光是想过的，只是没有吱声而已。他的想法，是一定要进洞房的。很简单，在宾馆开一个房间。这般要进洞房，并不是弗洛伊德的“里必多”指使着阿光，他自信自己是理性的使者，今晚必须远离情欲。但这丝毫不能说他不爱金姣，更不能说他没有对金姣的欲望，而是他想到了另外一个重要的原因，这就是除了他谁也不知道的原因，他要让金姣怀的孩子有名分。他知道，一旦把他推上手术台，往后的一切都寓于魔幻般不可测的变数之中。他执意要在母亲手术前结婚，也恰恰是这个原因。没有“结婚”的因，就不会有“洞房”的果；没有“洞房”的因，就没有“怀孕”的果。他想，历史注定，他要让这小宝宝是一个“早产儿”。婚礼结束，按陆亚民的想法，阿光是不能进洞房的，明天这么大的手术，开什么国际玩笑？然而，这事的提出，竟是晏含秀，她特别关注，一再追问今夜洞房设在哪里？阿光对晏含秀说，妈，你放心，我们都安排好了，谢谢你，你早点休息吧。

作为医生，孙亚民十分无奈。他看了一下时间后个单独对阿光说，你必须晚上零点回到医院你的病床，还要做一些手术前的准备，比如需要灌肠等，还要休息好。孙亚民是精明人，他计算过时间，包括去旅馆打的来回的路途时间。如果这样，阿光和金姣单独在一起只有很短很短的时间。阿光知道孙医生的用意。他十分感谢陆医生，满口答应，他还说可能提前呢。孙医生看到阿光那双诚实的眼睛，放心了。

当阿光和金姣回到宾馆所谓的“洞房”那一刻，阿光一把将金姣紧紧抱在怀里。两人沉浸在暖融融的幸福之中。阿光问金姣，你哭什么？金姣说，我没有哭。而事实上，金姣的泪水不住地涌出。阿光感慨万千，是啊，一曲幽怨，水去云回。阿光用舌头，舔着金姣咸咸的泪水。阿光说，你知道我们为什么今夜一定要进“洞房”

吗？金姣一脸茫然，似乎知道，又似乎不知道。阿光爱怜地说，你是一个大傻瓜。然后深情地说，我是为了你肚子里的宝宝。阿光看到她脸上还有疑惑。干脆点破，说，我们今晚在一起，这宝宝不就是我们的啦？金姣听阿光这么一说，感到阿光太了不起了！太无私了！太高尚了！她将阿光搂得更紧。阿光突然想起了一件事，问金姣，说你给我洗脚的那次，给我脚丫缠卫生纸是什么意思？金姣说，我怕你得脚气！阿光噢了一声，就去吻金姣，热烈地。阿光想到时间不够了，说，阿姣，你松一松，我要去洗个澡，孙医生交代，我必须零点回到病房，还有一些手术前的准备要做。金姣忙放开阿光，去卫生间帮阿光放水，试温。

阿光洗完澡，迅速地把衣服穿好，金姣一脸愕然。阿光望着金姣那急促性感的样子，他有点快坚持不住，有一点要全军覆灭的感觉。他拉着金姣的手对她说，为了妈妈，为了明天的手术，我必须走了。我知道，虽然我是一个男人，我还是一个积蓄了二十多年能量的男人！金姣这时才真正知道，阿光是怎样地坚强！阿光是一个有着怎样坚强意志的男人！她死命地咬着自己的嘴唇，快咬破了。其实，金姣心里异常矛盾。她是一个善解人意的姑娘，何况，她已经有了和其他男人接触的经历，她作为女性，应该是十分成熟的了。若眼前不是阿光，她会知道如何去满足一位她心仪的男人。在阿光面前，她感觉自己显得是多么渺小、幼稚和局促，她急忙把她本质的一面，怯怯地掩藏在她心灵中一个角落的深处。

临出门，金姣伸长脖子，送过脸庞和香唇，微微闭上眼睛。阿光缓缓地移过来，在她的脸颊上轻轻地吻了一下。然后说，亲爱的，早点休息，我该走了。金姣突然睁开眼睛，固执地说，我要去医院陪你！阿光说，不、不，阿明说好了陪我。金姣意识到阿光明日将动大手术，她一千个一万个担心啊！阿光完完全全真真实实成了她心头的一坨肉。阿光将要摘去一颗肾，这不就好比摘她的一颗心么？她心里猛然抽搐绞痛了一下，眼中的泪水又不知不觉流了出来了。阿光又去帮她揩拭眼泪。金姣想起阿光曾送给她的诗，那诗和泪水一块溢出。金姣默道，凤凰卧雾中。阿光的眼睛也模糊了，十分清晰地说出了诗的下一句，泣诉别离衷。金姣又说出了第三句，月瘦萧疏绿。阿光接下说出了最后一句，风尖寂寞红。临别，阿光交代金姣，明天早上你去陪妈妈，不要让她察觉到什么。编一个我不在理由。

（四十四）

阿明陪着阿光回到阿光的病房，真的不超过零点，完全按照了孙医生的要求。阿光是一个讲诚信，说到做到的人。他问值班护士，他还要做一些什么。值班护士说，其实也没有什么了，你的血常规早做过，主要是灌肠，再就是医院有严格规定，凡手术者，是必须在医院住的。既然这样，阿光一定要阿明回旅馆住，不要在医院陪了，免得两人都休息不好。阿光说，不就是一个灌肠吗？阿光左说右说，终于把阿明说通了。阿明临走时，动情地把阿光抱住，说哥，一定休息好。然后又说，我真有点像逃兵的感觉！我是不是太自私了？阿光拍了拍阿明厚厚的肩膀，说，哪里的话。这是命中注定的。虽然手术选择了我，但说不定你的担子会更重呢！阿明对阿光这句话似懂非懂，但细心琢磨，却又怎么都弄不明白。护士来了，要给阿光做灌肠，阿光放开阿明，催他离开。阿明离开后，开始灌肠，护士要阿光憋五至十分钟，阿光设法强忍，仍到不了五分钟，哗哗哗地拉了两次。阿光当晚难以入眠，充满了孤独感。外面风很大，直撞击着病房的窗棂。一切声响对阿光来说，都变得如此清晰。他留了一点空间想金姣。他突然笑了一下，那是一种敢于胜利的征服者的微笑。他想，只用两天，他和金姣就确定了终身大事。他庆贺自己，他终于做到，此生无憾！他从来都没有怀疑过自己的意志和力量。他自信。他并不缺乏意志和力量。他想做的事，一定要做成，比如去新疆支教。

阿光清晨六点准时起床洗刷，接班的护士说，你们的手术安排第一个做，七点之前必须进手术室。阿光好奇地问，今天还有其他人手术？护士说，是的，还有一例是尸体供肾，路上要些时间。阿光恍然，噢了一声。六时四十分，两名护士给阿光插胃管。阿光看了一下她们胸前的工号牌，一名是星级护士，一名是实习生，给阿光插管的正是实习生。阿光想，这下把自己当试验品了，也许是老护士给实习生的一个人情呢。但他又想，实习生也应该有一个实习的过程。当然，就阿光的性格，他绝不会要求换掉实习生的。他一看实习生的工号牌，上面写着“李戎”，吓了他一跳，名字挺厉害的，他想起了班超“投笔从戎”中的“戎”，但看她本人，倒是文静的样子。

她们告诉阿光，要像咽面条一样，往下吞就行了。阿光笑了一下，吃面条太简单了。我们不是常说，你以为是“吃面条”哦！一般把“吃面条”比喻是异常容易做的事情。阿光看到李戎的手有些发抖，知道她是新手，便说，大胆一点，动作放慢一点。李戎默默地点点头。阿光问李戎，你以前插过吗？李戎说，你是第二个。只见李戎用管子在一个瓶装的药剂中浸了浸，然后向阿光的左鼻孔送去。这一送，管子就直穿到了阿光的咽喉处。一种翻江倒海的难受和热辣的擦痛向阿光袭来，虽然他积极配合李戎死命往下吞管，但他还是呕吐了，胃里的黄水全部吐了出来，还有殷红的鲜血。阿光知道，这血是插管插出来的。又有一番灼痛感袭来。李戎还要继续插，阿光示意她，停一下。停了后，阿光说，我不是请你慢一点么？李戎说，老师说，是要快一点的呢，不然会更痛苦的。阿光想，这和受刑有什么区别？是啊，当年那些对付共产党人的办法中，若用这种“刑”，不也很恐怖么？他又想他应该是不畏的。他咬紧牙，让李戎继续插……

这和受刑有什么区别呢？阿光两脸涨得通红，大汗淋漓。“行刑”的李戎手都软了，真想停下来，而在旁的老师严厉的目光像一把利剑，不容她有半点的怜悯。阿光啊、啊、啊地发出痛苦沉闷的叫声，眼球都凸突出来。李戎像个刽子手，也咬紧牙关，按照用“刑”要领，将管子死命地向一个痛苦的活体生命野蛮地插去。

此时，阿光身边没有一位亲人，他多么渴望有一位亲人在他的身边啊。那样，也许可以和他一起分担一些痛苦。阿明呢？阿明到哪里去了？金姣呢？你在哪里？但这种念头很快消逝。他缓过神来，他判断，他们应该是守护在母亲身旁，是的，一定是。他记起来了，他交代过金姣，还教金姣编个他不在的理由呢！七时到了，护士催他进手术室。他感觉自己像一位“壮士”，又感觉自己像一位“死囚”，生命即将走到了尽头，他要向这个世界道一声再见。他知道，这个世界什么都有可能发生，一切都不可预测。他仔细想了一下，在这世间，他并没有留下什么缺憾，该做的都做了，不该做的他一定没有去做。如果有一点缺憾的话，深感对不起金姣。他

冥冥之中，他想，他会回来的，还有很多很多事要做。比如西津湖的开发……

黄大明 绘

心里明白，金姣似乎是前世欠了他阿光什么，欠了他们苏家什么。

阿光左手托着插管盒随着一名护士去手术室。他感到此刻极度孤独。和昨晚他担任主角相比，此刻大相径庭。他想起历史上的风云人物。他认为，大凡英雄人物，都具有孤独的特质。他对自己唾骂了一声，你是英雄么？冥冥之中，他想，他会回来的，还有很多很多事要做。比如西津湖的开发。秦谷福现在哪儿？阿光还要想办法撮合他成个亲呢！他简直是老三届的一块活化石。你自己呢？今日手术，想不到如此形单影只。当他踏入手术室那一刻，竟发现手术室除了一个准备交班的护士之外，没有第三者。阿光环视四周，这里更像一座阴森空荡的庙宇，地面也是冷色调，并不是想象中无影灯下的洁白世界，也许是情绪上的缘故，在他眼里，这手术室，活脱脱酷似一个宰猪场！是啊，这张床，走了多少人呢？

护士让阿光躺到手术床上去，阿光刚要躺下，护士说，头应该放在那一头。阿光静静地躺着，心里很平静。他似乎躺了很久，心里犯嘀咕起来，干嘛要让我这么早插管和这么早毫无意义地躺在这个恐怖的地方呢？是不是有点不负责呢？他又问自己，什么叫负责？隔行如隔山，这里就是这个规矩，你知道的只是西津乡政府的规矩，医院就是这个样子的，手术室就是这个样子的。他自嘲了一下，顺其自然吧。阿光好像等了一个世纪，才陆续有人进来，先是两三个护士。她们戴着口罩，阿光偏过头，看看他们到底在做些什么。阿光发现，周围的一些仪器开始向手术床靠拢，像一场战役的架势在渐渐拉开。一名护士要阿光把脚抬起，接着他的手和脚被什么牢牢绑住。他有一种束手就缚之无奈。一名麻醉师，端坐在他的头前，像一名巫师，问阿光多少体重。阿光想，为什么不问生辰八字。阿光说，78 公斤。阿光好像遥远的天边有一声亲切的呼唤，他忍不住问，医生，我妈进来了吗？她怎么样。那人说，你妈进来了，在隔壁，她很好。阿光哦了一声，听说很好，刚才他心中那一片孤独的阴影一扫而尽，眼前一片阳光灿烂。那人用一个面罩在阿光鼻前晃动，像远古时的妖魔鬼怪在变着戏法，变幻莫测，光怪陆离，一股莫名的烟雾飘然而至，阿光屏住呼吸，想和这妖魔鬼怪斗法，但无济于事，神志很快迷离而去，自此失忆。

（四十五）

手术进行了五个多小时。苏蓝、阿明、金姣都一直守候在手术室外面。孙亚民终于出来了，告诉大家，手术很成功。苏蓝感激地说，亚民啊，谢谢你！苏蓝这五个小时，简直是在地狱里度过。孙亚民说，现在他们在醒麻药，还要观察一两个小时。他说完又进去了。金姣说，爸，你饿了吧？去吃点饭好吗？苏蓝不想吃，他执意要留下，让阿明和金姣先去吃。金姣不愿意，说由她留下来，她真的不饿。敏感的苏蓝这才想起，让阿明和金姣去似不方便。阿明说，我留下来，爸，你去。已是下午一点多了，苏蓝还真有点饿。这时，肖米提了一袋东西来，说你们饿了，快来吃饭吧。你看这肖米真是“及时雨”，她不声不响去买盒饭去了。肖米说，我本来早就来了，医院大门口对面的饭店，今天人特多。那老板娘我很熟，今天让她炒了几个你们江西的菜，我就知道你们喜欢吃辣。说着就解开袋子，将盒饭一一送到他们手上。苏蓝说，肖米，你想得太周到了。肖米说，今天对你们来说，不是一般的日子。我要他们炒一个尖椒肥肠，不知道你们喜不喜欢。金姣很感动，接过饭盒对肖米说，肖米，告诉你一个好消息，刚才孙教授出来说，手术很成功。肖米听到这话，脸上一下绽开了好看的笑容，说太好了。她又说，不过，还要醒麻药呢，还要个把小时。这肖米，没有她不知道的，苏蓝边吃边在心里评价肖米。肖米还知道更多呢，这“麻药”可厉害得不得了，弄不好，有的人还醒不过来了呢！可是，这话肖米没说，她明白说了不吉利，也会影响这一家人的情绪。

晏含秀是第一个推出手术室的。金姣看到她那张苍白的脸，眼泪又要流出来。她真是一个爱感伤的姑娘。晏含秀神智还不十分清楚，不时哼哼哼地发出痛苦的呻吟。晏含秀被推进重症监护室观察。苏蓝对金姣说，你去守着阿光出来，这里我们看着。阿光还没有出来，让金姣十分担忧。她没有别的办法，只有闭上眼睛，心里默默重复念着“南无阿弥陀佛南无阿弥陀佛南无阿弥陀佛南无阿弥陀佛南无阿弥陀佛……”。金姣不知念了多久，手术门终于开了。她终于看到了阿光。被推出来的阿光看到了她。阿光十分清醒，脸色虽然苍白，但嘴角牵扯出一丝笑，右手在被子里艰难地伸出来翘起，金姣认出了，那是阿光在做一个“V”字手势。金姣告诉阿光妈妈早他半个小时出来了，很好啊。阿光脸上露出了幸福的笑意。阿光也被推进另外一间重症监护室。金姣隔着玻璃看着阿光，阿光也在看着她。

孙亚民告诉苏蓝，晏含秀体内移植的肾脏已经开始工作，尿液现在清澈多了，如果正常的话，会越来越好。他还告诉苏蓝，阿光的手术只是结扎血管和输尿管，会恢复得更快。阿光年轻体质好，意志力强，他晚上就下得了床。金姣心里夸他，阿光真是一个很顽强的爷们儿。大家担心的事情终于发生了，晏含秀醒来后，发现没有阿光，就问阿、阿光去哪啦？金姣编了一个谎言，对晏含秀说，妈，阿光去给你买乌鱼去了。肖米说，开刀病人要吃乌鱼汤，吃后刀口愈合快，不会长肉笋呢。晏含秀说我不要吃乌鱼。当阿光知道妈妈一直在问他，他再也忍不住了，第二天上午，就让护士拔掉针头，脱掉病号服，藏好刀口引流袋，要去看妈妈。金姣知道阿光的倔强性格，说到做到，就依了他。金姣让阿光提着在孙亚民家做好的乌鱼汤，扶着阿光去晏含秀的病房。到了病房门口，阿光不让金姣扶了，挺直身板，全然不顾刀口隐痛，强打精神，来到晏含秀床前。阿光把乌鱼汤稳稳放在床头柜上，一把捧着晏含秀的手，说妈，你今天可以吃东西了，我问了医生。你看，我给你熬了一点乌鱼汤。晏含秀似乎对阿光的话都没怎么听进去，却说，阿光呀，你到哪去了呢？妈一直没有看到你的影子！平常你最讲孝心。晏含秀一说，又是一把眼泪。是的，当一个人在最危难的时候，最想见的是他最亲的人啊！这下让阿光委屈了，阿光解释说，我去买乌鱼，然后找到一个饭馆去做，说要文火，很费时间的呢，我等啊等啊，晚上才回来，您又睡了，我不好弄醒你。晏含秀说，阿光呀，你以为我是三岁的小孩？阿光一怔，直呼完了，妈妈一点都不相信怎么办？没有别的办法，只有坚持，自圆其说。阿光说，妈，真是这样子的，你问阿姣。晏含秀望着金姣，金姣点了点头。晏含秀说我睁开眼睛，第一眼看到的就是阿姣，我心里不晓得多高兴。我记起了，你们是昨天结婚的。晏含秀似乎悟到什么，不想再责怪下去，让它存疑，毕竟阿光出现在身边，毕竟他帮自己去熬汤去了。

但这汤，晏含秀无论如何不喝，又不说为什么，苏蓝劝也没有用。阿光心情沉重起来。他认为，这是妈妈醒来没有看见他而记恨自己的缘故。阿明去把父亲和阿光叫出门外，告诉他们原委。原来，手术前，晏含秀听到了李志池和阿明在聊钓鱼之事，晏含秀知道了鱼是人类的祖先，可能对鱼产生一种崇敬的心理。不仅如此，她还知道了李志池是信奉道教的。李志池说过，他们正一派不吃四种动物，其中之一就是“乌鱼”。李志池说，乌鱼到产卵期，两眼昏花，什么都看不见，只待饿死。然而乌鱼鱼崽最有孝心，宁可自己游入母嘴，给母充饥，也不能让母饿死。

（四十六）

阿光向孙亚民提出，给他输液尽量安排在晚上，白天好陪妈妈。孙亚民很感动，答应了。一日，有几位老板模样的来探视李志池，让阿光一眼就认出来了，为首的正是温都商会的会长，是他在温都招商时认识的。会长指着阿明说，这不是苏乡长吗？阿明说，你认错了。我哥在那儿。阿光忙走上前去握住会长的手。在此见到会长，阿光心里十分高兴，您来啦？会长介绍另一位说，邱会长也来了，你见过面的，在车站。阿光说，对啦，邱会长开发了千岛湖，我还邀请他去我们家乡投资呢。会长说，这是——？阿光说，这是我妈。她刚开刀，我在陪护。阿光又介绍说，这是我爸，我弟，这是我爱人。会长把目光停在金姣身上，上下打量，毫不掩饰地说，你夫人？真像范冰冰，大美人。李志池在一旁见他们熟识，静心地听他们说着话。会长反应过来说，苏乡长，这位李总就是我给你介绍过的，他是邱会长的战友，是杭州商会副会长，一位奇人。阿光恍然，说哦，哦，我第一眼看到他，就觉得他不一般。李志池不以为然说，我是什么奇人？俗人一个。会长说，嫂夫人还好吧？李志池夫人说，我还算稳定。看你们老远跑来看我，受当不起哩。会长再一次打量阿明，很兴趣地说，你们兄弟太像了，我分不清。

会长和李志池在说话间，阿光对苏蓝和阿明说，李总是邱会长的战友，这李总用道家思想经营企业，很有独创精神。不仅如此，李总的企业做得很大，是全国民营五百强企业之一。苏蓝想，人不可貌相，海水不可斗量。会长一行告别李志池之前，来到晏含秀的床前，从口袋里摸出一个红包，对晏含秀说，这是我们的一点小意思，真不知道您住院，本来买点东西来。你儿子阿光是位好人，我们是朋友，在温都他还去照顾过我岳父，我很感激他。晏含秀拿着红包在手上挥了挥说，不能要你们破费。她认为会长是生人，不能随便收礼，欠人家的人情。李志池走过来说，阿光妈妈，你收下吧，这几位都是我的好朋友。你不知道，他们都是大慈善家呢，到老区、到西部贫困地区，1998 年你们江西九江决堤，他们都捐过款。你不要误会，我不是说，他们这是给你捐款，我是说他们是好人，你收下吧，是祝你早日康复！晏含秀这才收下，连说谢谢。阿光拉着会长和邱浩的手说，过些日子，一定到我们西城、到我们西津去看看，那里是投资极好的地方。阿光还告诉他们，那里即将通高速，包深线，从内蒙古到深圳，国家已经立项。我们虽是山区，交通已不是问题。会长对邱浩说，老邱，你是旅游开发的专家，阿光的话可信，你要引起重视哦。李志池、苏蓝、阿光、阿明把他们热情地送到电梯口，互相挥手道别。

东方电视台和延安医院联系，询问阿光捐肾和肾移植的医疗情况。医院问是什么意思？电视台说，关于“阿光捐肾救母”的专题，想来补拍一些后续镜头。医院说补拍一些镜头是可以的，但此事还在对阿光妈妈保密之中，否则会影响治疗。电视台说，保密没问题。于是，电视台派记者又一次来到延安医院。阿光恢复很好，一天比一天好，还有两天就可以拆线。他和金姣几乎都守在母亲的床边，而阿明却和李志池粘上了，聊的主要是垂钓的那些事。护士长带了电视台的来，主持人见护士长这么热心，就让她进入镜头。护士长具有表演天赋，配合默契。肖米也不放过表现自己的机会，在护士长身边飘来飘去。主持人见到开始有些反感，知道肖米有强烈的表现欲，但看见肖米长得比护士长漂亮，就随她去，没有制止她。

阿光拆线那天，肖米悄悄告诉阿光，说东方电视今天晚上要播关于他捐肾救母的电视，阿光不以为然，看到肖米那高兴的样子，只是微微笑了一下，因为他不想扫她的兴。他是不想上电视的，只是医院比较主动。医院特别是孙亚民教授对他们一家这么好，不想为难他们。他知道，医院是想借这件事提高医院的知名度。他从肖米那儿听到，来拍电视的记者，医院的领导还亲自陪他们吃饭，还去了一个很有名的歌厅 K 歌呢，花了不少钱。阿光上电视这不是第一次，在温都招商，带头献血，他就大出风头。他心里笑了一下，他简直成了“电视明星”，县一级电视台他上过的，温都应是设区市一级，你看现在上“东方卫视”，省一级不用说，还是上海呢！他骂了一声自己，你美什么？木秀于林，风必摧之，你等着有好果子吃。他又想回来，顺其自然吧，上电视又不是自己刻意要去，怨自己什么事？

医生办公室里有电视，肖米很早就让护士长调好“东方卫视”。“内部”的人都想去看看，但谁在晏含秀身边守候呢？最后阿光说他留下，金姣其实自己很想去看，但她违心地说，她陪妈妈。苏蓝开始认为，都去看看，就几分钟嘛。可又想想阿光是对的，冷不防有个什么冒失鬼，蹿进病房来和晏含秀说什么，一下再把没有思想准备的晏含秀搞出个什么“情绪”来，那可就麻烦透了。

上海就是上海，这个电视专题做得委实精致，画面不消说，而且配的音乐特别抒情婉约，是一首有名的小提琴独奏曲，把苏蓝的眼泪都赚出来了。虽然肖米比护士长长得漂亮，但气质却差远了。看电视的现场就是肖米说话的声音，一下子说看到谁谁谁，一下子说谁谁谁没站好，叽叽喳喳。当她看到自己当伴娘出现在病房婚礼上，兴奋得拍起巴掌来。当然，她的表现并没有影响大家的情绪，没有谁觉得肖米有什么不好。

（四十七）

和李志池聊钓鱼，阿明大长见识。阿明原以为，他和他的钓友们在西津湖的钓鱼如此这般，应该和圈内人士有的一比。可是天外有天，山外有山。李志池说到他台湾的老朋友吕璟星，就让阿明大开眼界。李志池说，吕先生与其说是垂钓的一代宗师，倒不如说是一位民族英雄。阿光心里直纳闷，李志池为何把一位钓者和民族英雄挂起钩来呢？李志池说，国家国家，中华犹家。台湾是祖国的宝岛，炎黄子孙的后代。在钓鱼界，台湾省和日本一决雌雄，真让人扬眉吐气，大快人心。阿明眼睛一亮，问此话怎讲？李志池说，这么说吧，日本和台湾省在二十世纪七十年代和八十年代，展开了长达十年的“钓鱼大决战”。而这“钓鱼之战”的狼烟，是日方挑起的。日本号称世界“钓鱼王国”，钓者甚众，藏龙卧虎，高手如

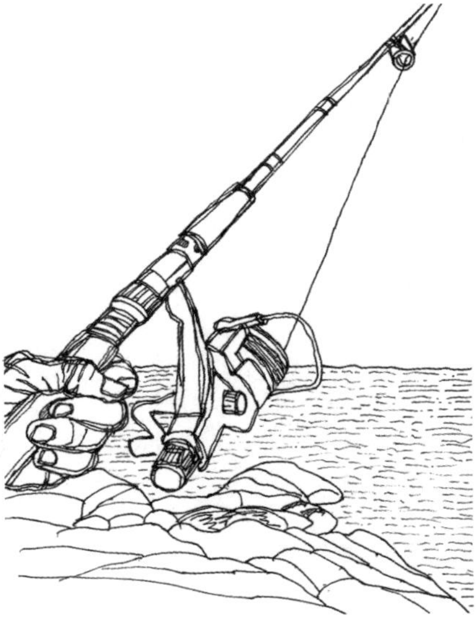

和李志池聊钓鱼，阿明大长见识……

黄大明 绘

云。由于那时日本经济高速发展，渔具商谋求世界市场，试图利用各种花样的钓鱼比赛，推销产品，称霸世界。日本与我国的台湾一衣带水，早对台湾垂涎欲滴，便把争霸称雄的触角，伸向台湾。日本有一个很有名的公司，叫蒲志公司，它的总裁是藤井繁克，他在 1978 年，联名由日本钓鱼界执牛耳者组成的“流友会”，首次向台湾钓鱼界发起冲击。吕璟星先生和他的钓友面对趾高气扬不可一世的劲敌，给了对方一个下马威，连胜两局。日本奉行的是以孔孟之道为核心的武士道精神，以好胜斗勇著称，不甘罢休，翌年二月，又发来“战电”，请台湾派 5 名高手赴日，虽也是池钓，但严格规定，统一使用日方钓具，钓位犬牙交错，一日一台，鱼钩必须钩入鱼嘴，才算得分，可谓用心良苦。他们图谋凭借天时地利人和之便，欲报一箭之仇。这次比赛确乎异常激烈，每五分钟报一次战况。三小时差五分，双方旗鼓相当。然而到鸣金收兵之时，台湾钓手不负众望，终以 168 尾对 163 尾险胜日方。至此，日方无论如何也不愿接受严峻的事实，睚眦必报，竟搞突然袭击，单方决定，由“池钓”改“湖钓”，加赛一场，移师琵琶湖。这琵琶湖是日本风景区，水面宽阔，水草繁茂，环境优美，游人如织，这可是钓鱼的大忌。而且，日方又翻新花样，提出“船钓”，一条小船双方各出一名钓手。吕璟星先生率台湾钓友们毅然应战，一改以往沉底钓法，将发明的新法首次用上，竟以 10∶2 赢得了胜利，日本钓手只得挥泪琵琶湖。对如此惨局，日方紧急从关东、关西调集 108 条好汉，想在气势上镇住前来参赛的五名台湾钓者。然而，日方又犯了一个致命的错误，由于“水桶原理”的原因，良莠不齐，比赛结果，日方又以平均尾数少于台湾参赛者遭到“五连败”。日本的《读卖新闻》打出通栏标题“中日争霸五连败”。台湾钓手回宝岛那天，在东京太平洋饭店，蒲克公司及“流友会”顾问，日本天皇四驸马宣布：“台湾钓鲫鱼天下第一！”

阿明听得津津有味，有一种浑身舒坦之快感。李志池瞥了阿明一眼说，还未结束呢！日方仔细分析，认为“池钓”、“湖钓”是台湾的拿手好戏，而“海钓”在台湾尚未起步，海上矶钓风险很大。矶钓要求在海岛的礁石上，面对大海，海风呼啸，雪浪排空，惊涛拍岸。虽有一番豪气，但难度很大，那鬼海鱼智商高，活动宽，见识广，不集群，上钓爆发力大，有它体重五倍大哟，还有人由此失身葬入大海呢。这吕璟星，确实是个人物，他认为知己知彼，百战不殆。他分析了台湾“海钓”的利弊，认为台湾地区的矶钓条件不会比日本差，日本人一周才钓一天，台湾地区一年365天可钓300天，开车一个小时就可抵达海边，只要认真苦练，没有什么不可战胜的。他力排众议，主张应战。那一日，就在台湾东北海基隆道大溪渔港，吕璟星先生再度横刀立马。对手是日本钓界一代宗师村上启，可是这次可怜的宗师剃了个光头，台湾其他钓手也都胜券在握，日方由此饮恨台岛。面对中国人的节节胜利。1985年，日方提出新的挑战“溪钓”！你们江西，我估计溪流纵横，“溪钓”会有一些经验。“溪钓”的场地是溪流，山间峡谷，地貌奇诡，水流湍急，鱼小机灵，分布不均，水质透明，对钓手的技艺和坚韧性无疑是一次艰难的打拼。日方想通过“溪钓”重振雄风，但宝岛钓界以人无我有，人有我新，人新我特，人特我变的风范，进行一场钓鱼技术革命，实行钓术专业化、钓器科学化、钓饵精炼化、钓技艺术化，在技艺与钓具上一下超越日本十五年。1985年，在台湾坪林流潭名举办了第八场“溪钓”比赛。由于宝岛发明了“溪仙练红饵”，日方以430尾对450尾再遭失败。最有传奇色彩的是中日第九次交手，那是 1987 年 5 月，战场在台湾坪林黄榉皮辽的下游段摆开。由于日本来的都是战绩彪炳钓史的行家里手，吸引诸多观众，人声鼎沸。这次比赛，钓手用发明的“全自动快速送饵器”大显神威，时刚过半，日方突然提出中止比赛。大家莫名其妙时，日方“联络官”寻找理由，说日方经 3 小时飞机旅行，人困马乏。其实，这时中方已钓上 739 尾鱼，而日方只有 469 尾，差别太大了，若此下去，太没面子了，只好三十六计，走为上计。而中方严正提出，只有无条件投降，方可中止比赛。日方权衡左右，只好认输。自此之后，日方再不敢轻言比赛。

阿明听了李志池给他讲的故事，一回味就有一种前所未有的亢奋弥漫全身。他想，阿光若知，也许会有和他一样的快感。谁知，当阿明告诉阿光时，阿光却不以为然，情绪黯淡。阿光心里直埋怨阿明，老大了，还不懂事，都什么时候了，你难道不知道正在发生什么吗？

（四十八）

也许阿明确实不知道，也许阿明知道也无所谓。但阿光知道后，心里很压抑，却又无奈。这事是金姣告诉他的，金姣是肖米告诉她的。肖米真的什么都知道。肖米说，孙亚民在闹离婚，原因是孙亚民和他带的一个女博士研究生相好。肖米对金姣说，孙主任和女博士相好的事，是公开的秘密。女博士从硕士研究生起，孙主任就是她的导师，她三十多岁，快四十了，一直未结婚。博士毕业后，孙主任把她留在上海，留在延安医院，甚至留在他的科室。仅两年就给她安排了科室副主任，成为孙主任的得力助手，这事一些老医生意见很大，又不好和孙主任撕破脸皮。半年前，孙医生又把女博士送到英国做访问学者，他的家庭方才安静下来。但奇怪的是，这阵子，那女博士又没有从英国回来，为何又闹起离婚来了呢？金姣问她怎么知道的，肖米诡谲地一笑，塞了一个巧克力在金姣嘴里，弄得金姣不便再问下去。

阿光觉得孙亚民是好人，不会是像肖米说得那样，“伪君子”一个。早上查房，孙亚民对他说，你今天可以拆线了，一切指标均正常。阿光问，孙主任，我妈的情况会怎样？孙亚民说，你妈的情况比我预料的要好，很快可以出院了。不过，终身需要服用免疫抑制剂，也就是抗排异药。它的作用是将机体对移植肾的排斥降到最低水平，使它们能够和平共处。但免疫监护系统的功能受到抑制，可能会引起免疫力低下，细菌病毒感染随时威胁病人。不过，你妈是亲属供肾，情况会更好些。阿光听了孙亚民这番话，感到有一种什么暗示。他根本不相信孙是一个生活作风不严谨的知识分子。阿明却对阿光说，哥，人不可貌相，海水不可斗量，这孙医生我第一眼就看出他是一个披着人皮的狼！语出惊人啊！阿明对孙亚民的称呼，一直未像阿光一样称他为主任，而一直是孙医生。阿光对阿明的看法从来就没有重视过，认为他要么就是眼光短浅，孤陋寡闻，要么就是片面偏激，以偏概全，这件事仍觉得阿明扯淡，不好和他争执什么。可是阿明还没有完，一家伙把肖米也捎上，说肖米不是一个好东西。她是个什么货色？护工一个，在病房里成了一个是非传播站，一个地下组织部长！屎本来不臭，挑起来就臭得不得了。不是她护理妈不错，我真想把她揍一顿。

病房里的事瞬息万变。晏含秀的病一天天好起来，而李志池夫人的病一天天坏下去。李志池是成功人士，治疗上钱是没有问题，可等肾源却出了问题。病情的恶化，让李志池夫人戴上了呼吸机。来看李志池夫人的，送的都是燕窝之类，还是“带血”的，晏含秀听都没有听说过“血燕”。送冬虫夏草多得不得了，李志池还送了两盒包装十分精致的怀仁堂的冬虫夏草给晏含秀。李志池有意把价格撕掉了，苏蓝看在眼里。肖米悄悄告诉苏蓝，这“冬虫夏草”可贵着呢，你不要随便送人，让晏阿姨吃。李总送你的这一种，一盒可要两万多元。苏蓝一惊，问你怎么知道的？她用手遮住嘴，压低嗓门说，李总撕掉的价格标签我拾到了，拼起来看到的。李志池撕标签，苏蓝是看到了，以为是因为价格低，或者是过期什么的，原来是如此贵重的物品，李志池怕他们不好意思接受，心里增添几许对李志池的敬意。

自李志池夫人病情恶化，开朗的李志池说话也少了。阿明由于和李志池有“钓鱼”一缘，他好像是李志池家里什么人似的，帮李志池夫人要比帮母亲晏含秀还要多一些。有一次肖米要给李志池夫人擦身子，阿明还傻傻地待在一旁，肖米忍不住，说，阿明呀，你回避一下，好吗？待阿明缓过神来，脸刷地一下红透了。其实，阿明有他心底的秘密。晏含秀那边金姣不离左右，蜷在身边，他总有一点对不起金姣的感觉，总是想法子躲避她，一旦离得很近就有一种尴尬的感觉。真的，这次金姣来到上海，他似乎都不敢正眼看金姣，他甚至还没有认真看过金姣。他偶尔知道一些金姣在温都打拼的故事，心里直念着，一个弱女子，多不容易啊！尽管阿明有一种躲躲闪闪，但金姣依然如故，大大方方，除了她已经是阿光的人之外，一切和以前一个样，在这个家，依然对晏含秀好，对苏蓝好，对阿光、对阿明都好。她还是像以前一样叫“阿明”，还是像以前一样说笑，好像在她眼里，并没有发生什么。当肖米忙不过来的时候，属于护工做的事金姣也会去做。

金姣那举止、那步履、那眼神，包括她那帮晏含秀盖被子的手势，让肖米觉得金姣就是干护士出身的，而且是一名出色的护士。李志池也猜过金姣，他认为金姣是当老师的，而且是教音乐的老师，因金姣和他在上中学的一个老师很像，走路像，气质像。肖米说，李总你是一位高人，但古人云，智者千虑，必有一失。李志池说，此话怎讲？肖米说，你可能没有猜对。我们可以赌点什么？李志池常听人说，中国人血脉中有一种特别的元素，这元素就是“赌”。李志池是不赞成这说法的，他认为那是扯淡！但人家说，现在国外境外赌场赌额最大的要数中国人。李志池认为这不能说明问题，因为去国外赌，是因为中国人富裕了。那人家又问，为什么自古至今有哪一个朝代不禁“赌”呢？说明“赌”盛才禁赌嘛！李志池见肖米兴趣盎然，就顺水推舟，说赌就赌吧！故意说，谁怕谁呢？肖米正想要一个手机，就说赌一个手机，怎么样？一个手机对李志池来说是九牛一毛，无所谓，但他主要是看肖米做事挺卖力的，就答应了。肖米便说出了她认为金姣是当护士出身的原因。肖米分析说，金小姐帮她妈给茶碗倒水时，碗盖是仰着放的，这一点，我刚来做护工，老扑着放，被护士长说过几次，说我不讲卫生，坏习惯要改，这点对我来说刻骨铭心，但这不能说明问题，只能说明她有卫生习惯而已。下面我的发现，就更能说明问题，你看金姣撕胶布，一般的人都要剪刀，但在她手上，随便一撕就开，一截一截，“兹”地一下就断，就像玩纸一样易如反掌，这活儿一般的人是望尘莫及的，我曾试过几回，就是不行。你再看，给晏阿姨输液时，当她看到药水滴慢了，她会去调，特别是那排空气的动作，和护士的动作一模一样。还有，血压一般的人会说“高压”“低压”，而她说的是“收缩压”“舒张压”。最后一问金姣，果然肖米猜对了。李志池果真给肖米买了一个手机，还是“苹果”的呢！

（四十九）

东方电视台播放阿光“捐肾救母”的电视之后，一些好心人找到延安医院，找到病房来，于是金姣多了一项任务，就是和一名护士守在门口，拒绝来者探访。凡特别人士，便交代千万别让阿光的妈妈知道“捐肾救母”之事，解释说此事暂时还是瞒着妈妈的，云云。这天的来人中，却有两位“不速之客”。一位是身材高大，国字脸庞，英气逼人的男子，看不出他的真实年龄，他身着一件当下时尚国际流行的黑色风衣，举止绅士风度；身后是位女士，她身着紫罗兰羊绒大衣，很富态的模样，但十分端庄标致；再身后是一位头发染黄卷曲浪漫的姑娘，她身材苗条，高挑个儿，步履轻盈，身穿勒腰呢裙，大翻领，黑裤袜，手端着一个花篮。

英气男子对金姣说，我们是苏蓝先生的朋友，我在东方电视台的电视专题报道中，见到了您。金姣说，您是——？英气男人连忙从风衣口袋掏出一张名片，然后将名片的正面对着对方，双手恭恭敬敬递了过来，显示出高贵和儒雅的风范。这给金姣留下了极好的印象。金姣看名片上面写着：上海环球高斯集团公司总裁尹猛。

金姣回病房告诉苏蓝，说有一位叫尹猛的老总来了。苏蓝一惊，他并不关注尹猛，他更关注的是与尹猛有关的人。苏蓝急切地问，还有谁？金姣说，还有两位女士，一位年长一点的阿姨，像是他夫人。另一位是姑娘。苏蓝这么久没有一丁点刘丽莎的音信，他十分牵挂。他不知道她现在过得好不好，常常念着。今天，却在不经意中，他们居然出现在上海，太惊奇了！太出人意料了！太令人兴奋了！可是，在病床上的晏含秀，当她听到尹猛他们来了，两脸陡然青白，说她不愿见他们。这让苏蓝进退维谷。他不知道晏含秀这是为什么？他感到意外，认为晏含秀不近人情，太过分了。这么一大把年纪，该是离天远离土近了啊，而自己都差点奄奄一息，是不是还在妒忌呢？苏蓝竭力说服晏含秀，无济于事。不仅如此，晏含秀也不让苏蓝出去，更不让阿光和阿明出去。晏含秀说，你们若去，我就拔针头！阿明在一旁，认为妈妈今天太失理了，似乎有点变态。如果不是在医院阿明真的要和妈妈过不去。苏蓝左右为难，只好让金姣出去，告诉尹猛他们，说病人正在抢救，不便会客。还一再交代，要说得委婉一些。苏蓝望着窗外，望着窗外远处黄浦江的游轮，眼角湿了。他的确思念刘丽莎，可如今近在咫尺，却不能相见，痛苦万分。

金姣走出病房，向尹猛解释说，病人正在抢救，改天吧！尹猛说，苏蓝先生是我的救命恩人，若不是他的帮助，我还在病魔的折腾之中。如确有不便，我们只好离开。不过，这张支票请转给苏先生，这病是要花钱的。金姣无论如何不愿收。这位身着紫罗兰羊绒大衣的正是刘丽莎，她上前说，收下吧小妹妹，没别的意思，一点心意。随行的姑娘就是他们家原来的保姆柳燕，她端上花篮微笑着送到金姣手上，让金姣手足无措。金姣目送着尹猛他们消失在医院走廊的尽头。金姣捧着花篮走进病房，说这是尹猛先生送来的，并说还有一张支票。苏蓝接过支票，一看，惊呆了，在他看来，这可不是一个小数字，而是20万元啊。晏含秀问，是多少钱？苏蓝翘起两个指头，晏含秀说，两千？苏蓝摇摇头。晏含秀说两万？苏蓝又摇摇头。难道是二十万？苏蓝点头了。晏含秀心里咯噔了一下，眼睛慢慢地闭上，眼泪出来了。

一波未平，一波又起。又有一波人来医院要看晏含秀。来的人提了一些土鸡蛋和土特产什么的。一听口音，金姣就知道是秀瑞来的。走在前面的人正是秦谷福。金姣不认识秦谷福，便问，你们是——？秦谷福说，我们是秀瑞来的，来看一位姓晏的病人。金姣赶紧回病房禀报，说家乡来人了。苏蓝问，是什么样的？金姣只用手在自己下巴边比画了一下，阿光就判断出此人必是秦谷福无疑。阿光说，爸，这人可能是乡里的老秦，秦谷福。苏蓝看了一眼晏含秀，像是征求意见。晏含秀瞪了他一眼说，你快去呀，人家老远来的。苏蓝这才带着阿光、阿明出门，迎候秦谷福一行。

苏蓝一见，哪只有秦谷福，还有县政协丁主席、西津乡书记吴七、乡文书“四眼”刘皮呢。苏蓝和两个儿子，一一和他们握手。旁边的人看着，这拨人除了没戴黑纱，真有点像来开追悼会和遗体告别似的，太严肃太沉重了，穿的都是黑西装，鸡心领羊毛衣，一律内系黑色领带。苏蓝说，你们来也不通知一下，我们好去接你们。丁主席说，不告诉你们，就是怕你们分心。刘皮不懂规矩，插嘴说，我们秀瑞很多人都看到了东方卫视，知道了阿光乡长的事迹，吴书记要我起草了一个决定，号召全乡人民向阿光同志学习呢！秦谷福责备刘皮，说吴书记还没说话，你抢什么先呢？吴七这回手一摆，像一个“大干部”似的，说没关系的。在乡里，吴七确乎是一个大官，说一不二。苏蓝忙说，阿光捐肾的事，他妈暂时还不知道，等下见到老晏，千万别说漏了嘴。

一群人鱼贯而入，进入病房，晏含秀要金姣扶她坐起来，丁主席忙上前，说不必了，千万别客气。然后一惊一乍，说小晏我看你脸色比以前好多了。人家开刀要脱一身皮，你呢，还变漂亮了。这话晏含秀她爱听，但嘴上却说，丁主席呀，我哪是什么“小晏”，老太婆一个！这回都到阎王老爷处报了到，他老人家还不收我去。丁主席说，老苏，龚睿智书记一定要我代他来一趟上海，代表县委、代表县四套班子，也代表他本人来看你们。苏蓝说，请丁主席回去后，代我感谢龚书记，感谢关心我们的同事和父老乡亲。

秦谷福却把阿光扯到一边，悄悄告诉阿光一件事。秦谷福说涂彬出事了。阿光一惊，说出车祸了？秦谷福说，哪里呢，涂彬被纪委“双规”了。阿光真闹不明白，怎么一不小心，身边就出现了腐败分子呢？阿光问，涂彬到底是什么问题？秦谷福说，外面传说是经济问题。说他最大的一桩是受贿了一块八万元的“劳力士”名表。阿光问，就是他手上戴的那一块吗？那表不是借给你用过，是一块假表吗？秦谷福说，正是那块表。据说，河南传销组织破了案，那块表找到了，经鉴定，那确是一块真表，一块货真价实的真表。阿光说，莫名其妙！难道一块真表假表老涂都不知道？当时，这块表老涂说是二百块钱买的，后来你给传销组织扣了，我看老涂一点着急的反应都没有，如果是一块真表，老涂难道会那么麻木？难道没有一点痛惜？咄咄怪事！阿光愤然对秦谷福说，凭直觉，我不相信老涂是腐败分子！

（五十）

应该说，晏含秀手术后恢复正常，再有两天就可以出院了。可是，在夜幕降临时分，李志池的夫人下达了病危通知书。看得出，李志池夫人似乎已经意识到自己生命的终结。坚强的李志池忍不住向阿明吐出心中的极度忧虑。阿明递上一块纸巾，让李志池擦擦眼角的泪。李志池告诉阿明，说我能够以道家思想管理和经营企业，全是夫人所为。夫人是北京师范大学历史系毕业的，她对中国古代哲学十分钟爱。她一直写文章批驳西方学者叫嚷中国古代没有哲学，不存在有哲学体系的观点。她提出了伟大的“1”的精神，成为我这个企业发展壮大的旗帜。一个国家、一个政党、一个民族、一个宗教、一个团队、一个企业，哪怕是一个人，都必须要有思想的，这是夫人常说的话。她还说过，这个思想就是“哲学”，就是“主义”，就是“立场”、“观点”和“态度”。我夫人这么一走，我这个企业的方向在哪？这个企业的灵魂在哪？这个企业的命运在哪？这让我揪心地担忧啊！

在阿明看来，李志池不应该这么悲观。天无绝人之路。不是说，野火烧不尽，春风吹又生么？一个人的离去，能带走光明吗？人世间是有黑暗的，正因为有黑暗，才会有光明。既然你夫人的思想确乎伟大，确乎不朽，你完全可以传承和发展啊！一个人可以带走一个时代，但又会有人创造一个崭新的时代！况且，这“1”是何物？有那么重要吗？阿明是不了解伟大的“1”的精神，他只是不好说出来，他认为这是胡扯淡！太荒诞了！太离谱了！“1”不就是“1”吗？“1”是什么思想？“1”有那么大的威力吗？“1”有什么了不起？阿明是学体育的，他从体育上来想，“1”分简直太渺小了。倘若把“1”比喻一杆标枪，只有靠优秀的运动员才可以掷得远一些、更远些。倘若把“1”比喻一根竹竿，只有靠优秀的运动员才可以撑得高一些、更高些。倘若把“1”比喻一个人，只有靠优秀运动员才可以跑得快一些、更快一些。什么“1”？狗屁“1”。“1”就是除了“0”，是最小的数。但阿明还是很聪明的，他把这些都放在心底，没有说出来，更没有流露出来，不仅如此，还好像听懂了李志池的话，满脸的同情、遗憾和痛惜，一不小心，还真的渗出泪珠子来。这回，轮到李志池递给阿明一块纸巾。

纵有回天之力，都难以挽救李志池夫人的生命。医生护士们只顾抢救他们，李夫人似乎不是“朝”中人，与她没有多少干系，只见她吃力地向肖米微微招招手，肖米十分默契地从她的一个书包内拿出一包用真丝围巾裹好的东西来。肖米将这包东西郑重地送到李志池夫人无力的手上。可以看出，李志池夫人的生命已经到了只剩一根游丝的境地，手的颤抖也是很低很低的频率，但她的思维仍然十分敏捷和清晰。她哆哆嗦嗦地将真丝围巾打开，里面并没有别的什么，只有两本旧书，一本《道德经》，一本《易经》，都是很久远年代排版印刷线装的。当她把这包物件送到李志池的手中，她带着一束期盼、一线遗憾、一丝微笑，缓缓闭上了眼睛。此时，一旁的心电图监护器上的显示，慢慢由波纹曲线变成了一条直线。

送走李志池夫人这一刻，苏蓝、阿光、阿明、金姣都在旁边。阿光读懂了李志池夫人。他太感动了，她的遗物虽只是两本旧书，他意识到这两本书对李夫人是如何的重要，也感受了这两本书的魔力，感受到这旧书折射出东方智慧灿烂夺目的光芒。在这里，他看到了一颗文化之星徐徐陨落，那弧线是多么绚丽、多么奇瑰、多么不可思议，在星空留下了她应有的值得尊重的坐标。

阿明帮李志池清理病房里的遗物。李志池一夜老了许多。阿明送李志池下楼，楼下两辆新款高档奔驰车停候在等他。李志池对阿光、阿明说了一声“后会有期”就坐进后面一辆奔驰，有两位戴墨镜穿黑西服的青年伺候李志池并帮他关好车门后，小跑着分别钻进前后两辆车内，奔驰很平稳地驶离医院住院楼。

说肖米是“地下组织部长”“新闻中心主任”“网络人肉搜索”一点都不过分。第二天从她处传来了一个意外的消息，说李志池夫人所需要的肾源第二天就有了。可是，尽管她有的是钱，但她等不到第二天。阿明问肖米，李志池对夫人这么好，为什么他不捐一个肾来救夫人呢？肖米说，不是李志池不愿，而是李志池的身体不允许，因为李志池已有癌症在身，肺癌呢，去年开了刀。阿明就弄不明白，这肖米太神奇了，没有她不知道的。天上知道一半，地下全知。阿明怀疑她在编故事，但肖米再往深处说，让阿明目瞪口呆。肖米说，李总夫人对她特好，特信任，什么话都给她说。阿明是亲眼看到李志池夫人的遗物让她保管。

晏含秀和阿光都恢复得不错，在延安医院术后仅半个月就可以出院了。出院那天，孙亚民来送。就是送的这天，孙亚民和他的妻子办了离婚手续。这些都是肖米后来打电话告诉阿明的。肖米还告诉阿明，她已经做出决定，准备和家乡的丈夫离婚之后，嫁给李志池，并打算去学《道德经》和《易经》，协助李志池用伟大的“1”精神管理企业。